Sous l'étoile de

Sirius

EVERLY NOX

Sous l'étoile de

Sirius

Édition : BoD · Books on Demand, 31 avenue Saint-Rémy, 57600 Forbach, bod@bod.fr
Impression : Libri Plureos GmbH, Friedensallee 273, 22763 Hamburg (Allemagne)
Dépôt légal : Janvier 2025

Avertissement : Ce roman contient des scènes explicites et aborde des thèmes sombres tels que la violence, les traumatismes émotionnels, et des relations complexes. Réservé à un public adulte averti.

A celles et ceux qui cherchent une lumière dans l'obscurité,
Aux âmes brisées qui trouvent la force de se relever,
Aux amitiés qui sauvent et aux regards qui bouleversent.
Ce roman est pour vous, un hommage à la résilience et à l'amour qui
naît là où on l'attend le moins.

Chapitre 1

$$\text{\textnormal{---------} ✦ \textnormal{---------}}$$

Moi c'est Ella, et c'est difficile pour moi de mettre des mots sur tout ce que je ressens en ce moment.

J'ai toujours été cette fille qui se fondait dans l'ombre, toujours en retrait, observant discrètement mes camarades de classe qui semblaient évoluer facilement dans ce monde que je ne parvenais pas à saisir. J'étais cette étudiante discrète que l'on ne remarquait jamais vraiment, préférant passer inaperçue plutôt que de risquer d'être jugée ou rejetée.

Ma timidité n'était pas seulement due à ma nature introvertie, mais aussi à une profonde blessure que je portais en moi, lassée par une relation passée qui s'était terminée de façon brutale et douloureuse. J'avais du mal à faire confiance aux autres, à m'ouvrir à nouveau, de peur d'être à nouveau trahie.

Je me souviens encore de ma dernière relation, si toxique. J'ai été trompée, manipulée et même frappée. Chaque souvenir me hante, et me rappelle la douleur et la trahison que j'ai ressenties.

Je me souviens de la première fois où j'ai découvert qu'il me trompait. Mon cœur s'est brisé en mille morceaux, comme si on m'avait arraché une partie de moi-même. J'avais donné tout mon amour, toute ma confiance, pour me retrouver bafouée et trahie.

Puis sont venues les manipulations, les mensonges, les jeux de pouvoir. Il savait exactement comment me faire douter de moi-même, comment me garder sous son emprise. Chaque parole, chaque geste, était calculé pour me maintenir dans cette relation toxique.

Et enfin, les coups. Les coups qui laissent des marques physiques mais aussi mentales, qui brisent l'estime de soi et la confiance en l'autre. Les coups qui font mal, qui laissent des cicatrices indélébiles sur mon corps et mon âme. Mais ce n'étaient pas seulement les fantômes du passé qui hantaient mes pensées. Mes relations avec mes parents étaient également tendues, empreintes de malentendus et de ressentiments. Le fossé qui s'était creusé entre nous semblait infranchissable, chaque conversation se transformant rapidement en conflit.

Les disputes incessantes avec mes parents semblaient être le reflet de mes propres luttes intérieures, me poussant à me replier sur moi-même davantage. Les reproches, les critiques et les incompréhensions étaient mon quotidien, créant un climat de tension permanent au sein de la famille.

Les souvenirs d'une époque où nous étions plus proches semblaient lointains, recouverts par des non-dits et des blessures jamais guéries. Même les moments de complicité étaient rares, noyés dans un océan de silence et de rancœur. J'avais l'impression de porter sur mes épaules le poids des attentes de mes parents, de devoir être parfaite, de faire honneur à la famille. Mais cette pression était devenue trop lourde à supporter, me poussant parfois à m'isoler encore plus, à chercher refuge dans la solitude. Je me sens piégée dans un rôle que je n'ai jamais choisi, celui de la fille parfaite, mais je n'arrête pas de trébucher.

Pourtant, malgré tout, je gardais espoir qu'un jour les choses pourraient s'arranger, que les blessures pourraient se cicatriser. Je me raccrochais à l'idée qu'il était possible de reconstruire des ponts, de renouer des liens brisés. Mais pour l'instant, je devais apprendre à affronter mes démons intérieurs, à trouver la force de me relever et de faire entendre ma voix, même si cela signifiait briser le silence qui régnait autour de moi.

Mais ma vie prit un tournant inattendu le jour où j'ai croisé son regard ce soir-là.

Nick, ce garçon riche, populaire et incroyablement séduisant. Il fait partie de ces garçons qui ont tout pour plaire, et qui le savent. Il traine toujours avec la même bande d'amis, à rire et à draguer toutes les filles.

Et moi, je ne faisais pas partie de son univers, jusqu'à ce qu'il décide de me choisir.

C'est là qu'il est entré dans ma vie…

Depuis la première fois que je l'ai vu c'est simple, je le déteste.

Et ce que je déteste le plus chez lui, c'est la facilité avec laquelle il joue avec les filles. Il les manipule, les utilise pour son simple plaisir, puis les laisse tomber sans remords. C'est un prédateur.

J'ai vu ce qu'il faisait. J'ai vu comment il les attirait, comment il les charmait avec des sourires et des mots doux, avant de disparaître dès qu'il en avait marre, laissant derrière lui des filles brisées. Elles croient qu'il est sincère, qu'il pourrait leur donner ce qu'elles cherchent, mais lui, il n'est là que pour le jeu. Un jeu qu'il gagne toujours, et qui ne l'intéresse pas au-delà du moment où il obtient ce qu'il veut.

Mais, étrangement, je me sens toujours nerveuse chaque fois qu'il est dans les parages. J'essaie de l'ignorer, de détourner le regard dès qu'il croise le mien, mais il y a quelque chose chez lui qui me perturbe. Ce n'est pas qu'il me plaît, non, pas du tout. C'est qu'il a cette confiance en lui, cette assurance presque de l'arrogance. Mais c'est justement ça qui m'énerve. Il marche dans l'université comme s'il était le roi du monde, et tout le monde se plie à ses règles. Les filles le regardent comme si c'était le Saint Graal, comme si leur seule chance de briller était de se retrouver dans ses bras. Et moi, je suis là, dans l'ombre, à observer tout ça avec dégoût.

J'ai bien compris ce qu'il était : un homme qui prend ce qu'il veut sans jamais donner quoi que ce soit en retour. Il se nourrit de l'attention qu'on lui porte, et il n'y a aucune place pour une fille comme moi dans son monde. Il aime les filles sexy, les filles faciles, celles qui sont prêtes à jouer son jeu, et moi je refuse d'y participer. Je ne suis pas comme les autres filles, et je ne vais pas me laisser manipuler.

Alors, je l'ignore. Je garde mes distances. Je fais tout pour qu'il ne me remarque pas, pour qu'il ne me voie pas comme une de ses conquêtes possibles. Parce que je sais très bien ce qu'il ferait de moi. Il me briserait, comme toutes les autres.

Mais au fond, il y a quelque chose d'autre qui me dérange. C'est l'indifférence totale qu'il me porte. Comme si je n'existais pas. Comme si je n'étais qu'une silhouette sans importance dans le décor. Il ne m'a jamais remarquée.

Ce détail, cette indifférence, ça me ronge. Parce que, bien sûr, je ne veux pas qu'il me remarque. Mais il est ce genre de mec qui laisse une trace partout où il va. Les filles en parlent, les garçons aussi. Il occupe l'espace, il occupe le regard de tout le monde. Et moi, je suis là, cachée dans l'ombre, espérant qu'il ne croise pas mon chemin. Parce qu'il faut bien l'avouer : son regard m'effraie. Pas qu'il me fasse peur, non. C'est cette manière qu'il a de me rendre vulnérable. Il me fait sentir que je ne suis rien pour lui.

Il me dégoûte. Il est tout ce que je veux éviter chez les hommes.

Mais je ne peux m'empêcher de me demander pourquoi il ne m'a jamais prêté attention.

Pourquoi il n'a jamais daigné me jeter un regard, un sourire, un mot… Quelque chose. Pourquoi ?

Je suis transparente pour lui. Je suis la fille timide, réservée, qui reste dans l'ombre. Et je ne sais pas pourquoi ça me dérange tant. Pourquoi ça m'affecte. Parce que je ne veux pas qu'il me remarque.

Jusqu'à ce qu'un jour, il le fasse.

Ce jour-là, il était dans le couloir, comme à son habitude, entouré de ses amis, de ce groupe bruyant de garçons et de filles qui riaient sans cesse autour de lui. Et moi, je passais par-là, comme si de rien n'était. Mais j'ai senti son regard. Un regard glacial mais perçant. Quelque chose dans la manière dont il m'a observée m'a fait sursauter. Et au moment où je crois pouvoir passer inaperçue, il a fait un pas vers moi. Un pas que je n'avais pas anticipé.

Je me suis figée, comme si je n'avais plus de jambes. Mes mains se sont tendues vers mes livres, comme s'ils pouvaient me protéger. Je n'ai pas bougé. Mais il était là. Il m'a regardée. Et je suis restée là, complètement perdue dans son regard, me demandant si pour une fraction de seconde, il me voyait vraiment.

Mais il ne m'a rien dit. Il ne m'a même pas souri. Il a juste continué son chemin, comme si je n'étais qu'une silhouette dans le décor.

Et c'était ça. La confirmation que je n'étais rien pour lui. Rien du tout. Et pour ça, je le déteste encore plus.

Chapitre 2

———————— ✦ ————————

Ce matin je me réveille après une nuit tourmentée par une énième dispute houleuse avec mes parents, je me réveille avec un poids dans le cœur et une profonde fatigue qui enserre mon esprit qui s'accroche à moi comme une seconde peau. Lentement, dans un état de lassitude extrême, je me lève avec difficulté et me dirige vers le miroir qui me renvoie l'image d'une fille meurtrie et brisée. Mon regard se pose avec dégoût sur les marques laissées par les violences de mon ex, et l'incompréhension cruelle de mes parents qui ne semblent pas voir la douleur qui déchire mon âme. Je suis épuisée de devoir porter ce fardeau invisible, de devoir masquer mes cicatrices sous un masque de normalité, alors que mon cœur saigne et que mon esprit crie sa souffrance en silence.

Un coup à la porte me tire de mes pensées. Je m'habille à la hâte, mais la tristesse me suit comme une ombre. En rejoignant Lexy, je sens comme un mélange d'appréhension et de gratitude. Lexy a une présence lumineuse, presque magnétique. Ses cheveux blonds tombent sur ses épaules, et ses yeux noisette semblent toujours briller d'une curiosité bienveillante.

Je me souviens encore de la première fois où je l'ai rencontré, il y a quelques mois quand je suis arrivée à Rosewood pour fuir Aaron. J'étais assise seule à une table dans un coin reculé de la cafétéria, une assiette à moitié vide devant moi. J'essayais de passer inaperçue, mais Lexy, avec son plateau chargé et son sourire, s'est arrêtée devant moi sans hésiter.

— Hey, je peux m'asseoir ? les autres tables sont pleines, avait-elle dit, bien que ce ne soit pas vraiment le cas.

J'avais hésité un instant avant de hocher la tête. Elle s'était installée et avait commencé à parler, d'abord de chose futile, comme des cours qu'elle venait de suivre et du café infect qu'elle essayait de finir. A ma grande surprise, sa légèreté ne m'avait pas agacée. Elle n'avait pas posé de questions, pas insisté sur mon silence. Elle s'était juste con-tentée d'être là, et cette simple présence avait suffi pour que je me sente un peu moins seule.

Depuis ce jour, elle était devenue un pilier dans ma vie, quelqu'un vers qui je pouvais toujours me tourner.

Et ce matin je sais que je peux encore compter sur elle.

— Hey, qu'est-ce qui t'arrive ? s'inquiète-t-elle en voyant mon visage.

— Ça se voit à ce point ? lui demande-je.

— T'as une tête affreuse, dit-elle avec un sourire en coin, mais son ton trahit son inquiétude.

Je lui lance un regard fatigué en posant mon sac son mon épaule.

— Merci pour le compliment, lui dit-je amusée.

Elle s'approche, me scrutant avec attention.

— Ce sont encore tes parents ?

Je hoche la tête, baissant les yeux pour éviter son regard.

— Encore une dispute, dis-je après un moment.

— Raconte.

— Ils ne comprennent rien, je suis fatiguée de répéter encore et encore que ça ne va pas.

Lexy pose une main sur mon épaule, sa prise est ferme mais réconfortante.

— Je suis là Ella.

— Merci, Lexy, murmure-je.

— Allez, viens. Le prof de philo va encore râler si on arrive en retard.

Assise en classe, le professeur parle, mais mes pensées vagabondent.

Soudain, Lexy se penche vers moi, un sourire espiègle aux lèvres.

— Ce soir, on sort ! Je t'assure, ça va te faire du bien !

Un frisson d'angoisse me traverse. J'hésite, mais son enthousiasme est contagieux.

La journée s'étire lentement, mais enfin, la cloche sonne. Lexy m'attend à la sortie, son visage radieux. Elle me fait signe, impatiente de partir. Je lui réponds d'un sourire, prête à m'échapper de cette journée interminable.

C'est alors que je trébuche, m'accrochant au bras de la personne pour me rattraper, mais lorsque je relève la tête, je tombe sur Nick. Il me fixe, les bras croisés, avec ce regard sombre et hautain qui me donne immédiatement l'impression d'être en tort.

— Tu ne pourrais pas regarder où tu vas ? me lance-t-il, son ton tranchant.

Je serre les dents, me retenant de réagir trop vivement. Nick a cette façon de se comporter, comme s'il était au-dessus de tout, et il a ce don de me rendre furieuse en une seconde. Si ça avait été n'importe qui d'autre, j'aurais répondu d'un sourire, mais là, c'est lui.

— Ah, pardon, je ne savais pas que ton chemin était réservé, réplique-je sèchement, en cherchant à le fixer sans baisser les yeux.

Il fronce les sourcils, ne s'attendant sûrement pas à ce genre de réponse.

— Tu pourrais t'excusé tu sais.

Je le regarde un instant, furieuse, mais je me garde bien de lui offrir une réponse plus agressive. Je sais comment il fonctionne, il adore quand ça part en conflit. S'il veut me chercher, je vais simplement le laisser se perdre dans son arrogance.

— Tu sais quoi ? dis-je d'un ton calme, mais déterminé. La prochaine fois, j'essaierai de m'excuser pour t'avoir dérangé dans ta quête de perfection.

Il ouvre la bouche, mais avant qu'il ne puisse répondre, il se stoppe un instant. Un léger sourire narquois se dessine sur ses lèvres. Il me scrute comme s'il venait de réaliser quelque chose.

— Eh bien, dis donc, dit-il d'un ton presque amusé. Tu es sexy quand tu t'énerve Ella. Il me lance un regard comme s'il venait de découvrir un secret caché.

Je le fixe, un peu surprise par la remarque, mais je ne me laisse pas distraire.

Il me dévisage un instant, peut-être un peu déstabilisé, avant de hausser les épaules, comme s'il n'y avait rien d'autre à ajouter.

— T'es vraiment spéciale, toi. J'aime ça, puis tourne les talons et me laisse là confuse par cette première confrontation.

Lexy, qui a observé la scène de loin, ne dit rien, mais je sais qu'elle n'aurait pas manqué de répliquer si elle avait été plus proche. Elle me rejoint rapidement, mais elle ne me parle pas de Nick, comme si de toute façon, il ne méritait même pas qu'on en parle.

Je la regarde, un sourire aux lèvres.

— Franchement, il est insupportable.

Lexy me jette un regard complice, mais se contente de secouer la tête.

— Je te jure, il croit vraiment que le monde tourne autour de lui.

Je souris, même si un peu de colère subsiste.

— Peu importe. Il peut bien continuer à se prendre pour le centre de l'univers, je m'en fiche.

Après cette altercation nous nous rendons dans un café chaleureux nouvellement ouvert. Lexy commande deux bières, et la chaleur de l'endroit contraste avec ma mélancolie. Elle commence à me raconter ses histoires, remplissant l'espace d'une lumière que je ne savais plus qu'il pouvait exister.

Après une heure de bavardages, Lexy me tire par le bras.

— Pas question que tu ailles à cette fête dans cette tenue ! Montre-nous qui est vraiment Ella Davis !

Je rigole, mais un élan d'inquiétude me parcourt.

— Tu n'es pas sérieuse !?

— Absolument ! Elle me scrute avec une intensité déterminée. Tu as un corps de rêve. C'est le moment de le montrer !

Je suis tiraillée entre la peur et l'excitation.

— Et puis, comment veux-tu draguer ce soir à la soirée de Nick ? lance-t-elle avec un clin d'œil.

Je fronce les sourcils.

— Chez Nick ? Sérieusement ?

— Tu dois te détendre, Ella. Regarde, on va s'amuser, je te le promets. Et je te jure qu'il sera trop occupé avec d'autres filles !

Je soupire, frustrée.

— Je te déteste, tu sais ça ?

Elle sourit, imperturbable.

— Alors, c'est un oui ?

Mon cœur se serre, mais une petite voix en moi sait que cela pourrait me faire du bien. Je hoche la tête finalement.

— D'accord, mais c'est aussi pour toi. Je ne peux pas te laisser seule à cette soirée.

Lexy éclate de joie.

— Tu verras, ça va être génial !

Alors que nous sortons du café, le vent frais de la matinée vient caresser nos visages, une bouffée d'air frais après la chaleur étouffante du lieu. Lexy toujours aussi enthousiaste, m'entraine sans cesse dans ses aventures, et aujourd'hui, c'était l'une de ces journées où il valait mieux se laisser faire, plutôt que d'essayer de fuir car elle ne lâcherait pas l'affaire.

Un sourire nerveux s'esquisse sur mes lèvres, alors que je suis Lexy, me demandant où cette nouvelle escapade nous mènerait.

La boutique de vêtements est à deux pas, et peut être, que ce simple moment de distraction suffira à occuper mon esprit, ne serait-ce que pendant quelques heures.

Nous nous rendons dans une boutique aux vitrines étincelantes, illuminées par les projecteurs d'un début de soirée animée. Les portants sont remplis de vêtements aux couleurs chatoyantes, mais c'est une robe noire, courte, avec de la dentelle raffinée, qui capte immédiatement mon attention. Lexy l'aperçoit aussi et ses yeux s'illuminent.

— Essaie celle-là ! s'exclame-t-elle avec enthousiasme.

Je prends la robe entre mes doigts, hésitante. La dentelle est douce, presque rassurante, mais mon esprit s'obstine à me rappeler mes insécurités. La robe est sexy, provocante même, laissant peu de place à l'imagination avec sa longueur audacieuse et ses détails en dentelle qui soulignent mes courbes. Lexy, sentant mon hésitation, pose une main ferme et amicale sur mon bras.

— Ella, fais-moi confiance. Cette robe est faite pour toi.

Je soupire, incapable de résister à l'énergie contagieuse de mon amie. Je me dirige vers la cabine d'essayage et ferme le rideau derrière moi. Pendant un instant, le silence me pèse. J'enlève ma tenue du jour et passe la robe noire, ajustant le tissu sur mes épaules.

Lorsque je me retourne pour me voir dans le miroir, je reste figée. La robe s'adapte parfaitement à mes courbes, et la dentelle ajoute une touche de grâce que je n'avais pas osé imaginer pour moi-même.

Pourtant, sa longueur et son allure provocante me troublent, exposant plus de peau que je n'en ai l'habitude et mettant en avant des aspects de moi que je préférais cacher.

Un sentiment de vulnérabilité m'envahit, mais avant que je puisse laisser le doute m'engloutir, Lexy entrouvre le rideau et laisse échapper un petit cri de joie.

— Oh mon Dieu, Ella ! s'exclame-t-elle, les yeux brillants. Elle est parfaite, vraiment parfaite !

Elle entre dans la cabine sans attendre ma réponse et me serre dans ses bras.

— Tu es magnifique, et ce soir, tout le monde le verra, dit-elle avec un sourire complice.

Nous quittons la boutique et marchons d'un pas rapide vers la maison de Lexy. L'air frais de la soirée effleure ma peau, provoquant un mélange d'appréhension et d'excitation. Une fois arrivées chez elle, l'ambiance se transforme instantanément. La musique entraînante joue en arrière-plan tandis que Lexy ouvre le tiroir de sa coiffeuse. Elle déborde de maquillage et d'accessoires.

— Allez, on se prépare ! lance-t-elle en sortant des palettes de maquillage et des pinceaux.

Je m'assois sur son lit pendant qu'elle commence à appliquer un trait d'eyeliner avec une précision étonnante. Ensuite, elle m'aide à sublimer mon visage avec des touches subtiles de fard et de rouge à lèvres.

Devant le miroir, je peine à reconnaître la jeune femme qui me regarde.

— Regarde-toi, Ella, dit Lexy en souriant. Tu es absolument superbe.

Nous finissons de nous préparer en échangeant des rires et des anecdotes pour chasser la nervosité.

Une fois prêtes, Lexy sort son téléphone et commande un taxi.

— Il sera là dans cinq minutes, annonce-t-elle en jetant un dernier coup d'œil à sa tenue.

Mon cœur bat plus vite à l'idée de la soirée qui nous attend.

Lorsque le taxi arrive, nous montons à l'arrière, et l'excitation palpable de Lexy finit par se transmettre à moi. La voiture file à travers les rues illuminées, nous rapprochant inexorablement de la maison de Nick.

Chapitre 3

———————◆———————

La nuit s'étend doucement sur la ville, plongeant les rues dans une ombre inquiétante. Le taxi nous dépose devant une villa d'une taille impressionnante, un peu comme une forteresse, à l'image de Nick. L'endroit respire l'arrogance et la richesse, et une boule d'angoisse se forme dans ma gorge. La porte est déjà grande ouverte, et Lexy, toute excitée, file à l'intérieur, me laissant seule sur le perron. Elle ne se soucie pas de savoir si je suis prête à affronter cette soirée. Elle est dans son élément, tandis que moi, je me sens comme une étrangère ici.

J'hésite un instant, observant la foule qui se presse dans l'entrée, des rires, des voix hautes, des gens qui s'embrassent, se frôlent, et déjà je me sens en décalage. La musique résonne fort dans mes oreilles, une mélodie énergique qui me fait me sentir encore plus étrangère à tout ce qui se passe. Je me force à avancer dans le salon, mais dès que je fais un pas, des regards se posent sur moi. Des yeux curieux, des sourires en coin, des jugements non-dits. Une gêne indicible me serre la poitrine.

Je m'avance sans vraiment savoir pourquoi, et me trouve bientôt perdue au milieu de cet océan d'inconnus.

Je cherche un coin où me cacher. Mes yeux balayent la pièce, et c'est là que je trouve le bar, un peu en retrait. Je me faufile discrètement, me fondant dans l'ombre d'un groupe qui semble un peu plus âgé, un peu plus sûr de lui. Je suis là, plantée à l'écart, comme une spectatrice de ce spectacle qui ne m'intéresse même pas. Le bruit est assourdissant, l'alcool semble couler à flots, et moi, je me sens complètement à l'écart de tout ça.

Pourquoi ai-je accepté de venir ? Une pensée me traverse l'esprit, encore et encore. Si je n'avais pas voulu suivre Lexy, je serais probablement chez moi à lire un bon livre ou à regarder un film, loin de cette folie. Je porte un verre à mes lèvres, le goût sucré de l'alcool se mêle à l'amertume de ma situation. Je prends une gorgée, puis une autre. L'effet est immédiat, un peu de chaleur me parcourt, mais c'est surtout l'illusion de la confiance qui m'envahit. Je veux juste que personne ne me remarque, que personne ne me parle.

Mais c'est trop tard. J'ai attiré l'attention de quelques gars autour de moi. Certains me regardent, leurs yeux s'attardent un peu trop longtemps. L'un d'eux, un brun avec un sourire carnassier, tente de m'engager dans une conversation. Je l'ignore délibérément. Je ne suis pas ici pour ça. Et je ne veux surtout pas que Nick…

Je me fige. Il est là, près de la piscine. Nick. Il est entouré de gens qui rient fort, buvant, parlant sans se soucier du reste du monde. Il semble briller dans cette foule, comme si le monde gravite autour de lui. Je sens une vague de colère me traverser, mais en même temps, une attraction incontrôlable. Il me dégoûte, mais en même temps, je ne peux pas m'empêcher de le regarder.

Nos regards se croisent. Il n'a pas besoin de dire un mot pour que je sente son regard me percer, me déshabiller presque. Je détourne immédiatement les yeux, un frisson incontrôlable me parcourant l'échine. Pourquoi est-ce que je ressens ça ? Pourquoi mon cœur s'emballe autant alors que je ne veux rien avoir à faire avec lui ?

Je décide de fuir. C'est la seule chose à faire. Je me fraye un chemin à travers la foule, me dirigeant vers un autre coin, loin de lui. Mais avant que je n'aie pu m'éclipser complètement, je sens une main se poser doucement sur mon bras.

— Tu es magnifique ce soir, dit-il d'une voix basse, presque caressante. Alors, tu as enfin décidé de sortir de ton petit monde ?

Je reste figée, une bouffée de chaleur montant en moi. Il me regarde comme s'il me connaissait déjà, comme s'il savait exactement qui j'étais, ce que je faisais, ce que je ressentais. Une nervosité incontrôlable me saisit. Il ne faut pas qu'il me touche, je ne veux pas de ça.

Je tente de lui répondre, mais avant même que je n'aie pu ouvrir la bouche, un type un peu trop saoul me bouscule, et je renverse mon verre sur le tee-shirt de Nick. Une cascade de liquide se répand sur son torse, et un instant de panique me saisit. Oh mon Dieu. J'ai foutu en l'air son tee-shirt. Je panique, me tournant vers lui, rouge de honte.

— Oh non, je suis désolée, je… Je balbutie, cherchant une issue.

Les rires autour de nous me mettent encore plus mal à l'aise. Je veux juste disparaître. Mais il ne me laisse pas partir. Il me regarde d'un air amusé, presque indifférent. Il ne semble même pas fâché.

— Je… je suis vraiment désolée, lui murmure-je, ma voix tremblante malgré moi.

— Ne t'inquiète pas, dit-il en haussant les épaules. J'en ai des dizaines comme ça. Mais viens, suis-moi, je vais te montrer la maison. Ce sera un petit tour privé. Pas de refus possible après avoir fait ça.

Il ne me laisse pas vraiment le choix. Il me prend doucement par le bras, et je me sens comme prise au piège. Il me guide à travers la maison, m'amenant d'une pièce à l'autre, montrant avec une fierté évidente la taille des chambres, les salles de bain somptueuses. Il parle, mais ses mots ne m'atteignent pas vraiment. Je suis trop distraite par la proximité de son corps, la chaleur de sa main qui me frôle, et je n'arrive pas à ignorer la tension croissante entre nous.

Quand nous arrivons devant sa chambre, il me demande d'attendre dehors pendant qu'il se change. Je me retrouve seule dans le couloir, perdue dans mes pensées. Que suis-je en train de faire ici ? Pourquoi suis-je encore en train de le suivre ?

Quelques secondes plus tard, la porte s'ouvre, et il apparaît, torse nu. L'image de ses muscles, de son torse légèrement humide, me frappe de plein fouet. Je sens mon cœur accélérer. Je ne veux pas le regarder, mais je ne peux m'en empêcher.

— Tu apprécies ce que tu vois ? Il sourit, l'air provocateur. Son regard est pénétrant, trop insistant.

Je sursaute, me sentant piégée dans sa question. Je ne veux pas qu'il pense que je le fantasme. Je cherche une échappatoire.

— Ne te fais pas de fausses idées, je… je regardais les photos derrière toi. Je tente de masquer ma gêne, mais ma voix trahit ma nervosité.

Il lève un sourcil, un sourire en coin.

— J'aime capturer les belles choses, tu sais. Mais ça reste privé, dans ma chambre, avec moi. Pas de visite sans invitation. Sa voix est plus douce, mais il y a une ombre de mystère dans ses mots.

— Alors montre-les moi et je garderais le secret.

Je tente de cacher mon stresse, mais je suis clairement déstabilisée. Je veux découvrir qui il est vraiment, savoir ce qui se cache derrière ce masque de froideur.

Il me regarde, amusé, puis me conduit vers une autre pièce. Mais avant que nous n'arrivions, une voix, celle de Nathan, un de ses ami, interrompt notre moment. Nick lève les yeux au ciel, et sans un mot de plus, il me laisse seule, disparaissant en bas rejoindre les autres.

Je reste là, dans le silence de sa chambre. Je regarde la porte, et une sensation étrange m'envahit. Est-ce de la frustration ? Du désir ? De la confusion ? Je ne sais pas. Mais avant que je puisse réfléchir davantage, je ferme la porte et redescends.

Je me dirige vers la piste de danse, où Lexy m'attend. La musique est forte, mais mes pensées tourbillonnent encore autour de Nick.

L'alcool commence à faire effet. Mes jambes se font plus légères, ma tête plus encline à se perdre dans le rythme de la musique. Je laisse mes hanches se mouvoir au son des basses, oubliant presque où je suis, oubliant même tout ce qui m'entoure. Le monde devient flou, comme si je me trouvais à l'extérieur de mon propre corps.

C'est alors que je sens un poids, un regard lourd sur ma peau. Nick. Je n'ai même pas besoin de le regarder pour le savoir, sa présence est une pression palpable. Ses yeux sont braqués sur moi, sans détour, et je sens un frisson parcourir ma colonne vertébrale.

Je prends une grande inspiration, une vague de désir m'envahit contre ma volonté. Pourquoi me regarde-t-il ainsi ? Il y a tellement de filles plus belles, plus audacieuses que moi ce soir. Je dois me faire des films. Lui, Nick, il n'a rien à faire de moi, la fille timide et effacée. Il me déteste sûrement autant que je le déteste. Mais alors pourquoi ses yeux brûlent-ils comme ça ? Pourquoi est-ce que je me sens obligée de lui montrer ce qu'il rate ?

Je m'éloigne un peu du groupe et continue à danser, m'enivrant des rythmes qui résonnent dans mes oreilles. Je veux oublier ce regard, oublier Nick. Mais je ne peux pas. Il est là, tout près, sa silhouette imposante dessinée dans la lumière tamisée.

Les heures passent, il doit être plus de deux heures du matin. La fête semble s'étirer sans fin, les voix se mêlant à la musique, mais mes pensées sont ailleurs. Je me sens soudain fatiguée, ma tête est lourde de trop d'alcool et d'émotions contradictoires. Où est Lexy ? Elle devait être là pour moi ce soir, pour me soutenir dans ce chaos, mais elle n'est pas là.

Je me fraye un chemin à travers la foule, cherchant ses cheveux blonds, ses éclats de rire. Les gens semblent m'ignorer, trop absorbés par leur propre monde.

Je monte les escaliers, espérant la trouver près des toilettes. Je n'ai pas vraiment envie de la laisser se rendre compte de mon malaise.

Mais alors que je tourne dans un couloir, je me heurte à Caleb, un des gars de la bande de Nick. Il bloque le passage avec son sourire de prédateur, un air de supériorité qui me fait frissonner d'angoisse. Ses yeux brillent d'un éclat malsain, comme s'il savait déjà qu'il allait obtenir ce qu'il veut.

— Salut, beauté. Cette robe te va à ravir, dit-il avec un sourire qui n'atteint pas ses yeux.

Je déglutis. Son ton est trop familier, trop sûr de lui. J'essaie de garder mon calme, mais je sens mes jambes trembler sous moi.

— Lâche-moi, Caleb. Je ne suis pas intéressée, lui crie-je d'un ton plus ferme que je ne le pensais. Ma voix trahit pourtant un léger tremblement.

Il se rapproche de plus en plus, son regard s'intensifiant.

— Tu vas voir... tu ne sais même pas ce que tu rates, dit-il, sa main se posant sur mon bras avec une force qui me fait mal.

L'angoisse me serre la gorge. Il m'immobilise contre le mur. Je tente de reculer, de m'échapper, mais il ne me laisse aucune chance. Ses mains sont sur mes bras, les serrant avec une telle violence que je sens mes os craquer sous la pression. L'air devient lourd, ma respiration devient plus difficile.

— Tu ne vas pas me dire que cette robe n'est pas une invitation, Ella ? lance-t-il, un sourire carnassier sur les lèvres.

Je me débats, mais chaque mouvement ne fait qu'empirer la situation. Je me sens piégée, prise au piège dans sa poigne.

— Caleb, lâche-moi ! Mon cri se fait étouffer, comme si ma voix s'éteignait sous le poids de la peur.

À cet instant, il m'attrape par le cou, me soulevant légèrement. Son regard devient plus sombre, plus menaçant. Là, tout s'arrête. Le monde autour de moi se brouille. Je vois les contours de sa figure se flouter, mais ses paroles, elles, frappent comme un coup de marteau.

— Aucune fille, je dis bien aucune fille, ne me refuse.

— Tu me remercieras demain, ajoute-t-il, sa voix basse et empreinte de violence.

Je panique. Ma gorge se serre, mes yeux se remplissent de larmes, mais une seule se faufile sur ma joue. Je tente de crier, mais aucun son ne sort.

Je t'en supplie Aaron, dis-je par erreur. Une erreur lourde de sens…

Puis, un éclat de mouvement à mes côtés. Caleb est projeté en arrière, et tout à coup, je suis libérée.

Je reste figée, incapable de comprendre ce qui se passe. Nick. Il est là, entre Caleb et moi, un regard de rage pure sur le visage. Son corps, tel un barrage, repousse Caleb avec une force que je n'aurais pas imaginée.

Le premier coup de poing de Nick retentit comme un coup de tonnerre. Caleb vacille, mais Nick ne s'arrête pas. Un deuxième coup, puis un troisième. Autour de moi, les rires se transforment en cris. Mon cœur tambourine si fort que j'ai l'impression qu'il va exploser. Et pourtant, je ne bouge pas. Je devrais crier, je devrais intervenir, mais je reste figée, comme une spectatrice incapable de détourner les yeux du chaos qu'il a déclenché… pour moi.

Je suis complètement paralysée, figée dans cette scène. Quand le groupe d'amis de Nick se précipite pour les séparer, je réalise à peine ce qui se passe autour de moi. Tout est flou. Je regarde Nick, le visage ensanglanté, et mes jambes, elles, ne me portent plus.

Sans un mot, je m'éloigne, tournant les talons sans pouvoir contrôler la douleur qui m'étreint. La honte. La terreur. Je veux fuir, me cacher.

Lexy me poursuit dans les ténèbres, mais je cours trop vite pour qu'elle me rattrape.

Je n'ai pas envie qu'elle voie ça, ma fragilité, ma peur. Je ne veux pas qu'elle voie à quel point je suis brisée à l'intérieur. Elle ne peut pas savoir.

Au fil de la nuit, mon téléphone vibre sans cesse. Les messages de Lexy se multiplient, pleins d'inquiétude. Mais je n'ai ni la force ni les mots pour y répondre. Et puis il y a lui. Les appels de Nick. D'abord un, puis deux, puis un message.

Réponds moi... faut
qu'on parle. Nick

Ella !

Rappelle moi Ella ...

Comment a-t-il eu mon numéro ? Est-ce Lexy qui lui a donner ?
Pourquoi m'écrit-il ? Est-ce qu'il s'inquiète vraiment, ou est-ce juste
une façon pour lui de me garder sous son contrôle, comme une autre
conquête à ajouter à sa liste ?

Je m'effondre dans mon lit, épuisée. Demain, il y a cours. Je vais
devoir affronter les regards. Les questions de Lexy. Je vais devoir faire
semblant de tout oublier. Mais pour l'instant, je ferme les yeux, tentant
de trouver un peu de paix.

Chapitre 4

—————————— ✦ ——————————

Le réveil sonne. Je me réveille en sursaut. Mon bras me fait mal. Ce n'était donc pas un cauchemar. La douleur est bien réelle.

Je m'empresse d'ouvrir mes messages. Lexy doit être morte d'inquiétude, je ne lui ai pas répondu de la nuit. Et puis, à côté de ses messages, des appels manqués de Nick. Je n'ai pas la tête à ça ce matin. Je veux oublier cette soirée, effacer ce qu'il s'est passé. Donc je ne lui réponds pas.

J'envoie un message à Lexy.

> hey ma belle, désolé de ne pas t'avoir répondu, je me suis écroulé en rentrant. Ne t'en fais pas, tout va bien. On se retrouve à l'endroit habituel ?

> 7h45 ?

> Parfait !

Je sors de chez moi, l'esprit toujours embrouillé. Chaque pas me ramène à cette soirée. A Nick, à Caleb. La peur m'envahit à chaque souvenir, mais je la chasse, me concentrant sur l'instant.

Lorsque j'arrive près de l'université, mon cœur bat plus fort. Je suis si proche de l'endroit où tout va se jouer. Comment vais-je pouvoir croiser son regard sans me décomposer ? Nick. Sa présence est écrasante dans mon esprit, comme une ombre qui se faufile dans chacun de mes pas. Je tente de repousser cette peur qui monte dans ma gorge, mais elle est tenace. Les souvenirs de la scène, son visage ensanglanté, me hantent encore. Personne ne m'avait jamais encore défendue. Mais je n'ai pas le choix. Je dois affronter cette journée.

Lexy est là, comme toujours, avec ses grands gestes et son sourire réconfortant. Elle me fait signe de loin, me rappelle que la vie continue, qu'il faut avancer, coûte que coûte. Elle est la seule qui réussit à alléger, ne serait-ce qu'un instant, le poids que je porte en moi. Je lui rends son sourire, mais ce n'est pas le mien. C'est un masque. Un masque que j'ai appris à porter au fil des années, quand la douleur devient trop lourde pour être visible.

Elle s'approche, et je peux lire l'inquiétude dans ses yeux, même si elle ne dit rien. Lexy sait. Elle sait que quelque chose ne va pas, même si je ne lui ai rien dit. Elle m'observe, attentive, mais elle choisit de ne rien demander pour l'instant. Elle préfère me laisser respirer, et j'en suis reconnaissante.

Nous marchons ensemble vers l'entrée de l'université. Les couloirs sont déjà bondés, les voix s'élèvent autour de nous. Je sais qu'il y a une chance sur deux que je croise Nick aujourd'hui. Mais il est trop tôt pour le penser. Je me concentre sur l'instant, sur ce que je peux contrôler. Je suis sur le point d'entrer dans ma première salle de cours quand je l'aperçois, là, au bout du couloir. Il est en train de parler avec un groupe de ses amis, mais son regard, une fois encore, me trouve immédiatement.

Son regard. Ce regard qui me paralyse. Je le sens me traverser, me déshabiller. Un instant, je me sens dénudée, sans défense. Son regard ne cille pas, il est implacable.

J'inspire profondément, essayant de rester calme, de ne pas laisser l'anxiété me submerger. Mais c'est comme si, à cet instant précis, il était la seule chose réelle autour de moi. Il me cherche. Il attend une réaction de ma part, mais je ne peux pas lui accorder ça. Pas aujourd'hui. Je détourne les yeux, mais il est toujours là, présent, omni-présent.

Je suis prise dans un tourbillon. Pourquoi est-ce que je suis autant troublée par sa simple présence ? Pourquoi lui, de tous les garçons ? Pourquoi pas quelqu'un d'autre ?

Les minutes s'étirent en longueur, mais je me force à avancer, à quitter ce couloir sans me retourner. Lexy me suit sans poser de questions. Elle sait que je ne veux pas parler de ce qui vient de se passer. Mais à l'intérieur, tout est tumultueux. Je me sens vulnérable, exposée.

Dans la salle de cours, je prends place au fond, comme toujours, loin des regards. Je me perds dans les explications du professeur, mais mon esprit n'est nulle part ailleurs. Il est là, dans chaque mot, dans chaque pause. Nick. Pourquoi sa simple présence me bouleverse-t-elle autant ? Et puis, il y a ce souvenir qui me revient, fugace et effrayant : l'image d'Aaron, son visage, ce regard de colère. Je me secoue, mais la sensation de terreur est toujours là, tapie dans un coin de ma tête. Caleb avait fait ressortir à la surface mon passé.

Le cours avance, mais le vide m'envahit peu à peu. La pensée de Nick m'obsède. Pourquoi ne me laisse-t-il pas tranquille ? Pourquoi cet acharnement à me regarder ? Pourquoi cet intérêt soudain pour moi ?

À la pause, alors que je tente de me concentrer sur autre chose, je reçois un message. Un seul.

je veux te parler.

Je n'ai pas la force d'y répondre. Ni la volonté. Alors, je ferme les yeux un instant, respirant profondément.

Lorsque le cours reprend, je fais de mon mieux pour ignorer la présence de Nick dans la salle. Il est là, je le sais, mais je me force à l'ignorer, à me concentrer sur ce qui est devant moi. Le silence de la salle pèse lourd.

Voilà la fin de l'heure retentie, à peine sortie de la salle la réalité me frappe en plein fouet.

Le bruit des murmures dans le couloir est assourdissant. Chaque regard, chaque mot chuchoté, semble se diriger vers moi. « C'est elle », « Nick s'est battu pour elle », « Qu'est-ce qu'elle a de spécial ? » Les phrases me percutent, même si je fais tout pour les ignorer.

Je marche rapidement, essayant de me fondre dans la foule, mais mon cœur s'arrête net quand je l'aperçois.

Nick.

Il est là, face à Caleb, le poing serré, la mâchoire tendue. Le silence se fait autour d'eux comme si tout le couloir retenait son souffle.

— Plus jamais tu ne la touches, gronde Nick, sa voix grondante résonnant dans l'espace.

Caleb rit nerveusement, mais il recule.

— Tu te prends pour qui, mec ?

Avant que quiconque ne puisse intervenir, Nick frappe violemment dans le mur. Le bruit sourd résonne, et je sursaute, incapable de détourner les yeux. Ses phalanges sont rouges, et une fine trace de sang s'étale sur la peinture écaillée.

— J'ai dit, plus jamais, Caleb.

Il n'attend pas de réponse. Nick se détourne, ses épaules tendues, et s'éloigne d'un pas rapide. Tout le monde le regarde, mais personne ne bouge.

Sans réfléchir, je le suis.

Je le trouve dans les toilettes des garçons, penché au-dessus du lavabo. L'eau coule, mais il ne bouge pas. Ses mains tremblent alors qu'il les passe sous le jet, et je peux voir le rouge vif de sa blessure s'étaler sur le blanc de la céramique.

— Nick…

Il ne se retourne pas tout de suite. Son souffle est court, irrégulier, et quand il finit par lever la tête, son regard se plante dans le mien à travers le miroir.

— Qu'est-ce que tu fais ici ? demande-t-il, sa voix rauque.

Je reste près de la porte, mal à l'aise.

— Je… Je voulais juste m'assurer que tu allais bien.

Il rit, un son amer qui résonne dans la petite pièce.

— Moi ? Il se redresse, se tournant pour me faire face.

— C'est à toi qu'on devrait demander ça, Ella. Pas à moi.

Ses mots me frappent, mais c'est la douleur dans ses yeux qui m'ébranle vraiment.

— Je ne t'ai rien demandé, murmure-je, mais ma voix tremble.

Il serre les poings, et je peux voir la tension dans chaque muscle de son corps.

— Tu crois que je pouvais rester là et le laisser te toucher comme ça ?

Je recule d'un pas, déstabilisée par la fureur qui émane de lui.

— Ce n'est pas à toi de me protéger, Nick.

— Peut-être pas, répond-il, sa voix baissant légèrement.

— Mais je ne pouvais pas faire autrement.

Un silence tendu s'installe entre nous. Je fixe ses mains abîmées, les jointures ouvertes, et sans réfléchir, je m'approche.

— Laisse-moi voir.

Il hésite, mais je prends doucement sa main dans la mienne. Je sors un mouchoir de ma poche et le presse sur la plaie. Il tressaille légèrement, mais ne dit rien.

— Pourquoi ? murmure-je finalement.

— Pourquoi quoi ?

Je lève les yeux vers lui, cherchant des réponses dans son regard.

— Pourquoi tu fais ça ? Pourquoi tu t'en mêles ?

Il inspire profondément, détournant les yeux.

— Parce que je ne pouvais pas rester là à regarder.

Je secoue la tête, frustrée.

— Ce n'est pas une réponse.

Il repose ses yeux sur moi, et cette fois, ils brillent d'une intensité qui me coupe le souffle.

— Peut-être que ça l'est, dit-il doucement.

Je relâche sa main et recule, le cœur battant à tout rompre. Je ne sais pas quoi dire, ni quoi penser.

— Tu devrais retourner en cours, murmure-t-il en se tournant à nouveau vers le lavabo.

— Et Ella…

Je m'arrête, la main sur la poignée.

— Ne laisse plus jamais un type comme Caleb t'approcher. Promets-le-moi.

Il s'approche alors de moi et il pose sa main de ma joue, la caressant doucement, et je sens un frisson intense parcourir tout mon corps. Sa peau est rugueuse, son geste aussi. Il ne cherche pas à être tendre, mais quelque part dans ce geste, il y a une douceur inexpliquée.

Je le regarde, et il relève mon visage doucement. Ses yeux plongent dans les miens, et c'est comme si le monde autour de nous disparaissait. Nous n'existons plus que tous les deux, cette fraction de seconde où tout semble suspendu, où l'envie de l'embrasser me brûle les lèvres, où mon cœur s'emballe, mais je n'ose bouger. Je suis figée, perdue dans ce regard.

Il se penche lentement vers moi, et je sens son souffle contre ma peau. Nos lèvres ne sont qu'à quelques centimètres, une tension palpable flotte dans l'air. Mais soudain, la porte s'ouvre brusquement.

Un étudiant entre sans prévenir, et la réalité nous frappe de plein fouet. Nick me pousse violemment en arrière, et je reste là, abasourdie, le cœur battant la chamade.

Je suis figée, la déception et l'agacement se mélangent, mais il est déjà parti, sans un mot.

Je me retrouve seule, le corps secoué par une foule de sentiments contradictoires. Pourquoi est-ce que tout se complique ainsi ? Pourquoi je me sens aussi perdue quand il est là près de moi ? Alors que je le hais.

Le reste de la journée passe dans un brouillard de pensées et d'angoisse. Les murmures sur Nick, sur Caleb, sur moi, ne cessent de tourner dans ma tête. C'est comme si la situation m'échappait complètement, comme si je n'étais qu'un pion dans un jeu auquel je ne veux pas participer.

Je rejoins Lexy plus tard, comme à notre habitude. Elle me regarde, intriguée par mes regards furtifs vers le terrain de football. Mais ce soir, c'est Nick qui occupe mes pensées, pas les joueurs.

— Tu as un faible pour un de nos sportifs, ma chère Ella ? demande Lexy en souriant, un brin taquine.

Je sursaute légèrement, me forçant à sourire.

— Pas du tout, réplique-je d'un ton plus ferme que je ne le voudrais. Je me demandais juste pourquoi Caleb n'est pas là pour l'entraînement.

— Tu penses que Nick y est pour quelque chose ? demande-t-elle, un sourire en coin.

— Aucune idée. Mais moins je le croise, mieux je me porte. Je crois que cette phrase est plus pour moi que pour elle, mais je ne peux pas m'empêcher de ressentir une pointe de vérité dans mes mots.

— C'est clair, quel connard ! s'exclame-t-elle en secouant la tête. Bon, allez, je te ramène. J'ai la voiture de ma sœur et ce soir, je t'emmène à la soirée.

— Je… je ne sais pas si c'est une bonne idée, lui dit-je.

— Je viens te chercher pour 22h, me répond-elle souriante.

Je n'ai même pas la force de lui répondre. Je me sens épuisée, mais aussi vide. Est-ce que cette soirée va me permettre d'échapper à tout ce tourbillon de confusion ? Je ne sais pas…

J'arrive enfin chez moi, mais le poids de la journée reste collé à ma peau comme une seconde couche. Mes bras me font mal, mais ce n'est pas la douleur physique qui me dérange. C'est le souvenir de la scène dans le couloir, de l'altercation entre Nick et Caleb, de l'intervention de Nick. Et de ce regard… ce regard qu'il m'a lancé juste avant de partir.

Je n'arrive pas à me défaire de cette sensation étrange. La culpabilité, peut-être. Ou la confusion. Parce qu'au fond de moi, il y a cette petite voix qui me dit que je ne devrais pas céder à Nick, que je n'ai pas besoin de lui pour réparer ce qui est brisé en moi. Mais une autre partie de moi, une partie que je déteste, me crie le contraire.

Je me laisse tomber sur mon lit, mes mains crispées sur les draps, mes jambes repliées contre ma poitrine. Le murmure de la ville qui m'entoure semble s'éteindre dans ma chambre vide.

Je ferme les yeux, mais je n'arrive pas à me calmer. La scène d'hier se rejoue en boucle. Caleb. Les mots qu'il a prononcés, son regard, puis le geste de Nick. Le son du poing frappant le mur…

Je fronce les sourcils et essaie de respirer profondément. Mais l'air est lourd. Il y a ce nœud dans ma gorge, celui qui ne me quitte jamais depuis ce moment-là, un peu plus serré à chaque instant. C'est la douleur des souvenirs qui ne s'effacent pas. La violence de mon passé.

Je tente d'ignorer ce que je ressens, mais c'est plus fort que moi. Comment ai-je pu en arriver là ? Comment ai-je pu laisser quelqu'un comme Caleb se rapprocher de moi sans rien dire, sans agir ? Combien de fois ai-je été cette fille qui se laissait faire, qui fermait les yeux, qui se disait qu'elle méritait ça ?

Je me redresse brusquement et m'appuie contre le mur, mes poings serrés. Pourquoi est-ce que je suis comme ça ? Pourquoi est-ce que je

ne me bats pas ? Pourquoi est-ce que je laisse ces hommes, ces garçons, ces personnes dans ma vie ?

Je n'ai jamais eu ce courage. Toujours à me cacher, toujours à me
protéger derrière un masque de silence, d'indifférence. Parce que si je
montre trop qui je suis, on pourrait me faire du mal. C'est ce que j'ai
appris. C'est ce que j'ai intégré au fond de moi, comme une vérité
absolue.

Mais maintenant, ça me ronge. Le pire, c'est que je me demande si
je ne suis pas toujours cette fille. Celle qui reste dans l'ombre. Celle
qui laisse les autres prendre les décisions pour elle. Celle qui se laisse
briser sans rien dire. Et je déteste cette version de moi.

Je veux tout effacer. Tout oublier. Parce que si je continue à me
laisser faire, je vais me perdre.

Un bruit de pas dans le couloir me fait sursauter. Je me fige, tendue.
J'entends juste le léger crissement du parquet. La porte s'ouvre, c'est
Lexy, je suis rassurée, Il est déjà 22h je n'ai même pas vu le temps
passer.

— T'es prête, où tu as décidé d'hiberner jusqu'à demain ? me demande-t-elle avec ironie.

— Je suis prête, mais tu sais bien que je déteste me presser, lui
réponds-je un peu sur la défensive.

— Bien, suis-moi. Ce n'est pas le moment d'hiberner. La soirée
nous attend.

Chapitre 5

La forêt est plongée dans l'obscurité, un océan de silhouettes et d'ombres dans lequel je me perds. La soirée a commencé comme une simple sortie entre amis, mais elle a rapidement pris un tournant inattendu. Mes camarades ont décidé d'organiser un petit rassemblement en plein air, loin des lumières de la ville. Alors que nous marchons sur le chemin sinueux, les rires et la musique résonnant autour de nous, j'ai un moment d'hésitation. Je suis fatiguée de l'excitation et du bruit, alors je me suis éloignée, m'échappant du groupe pour retrouver un peu de tranquillité. C'est à ce moment-là que je me suis retrouvée ici, à l'écart, m'éloignant des rires et des éclats de voix.

Je marche à reculons, me concentrant sur les murmures de la nuit. Nick est là, quelque part, et je le sens comme une présence écrasante, un poids sur ma poitrine. Je ne devrais pas le laisser m'affecter ainsi, mais il est insupportable, avec son sourire arrogant et son air désinvolte qui me mettent hors de moi. J'essaye de chasser cette pensée, mais son image est ancrée dans mon esprit.

Les autres se regroupent pour allumer un feu de camp, des flammes dansantes et projetant des ombres sur leurs visages joyeux. Je jette un œil furtif dans sa direction. Il est là, entouré de rires, sa présence charismatique attirant l'attention. Il se déplace avec une aisance déroutante, son regard perçant balayant la clairière avant de se poser sur moi. Instantanément, je me sens comme un animal piégé dans les phares d'une voiture.

Quand il s'approche de moi, je redresse les épaules, essayant de masquer mon agitation.

— Pourquoi es-tu assise là, seule ? demande-t-il, sa voix basse et séduisante, presque un murmure au-dessus du crépitement du feu.

— Peut-être que j'aime la solitude, rétorque-je, feignant l'indifférence.

Mais je sens l'adrénaline monter dans mes veines. Il s'assoit à côté de moi, son corps si près du mien que je peux sentir la chaleur émaner de lui. Je tente de ne pas le regarder, de ne pas me laisser emporter par ce mélange troublant de méfiance et d'attirance.

— La solitude, c'est ennuyeux, répond-il avec un sourire arrogant, un sourire que j'aimerais frapper de toutes mes forces.

— Tu pourrais profiter de la soirée au lieu de te cacher.

Je ne sais pas ce qui me rend plus furieuse : son ton désinvolte ou le fait qu'il ait raison, mais je refuse de lui donner ce plaisir.

— Et si je préfère observer, dis-je.

Il éclate de rire, un son qui résonne dans la nuit, et ça m'énerve encore plus.

— Ah, Ella, tu sais vraiment comment être… acérée. Mais je parie que tu es plus amusante que tu ne veux le montrer.

Son regard s'intensifie, comme s'il cherchait à percer mon masque de défi. Il fait glisser une mèche de cheveux derrière mon oreille, son geste à la fois doux et provocateur, et je frémis de surprise.

— Ne joue pas avec moi, Nick, dis-je, la colère montant en moi. Je sais très bien ce que tu essaies de faire.

— Et qu'est-ce que j'essaie de faire, selon toi ? demande-t-il, son sourire se transformant en un rictus provocateur. Peut-être que je veux juste voir la vraie Ella. Pas celle qui se cache derrière son air froid.

Je le fixe, mes yeux lançant des éclairs.

— La vraie Ella ? Tu ne sais rien de moi.

Chaque mot est chargé de défi, mais au fond, je me rends compte que je ne fais que masquer mon intérêt. J'ai envie de lui balancer mes vérités à la figure, de le repousser, mais chaque fois que je le fais, je sens cette tension qui ne cesse de croître entre nous.

— Oh, je sais beaucoup de choses, dit-il, sa voix prenant une teinte plus sombre.

— Je sais que tu détestes que je te regarde, mais ça ne m'empêche pas de le faire.

La manière dont il parle de moi, comme s'il m'observait réellement, me fait frémir. Cela réveille quelque chose de plus profond en moi, quelque chose que je voudrais ignorer.

— Tu es insupportable, lui murmure-je, mais je n'arrive pas à cacher le tremblement dans ma voix.

Il se penche un peu plus près, réduisant encore la distance entre nous, et je suis piégée.

— C'est ce qui me plaît chez toi, Ella. Tu es si… intense.

Ses mots glissent comme du velours, mais je sais qu'il joue avec moi, comme un chat avec une souris.

— Je ne suis pas une de tes conquêtes, Nick, dis-je, essayant de faire preuve de courage, mais ma voix est plus douce que je ne le souhaiterais.

La façon dont il me regarde me donne l'impression que je suis exposée, vulnérable.

— Peut-être pas, mais ça ne veut pas dire que je ne peux pas essayer.

Il sourit, et dans ses yeux brille une lueur de défi. Je sais qu'il ne reculera pas.

— Tu ne sais pas à qui tu as affaire, rétorque-je, ma colère croissante. Je ne vais pas te rendre la tâche facile.

— Oh, je ne veux pas que ce soit facile, dit-il, sa voix s'assombrissant. J'aime les défis. Tu es un défi, et j'adore ça.

Il se rapproche encore, et je sens ma respiration s'accélérer, un mélange d'angoisse et de désir. La tension entre nous est si forte qu'elle pourrait presque prendre forme.

Je le déteste, et je le veux, et ces deux sentiments se battent en moi. Sa main effleure doucement mon bras, une caresse brûlante qui me fait frissonner malgré moi.

— Regarde autour de nous, murmure-t-il. On est seuls ici, dans le noir, loin de tout le monde. Juste toi et moi. Dis-moi que tu n'as pas envie de me connaître un peu mieux.

Je tourne la tête, évitant son regard, mais je ne peux pas ignorer le frisson d'excitation qui me parcourt.

— Tu es insupportable, répète-je, mais je sais que cela ne fait qu'attiser sa provocation.

— Insupportable, peut-être, mais je suis aussi intriguant. Ne fais pas semblant que tu ne ressens rien.

Il se penche encore plus près, son souffle chaud contre mon visage, et je sais que je suis sur le point de perdre pied.

Il me scrute avec une intensité telle que je ne peux pas soutenir son regard. Je déteste cette sensation, ce mélange de méfiance et de désir, mais je ne peux pas me résoudre à le repousser. Dans cette obscurité, il est comme un poison et un antidote à la fois.

— Peut-être que tu devrais faire attention, dis-je finalement, ma voix plus faible, trahissant ma vulnérabilité. Tu ne sais pas jusqu'où je pourrais aller pour te faire regretter de t'approcher de moi.

— Je ne veux pas que tu me fasses regretter quoi que ce soit, dit-il, son ton devenant plus sérieux, presque tendre. Je veux voir jusqu'où tu peux aller.

Ses mots flottent dans l'air, lourds de promesses et de menaces. Je me sens tiraillée entre l'envie de fuir et celle de céder. Ce jeu qu'il joue est dangereux, et je suis sur le point de m'y engager. Nick est arrogant et provocateur, mais il est aussi fascinant.

La nuit s'étend autour de nous, et je sais que je suis à la croisée des chemins. Mon cœur bat la chamade, et je suis prête à plonger dans l'inconnu qu'il représente, même si cela signifie embrasser le chaos.

Il se penche encore un peu plus près, son souffle chaud effleurant ma peau, et je sens la tension atteindre son paroxysme. Mes mains, auparavant hésitantes, glissent avec audace vers sa ceinture, et je les pose là, prenant un risque que je n'aurais jamais imaginé prendre. Nick se fige un instant, surpris par mon audace. Mais il ne recule pas. Au contraire, un sourire en coin se dessine sur ses lèvres, et je sens une vague de chaleur m'envahir.

— Alors, tu sais jouer avec le feu, murmure-t-il, sa voix chargée de promesses.

Je suis piégée entre l'arbre et son corps, mon cœur battant la chamade alors que Nick s'approche encore plus, son regard intensément fixé sur moi. Sa présence est écrasante. Il est si près que je peux sentir son parfum, qui m'enivre et me trouble à la fois.

— Tu vois, Ella, dit-il d'une voix basse pleine de sous-entendus. Je sais que tu essaies de rester distante, mais ça ne fonctionne pas.

Ses yeux scintillent d'un éclat provocateur, comme s'il savait qu'il a déjà gagné une partie de cette bataille.

Je déglutis, mais je garde un air défiant sur mon visage.

— Je ne suis pas si facile à avoir, Nick. La bravoure de ma voix contraste avec le tumulte dans mon ventre.

Je suis partagée entre l'envie de le repousser et celle de me laisser emporter.

— Facile ? Il éclate de rire. Oh, je ne cherche pas la facilité, je cherche à te provoquer. C'est bien plus amusant.

Son regard scrute mes yeux, et je sens comme une connexion électrique entre nous. Chaque seconde passée à ses côtés est un test, un affrontement entre mes désirs inavoués et ma volonté de rester indifférente.

Il s'approche encore, son souffle chaud effleurant ma peau.

— Regarde-toi, murmure-t-il, sa voix se faisant plus grave. Tu es tellement tendue, mais je sens que tu as envie de te lâcher. Que tu as envie de moi.

C'est comme s'il avait plongé dans mes pensées, mis à jour cette vérité que je me refuse à reconnaître.

— Tu te trompes, réponds-je, même si une partie de moi sait qu'il a raison.

Je suis nerveuse, et chaque mot qu'il prononce éveille un désir que j'essaie désespérément de cacher.

— Non, je ne me trompe pas, insiste-t-il, sa main glissant doucement le long de ma taille.

Son toucher est à la fois électrique et rassurant, et je me mords la lèvre pour retenir un gémissement.

— Je peux te rendre folle, Ella. Et je compte bien le faire.

Son regard brille d'une arrogance séduisante, comme s'il savait déjà qu'il a le pouvoir de me faire céder.

— Laisse-moi te montrer combien je peux être... divertissant, continue-t-il, un sourire taquin se dessinant sur ses lèvres. Je peux être tout ce que tu veux, et assouvir tout tes désirs.

Je me fige à cette déclaration, un mélange de défi et d'inquiétude dans mon ventre.

— Je ne suis pas une proie, Nick, dis-je, ma voix se faisant plus ferme.

Mais en moi, le désir s'agite, un feu qui ne demande qu'à être attisé.

— Peut-être pas, répond-il, son regard flamboyant d'assurance.

Mais tu es là, avec moi, et je ne peux pas ignorer cette chimie.

Il se penche légèrement, son nez frôlant le mien, et je me sens prise dans un tourbillon de sensations contradictoires.

Chaque mot, chaque geste de Nick me pousse à le détester un peu plus tout en me donnant envie de lui céder.

— Tu aimes ce jeu, n'est-ce pas ? dit-il, ses yeux dans les miens, comme s'il cherchait à lire mes pensées.

— Ce n'est pas un jeu, murmure-je, bien que je sache que je ne suis pas en train de convaincre qui que ce soit.

Je lutte pour garder ma position, mais je sens la fragilité de ma façade.

Il s'approche encore, réduisant l'espace entre nous.

— Bien sûr que si, dit-il, sa voix rauque et séduisante. Regarde-toi, tu es à deux doigts de craquer. Juste un petit coup de pouce, et je suis certain que tu te retrouveras dans mes bras.

— Et tu penses vraiment que je vais tomber dans ton piège ? rétorque-je, bien que mes mots manquent de conviction.

Sa proximité me fait chavirer, et je suis consciente que je suis en train de perdre cette bataille.

— Oh, Ella, dit-il avec un soupir théâtral, je ne cherche même pas à te piéger. Je veux juste que tu te rendes compte à quel point tu me désir.

Il se redresse légèrement, laissant ma peau frémissante sous son touché.

— Pourquoi résister quand on peut s'amuser ?

Il avance encore, et cette fois, ses lèvres frôlent les miennes, un contact si léger mais chargé de promesses. Je suis sur le point de céder, de l'embrasser et de laisser derrière moi cette façade de froideur. Mon corps réclame le sien, et je me sens piégée par cette attirance que je ne peux ignorer.

— Tu es tellement frustrante, marmonne-t-il, son souffle caressant ma peau. Tu sais que tu as envie de moi. Pourquoi ne pas simplement l'admettre ?

Chaque mot qu'il prononce fait écho à mes propres désirs, et je sens ma résistance s'effondrer lentement.

— Je ne vais pas céder, réussis-je à dire, bien que mes mots ne soient plus aussi convaincants.

— Je parie que tu pourrais être bien plus amusante si tu le faisais, dit-il, son regard plein de défi.

Il se penche un peu plus, et j'entends le battement de mon cœur résonner dans mes oreilles. Je suis sur le point de franchir la ligne, et l'idée me terrifie autant qu'elle m'excite.

Je ferme les yeux un instant, me concentrant sur ce que je ressens, sur la tension palpable dans l'air. Nick est tout ce que je déteste, et pourtant, il est aussi tout ce que je désire. Je rouvre les yeux, et nos regards se croisent, des flammes de passion et de défi dans le silence de la nuit.

— Tu sais, dit-il, à voix basse, parfois, il suffit d'un rien pour que tout s'effondre. Et je suis prêt à te montrer à quel point c'est agréable de se laisser aller.

— Tu es fatiguant, murmure-je, mais je sens ma résolution se fissurer.

La chaleur de son corps, la proximité de ses lèvres… tout cela m'entraîne vers lui, vers un désir inextinguible.

— Je préfère le mot séduisant, dit-il, son sourire provocateur me laissant sur le fil du rasoir.

Il se penche encore, ses lèvres si près des miennes que je peux presque les toucher.

— Dis-moi, Ella, qu'est-ce qui te retient vraiment ? La peur ou simplement une envie de jouer ?

— Tu es insistant, dis-je, ma voix tremblante trahissant mon trouble.

— Parce que je sais que tu aimes ça, répond-il, sa voix suave, un défi dans chaque syllabe. Laisse-moi faire, et je te promets que tu ne le regretteras pas.

Il se rapproche encore, nos lèvres se touchant. L'instant est suspendu, et je suis à la lisière d'un monde où tout est possible. Je sais que je devrais fuir, mais je reste là, figée, à l'affût de ce que je pourrais ressentir si je cédais enfin à l'appel de Nick.

— Tu es tellement proche, Ella, murmure-t-il, son regard brûlant le mien. Laisse-toi aller.

Et alors, la barrière se brise. Je l'embrasse, un geste impulsif, un acte de défi, mais aussi une promesse de tout ce que j'ai caché en moi.

Alors que Nick réagit à mon baiser, son corps se tend et il intensifie le contact, approfondissant notre échange avec une passion que je n'aurais jamais cru possible.

Mes mains, d'abord paralysées par la surprise, trouvent enfin leur chemin jusqu'à sa ceinture. Je les pose, mais bientôt je les sens se faire plus affirmées, comme si elles avaient leur propre volonté.

— Tu vois, murmure-t-il entre deux baisers, sa voix vibrante d'arrogance, je savais que tu finirais par céder.

Sa réponse m'encense d'une chaleur inattendue, et je me sens à la fois enivrée et en colère contre moi-même.

Je presse mes mains contre sa ceinture et sa peau, sentant la texture du cuir sous mes doigts. Nick se fige un instant, son souffle se coupant, et je sais que j'ai franchi une ligne. Mais je ne recule pas. Au contraire, je l'attire encore plus près de moi, déterminée à ne pas laisser cet instant échapper.

— Ella… commence-t-il, mais je ne lui laisse pas le temps de terminer sa phrase.

Je l'embrasse plus intensément, mon désir pour lui prenant le pas sur toutes mes réserves. Je sens la chaleur de son corps contre le mien, et je me rends compte que je ne veux plus rien d'autre que d'être encore plus proche.

Il réagit immédiatement, ses mains trouvant refuge dans mes cheveux, tirant légèrement pour me rapprocher de lui.

— Tu es dangereuse, grogne-t-il, un sourire provocateur se dessinant sur son visage. Mais ça me plaît.

Ses doigts glissent sur ma taille, et il presse son corps contre le mien, me faisant ressentir chaque contour de sa musculature. Je sens mon corps répondre à cet appel, et chaque mouvement devient une danse sensuelle entre défi et désir.

Nick est arrogant, et sa confiance est contagieuse.

— Qu'est-ce que tu fais ? demande-t-il, ses yeux scrutant les miens avec une intensité brûlante.

Mais il n'a pas l'air d'un homme qui veut vraiment savoir. Il cherche à me provoquer, à tester mes limites, et je le sens.

— Je prends ce que je veux, réponds-je, ma voix un peu plus rauque que je ne l'avais prévu.

Je n'avais pas réalisé à quel point j'étais impatiente de le toucher, de sentir la chaleur de son corps contre le mien.

Je joue avec la ceinture, mes doigts effleurant le cuir, et Nick frissonne, son regard se faisant plus sombre.

— Tu n'as pas idée de ce que tu déclenches, murmure-t-il, son ton rauque charger d'un désir palpable.

— Peut-être que j'en ai une idée, dis-je avec une audace soudaine.

Je resserre mes mains autour de sa ceinture, mes pouces frôlant sa peau juste en dessous, et je le sens se raidir sous mon toucher. Le plaisir mêlé à la surprise dans ses yeux est un coup de fouet qui attise encore plus mon audace.

— Alors, qu'est-ce que tu veux vraiment, Ella ? demande-t-il, sa voix vibrante de désir, mais aussi d'un amusement provocateur.

Ses yeux brillent, et je vois qu'il aime ce jeu autant que moi.

Je me penche en avant, mon souffle effleurant son oreille.

— Je veux voir jusqu'où tu es prêt à aller.

Mon ton est à la fois provocateur et audacieux, et je sais que ces mots le poussent à aller plus loin, à franchir cette limite que nous avons tous les deux fixée.

— Alors, laissons la tension s'intensifier, grogne-t-il. Ses lèvres effleurant ma joue, puis se déplaçant le long de mon cou.

Chaque baiser qu'il dépose sur ma peau enflamme mon désir, et je frémis sous cette caresse délicate.

— Tu ne crains pas de jouer avec le feu ? dit-il, la voix tremblante d'excitation et de défi.

— J'adore le feu, répond-je, ma voix chargée d'un désir palpable.
Et je sens que toi aussi.

Je glisse alors mes doigts le long de son entrejambe, un mouvement calculé qui le fait frémir.

Son corps réagit à chaque caresse, une vague de désir intense parcourant son visage alors qu'il lutte contre la montée de son excitation. Ses yeux s'assombrissent, empreints d'un mélange de désir et d'anticipation.

> — Ella…murmure-t-il encore une fois, comme s'il essayait de me
> ramener à la raison, mais je sais que ses mots sont à la fois une
> mise en garde et une invitation.

Je me penche légèrement en avant, mes lèvres à quelques centimètres des siennes.

L'air entre nous est chargé d'électricité, chaque seconde qui passe intensifie la tension. Mon cœur bat la chamade, et malgré ma détermination à le rendre fou de désir, je sens la peur d'aller trop loin. Mais c'est précisément ce frisson de danger qui rend ce moment si enivrant.

> — Je sais que tu aimes ça, dis-je, ma voix douce mais empreinte
> de défi.

Je ressens son souffle chaud contre mon visage, et je vois la lutte dans ses yeux. Il veut céder, mais il veut aussi me contrôler.

Soudain, je réalise que je dois le provoquer davantage. Je me redresse, m'attachant mes cheveux pour les rassembler en une queue de cheval, luttant contre le désir de me laisser aller. En m'attachant les cheveux, je montre à Nick que je suis prête à jouer, à entrer dans son jeu.

Je sens son regard insistant sur moi, ses yeux s'allumant d'une lueur de convoitise.

— Ça te plaît, hein ? dis-je, une provocation silencieuse qui le pousse à vouloir en savoir plus.

L'éclat dans ses yeux s'intensifie, révélant son impatience et son désir inextinguible.

Je m'agenouille lentement, ne le quittant pas des yeux. Je sens le frisson d'anticipation parcourir l'air entre nous alors que je glisse mes mains sur sa cuisse, remontant jusqu'à son entrejambe. Je suis à la fois l'actrice et la spectatrice de ce jeu dangereux.

— Ne crois pas que je vais céder facilement, murmure-je, mes doigts effleurant le tissu de son pantalon.

Son souffle se coupe, et je vois l'angoisse et le désir se mêler dans son regard.

— Qu'est-ce que tu fais ? demande-t-il, sa voix tremblante de désir.

Chaque mot est un défi, une tentative de reprendre le contrôle, mais je sais qu'il est piégé dans cette danse enivrante que nous avons créée.

Je fais glisser mes doigts sur son sexe à travers le tissu, ressentant sa réaction immédiate, la façon dont il se raidit sous mes caresses. Je ne peux m'empêcher de sourire en voyant son agitation.

Nick, avec toute sa confiance et son arrogance, est à présent à ma merci, et j'adore ça.

— Je sais que tu en as envie, murmure-je, ma voix basse et sensuelle, chaque mot glissant comme du velours. Je pourrais te faire oublier toutes les autres filles.

— Ne joue pas avec moi, Ella, dit-il, sa voix à la fois désespérée et chargée de désir. Tu sais que tu me rends fou là.

— Je sais, rétorque-je, savourant ce pouvoir.

Je continue de caresser son sexe, mes doigts dansant sur la surface, mais je ne lui laisse aucune prise. Je veux qu'il se consume d'envie, qu'il ait soif de moi.

Mais alors, je me redresse, feignant une désinvolture qui masque l'intensité du moment. Je le regarde droit dans les yeux, une lueur provocatrice dans le regard.

— Tu crois que je vais céder si facilement ? dis-je, un sourire défiant sur mes lèvres. On ne joue pas avec moi, Nick, je ne serais pas un de tes trophées.

Je sens son corps réagir à chaque mot, et je sais qu'il est à la limite, tiraillé entre le désir de céder et celui de garder son pouvoir.

Puis, dans un mouvement soudain, je me lève, le laissant sur sa faim. Le regardant avec une arrogance satisfaite.

— Tu devras attendre un peu plus longtemps pour ce que tu désires. Et ce n'ai pas parce que tu m'as sauvé de Caleb que je vais tomber dans tes bras.

Je m'éloigne lentement, savourant la frustration inscrite sur son visage. Chaque pas que je fais me rapproche de la porte de la forêt, et je me retourne une dernière fois pour le défier du regard.

— N'oublie pas, Nick. Je ne suis pas une de ces filles qui s'agenouillent et se plient à tes caprices.

Mais avant que je puisse m'éloigner un peu plus Nick s'approche de moi avec une intensité nouvelle, une expression de défi imprimée sur son visage. Avant même que je puisse réagir, il m'attrape fermement par les poignets et me plaque contre l'arbre derrière moi. Le choc est brutal, le contact du tronc rugueux contre mon dos me fait sursauter, mais je suis trop prise dans la situation pour m'en soucier.

Ses mains, puissantes et déterminées, maintiennent mes bras au-dessus de ma tête, m'empêchant de bouger. Il se penche vers moi, son visage à quelques centimètres du mien, l'air dur, presque colérique.

— Tu crois vraiment que tu peux me défier impunément, hein ? sa voix est basse, grave, pleine de frustration et de colère contenue.

66

Il fait une pause, attendant une réponse, mais je ne dis rien, restant figée sous son emprise.

Ses yeux scrutent les miens, un mélange d'envie et de frustration dans son regard. Puis, d'un geste rapide, il s'approche encore plus. J'ai l'impression que l'espace entre nous devient plus étroit à chaque seconde qui passe, comme si tout autour de nous avait disparu, ne laissant que lui et moi dans cette confrontation.

Il pose une dernière fois sa bouche contre la mienne, comme s'il voulait me marquer, me rappeler que malgré tout, il contrôle la situation.

— Tu ne sais pas à quel point ça me rend fou, Ella, dit-il, sa voix se faisant plus douce, mais toujours aussi menaçante.

Je suis là, coincée contre l'arbre, incapable de dire ou de faire quoi que ce soit, mon cœur battant plus fort que jamais.

Puis il me relâche brusquement, comme si son emprise sur moi était soudainement devenue trop lourde à supporter. Il recule d'un pas, son regard dur et fuyant à la fois, comme s'il avait du mal à digérer l'instinct qui venait de le submerger. Ses poings se serrent à ses côtés, la frustration évidente sur son visage.

Sans un mot de plus, il se détourne, presque furieux contre lui-même, et se dirige vers le reste du groupe, qui l'attend un peu plus loin.

Je reste là, pétrifiée, une vague d'émotions contradictoires m'envahissant.

J'ai l'impression d'avoir été à la fois à sa merci et d'avoir échappé à quelque chose de bien plus intense.

Je sors enfin de ma cachette et je m'approche de Lexy, chaque pas me semblant plus lourd que le précédent.

Mes jambes sont molles, comme si elles n'appartenaient plus à mon corps. L'air autour de moi est saturé d'une énergie palpable, dense, presque suffocante. Tout est flou, déformé, comme si la réalité s'était soudainement déconnectée. Je suis là, présente physiquement, mais ailleurs dans ma tête, noyée dans une mer de confusion et de sensations que je ne peux pas contrôler.

— Je crois qu'il est temps de rentrer, je suis fatiguée.

Lexy me jette un regard, surprise, mais sa compréhension est immédiate. Elle hoche la tête, et elle me prend doucement par le bras, prête à m'emmener, à me sortir de cette situation. Mais juste avant qu'elle ne puisse bouger, un frisson me traverse. Je le sens. Son regard. Il est là, planté dans mon dos, comme un poids énorme, brûlant. C'est comme une force invisible qui me tire en arrière, qui m'empêche d'avancer.

Je n'ai pas envie de le sentir. Pas maintenant. Pas comme ça. Mais c'est plus fort que moi, un réflexe incontrôlable.

Lentement, je tourne la tête, à peine, juste assez pour croiser ses yeux.

Et là, tout s'arrête. Le monde autour de moi s'effondre, s'efface, tout devient flou, sauf lui. Nick.

Ses yeux, ces yeux sombres, fixent les miens avec une intensité telle qu'ils semblent vouloir me transpercer. Il ne dit rien, mais son regard… il crie tout ce qu'il ne veut pas dire. C'est une pression sourde, violente. C'est comme si tout en lui se battait, comme si son corps et son esprit étaient à deux endroits à la fois. Il lutte contre quelque chose que je ne comprends pas, contre lui-même, contre ce qu'il ressent.

Un frisson me traverse, mais je ne bouge pas. Je n'ose même pas respirer. Son regard ne me quitte pas une seconde. Il se mord la lèvre inférieure, et ce simple geste m'assaille de plein fouet. Il est tendu, tout son corps est tendu comme un fil prêt à se rompre. Il serre ses poings, les bras tendus le long de son corps, comme s'il retenait quelque chose de dangereux, quelque chose qu'il ne veut pas libérer. Une colère, un désir, un besoin irrésistible, je n'en sais rien, mais c'est là. Et ça me frappe de plein fouet.

Je deviens une statue. Mon corps reste figé, mais mon esprit est en train de s'emballer, de se perdre dans la complexité de ce moment. Pourquoi est-ce que c'est si difficile de tourner la tête, de fuir ce regard, de m'échapper de cette tension ? Pourquoi est-ce que ça me touche autant, que ça me perturbe profondément ? Je me sens comme une proie dans la toile d'un prédateur, et pourtant, une partie de moi ne veut pas m'en échapper.

Je tente de détourner les yeux, mais c'est comme si quelque chose m'en empêchait. Il y a une force invisible, une connexion inexplicable. Je ferme les yeux une fraction de seconde, mais je ne peux pas ignorer ce qu'il dégage. C'est trop... trop intense. Trop vrai. Trop brutal. Ses yeux sont comme un poison lent qui me coule sous la peau.

Je cligne des yeux, me ressaisissant. C'est le moment de partir. Je dois partir. Je secoue la tête, me concentrant sur Lexy, sur la réalité qui m'entoure, sur la possibilité d'échapper à cet instant. Mes jambes tremblent, mais je me fais violence et, enfin, je détourne le regard.

— D'accord, on y va, dit Lexy.

Je marche, d'un pas lourd, mes pensées tournant en rond. Mes jambes vacillent sous moi, mais je continue d'avancer. J'essaie de fuir, d'échapper à ce tourbillon d'émotions qui me secoue, mais chaque pas me ramène à lui. À son regard. À cette intensité qui flotte encore dans l'air, comme une chaleur écrasante qui m'étouffe.

Alors que nous nous dirigeons vers la voiture, je sens une impulsion. Une pulsion irrésistible. Un dernier regard, une dernière tentative pour capter ce qui se cache derrière cette énigme. Je me retourne brièvement, presque instinctivement. Et là, je le vois. Toujours là, toujours aussi intense, son regard toujours accroché au mien, aussi profond, aussi troublant. Il ne bouge pas. Il me fixe, et je le sens dans chaque fibre de mon corps, comme un fil invisible qui nous relie, malgré tout, malgré la distance qui nous sépare.

Le poids de son regard sur ma peau me transperce.

C'est un mélange d'incompréhension, de frustration, de désir. Et je suis coincée dans ce tourbillon. Je n'ai pas les mots pour le décrire, mais je sais qu'il m'a marquée. Qu'il va me hanter. Il m'a laissée dans un état d'incertitude, un nœud dans le ventre que je n'arrive pas à dénouer.

Je monte dans la voiture, le moteur vrombit et je sens la chaleur de l'intérieur me caler dans le siège. Mais c'est inutile. Je suis loin. Trop loin de tout ça. Trop perdue dans un labyrinthe de sensations qui me dépassent. Et je sais qu'il ne me lâchera pas, qu'il restera là, dans mon esprit, me hantant à chaque coin de rue, à chaque instant.

Chapitre 6

———————— ✦ ————————

Durant la semaine avec Lexy, nous avons enchaîné les sorties, une chose que je fais rarement. Il m'a fallu m'échapper, même si c'était temporaire, de cette tension oppressante qui m'enveloppait depuis quelques temps.

Mais il n'a pas fallu longtemps pour que je réalise qu'échapper à Nick n'était pas aussi simple que je l'avais espéré. Il était omniprésent, comme une ombre tapie dans le coin de chaque soirée, son sourire charmeur prêt à me déstabiliser à tout moment.

À chaque fête, je le voyais se pavaner, enchaînant les baisers avec d'autres filles, chacune de ses caresses une provocation calculée. C'était comme s'il prenait un plaisir malsain à me rendre jalouse, à exhiber son pouvoir de séduction sous mes yeux. Il était là, rayonnant, une figure charismatique, tandis que moi, je me sentais prise au piège, piégée entre ma colère et un désir que je n'arrivais pas à ignorer. Chaque interaction avec lui me faisait frémir, éveillant un mélange d'excitation et de frustration. Je ne pouvais pas m'empêcher de l'observer, de voir le plaisir qu'il prenait à contrôler les émotions des autres. Ce côté obscur de lui me fascinait et m'effrayait à la fois.

Mais le plus frustrant, c'était qu'il ne m'avait toujours pas adressé la parole depuis vendredi. Chaque fois que nos regards se croisaient, il détournait le sien, comme s'il se délectait de ma souffrance silencieuse. Je pouvais presque voir le sourire moqueur se dessiner sur ses lèvres, comme s'il prenait un malin plaisir à me voir dans cet état. Cette indifférence me rongeait, et je le détestais tant pour cela. Ce vengeait-il ? A-t-il été autant vexer d'avoir été laisser sur sa faim ? Ai-je toucher son égo ? Ou a-t-il eu ce qu'il voulait ? que je cède finalement ? Quelle idiote je suis d'être tombée dans son piège ! Je ne devrais pas me laisser emporter par son jeu, mais son absence de réaction m'enrageait au plus haut point.

Une tension sourde flottait dans l'air, palpable, comme une tempête prête à éclater. Chaque soirée devenait une épreuve, un affrontement silencieux. Je voulais crier, lui demander pourquoi il jouait avec moi, pourquoi il se comportait comme s'il était le maître de la situation. Mais je savais que cela ne ferait qu'alimenter son arrogance. Alors, je restais en retrait, observant, ma colère se mêlant à une curiosité insatiable.

Ce soir, alors que Lexy se laisse emporter par la musique, je me tiens à l'écart, le cœur battant, fixant Nick dans l'ombre. Il a encore une fois une fille à ses côtés, ses doigts glissant sur sa taille. Une boule de rage se forme dans ma gorge. Je veux l'interrompre, lui faire comprendre à quel point je déteste son comportement, mais une part de moi hésite. Peut-être que je cherche à provoquer une réaction, à raviver la flamme qui a failli s'éteindre entre nous.

« Regarde-le, » murmure une voix à l'intérieur de moi. « C'est un jeu pour lui, et tu es juste une pièce sur son échiquier. »

Je déglutis, la réalité de mes sentiments m'assommant. Peut-être que je ne suis qu'un passe-temps pour lui, une distraction parmi tant d'autres. Alors pourquoi, dans ce tourbillon de désespoir, je n'arrive pas à me détourner de lui ?

Je finis par me lever, m'approchant de lui avec une détermination que je ne me savais pas capable d'avoir. Le cœur battant, je frôle sa main en passant à côté de lui, espérant qu'il se retournerait, qu'il briserait ce silence insupportable. Mais il ne bouge pas. Il reste là, impassible, comme un roi sur son trône, ignorant mon geste.

« Très bien, » pense-je. « Tu veux jouer ? ». Tu ne me connais pas Nick Miller.

La soirée continue de s'étirer, un mélange de musique et de voix flottant dans l'air, mais je ne peux m'empêcher de sentir l'atmosphère autour de Nick et moi se charger d'une intensité presque palpable.

Chaque mouvement semble être amplifié, comme si chaque geste, chaque regard échangé, nous rapprochait davantage d'un point de non-retour.

Les amis de Nick lui ont préparer une surprise. Ils l'assoient au centre de la pièce et ils lui bandent les yeux. Le jeu commence, des filles masquées se succèdent et lui fond un strip-tease. Il prend son pied. Puis je ne comprends pas ce qui m'a poussée à franchir ce seuil. J'attrape un masque, moi, la fille timide et réservée, je suis maintenant ici, à quelques centimètres de lui, le cœur battant dans ma poitrine. Les autres invités sont encore absorbés dans leurs discussions, mais pour moi, il n'y a plus que Nick. Et dans ce moment suspendu, il est difficile de savoir si c'est la musique, l'ambiance de la soirée, ou quelque chose de bien plus profond qui me pousse à agir ainsi.

Je m'approche lentement, mes mains tremblant légèrement. Que suis-je en train de faire ? Ce n'est pas moi, ce n'est pas ce que j'avais prévu. Mais tout en moi, chaque fibre, chaque battement de cœur me pousse à continuer. Et lui… il ne sait rien. Il ne sait pas que c'est moi, mais il sent mon corps, il sent cette énergie électrique, cet instant suspendu.

Mes mains effleurent légèrement son torse, puis mes bras se glissent lentement autour de ses hanches.

Un frisson parcoure ma peau à l'idée de le toucher ainsi, mais je suis déterminée à laisser cette impulsion m'envahir.

Mon corps semble guider mes gestes, les rendant presque instinc-tifs, comme si cette tension était devenue une danse secrète que nous partagions à notre insu.

À cet instant, ses mains se posèrent sur mes hanches. Un frisson parcoure mon dos. Il ne sait pas que c'est moi, mais il réagit à la cha-leur de ma peau, au contact de mon corps, et je peux sentir son désir monter à chaque seconde. Sa main glisse lentement sur mes hanches avant de descendre légèrement pour effleurer mes fesses, ses doigts s'accrochant instinctivement à la courbe de mon corps.

Nick gémit doucement, ses lèvres se pincent comme s'il voulait re-tenir un cri. Il est frustré, perdu dans l'obscurité, il ne sait pas qui il touche, mais il ressent cette tension, ce jeu étrange entre nous.

— Qui es-tu ? murmure-t-il, sa voix remplie de désir.

Je retiens un souffle, un léger tremblement parcourant mon corps à l'instant où ses mains se firent plus pressantes. Je sens sa frustration, son besoin de savoir. Mais je ne vais pas lui permettre de tout com-prendre si rapidement. Je veux prolonger cette tension.

— Qu'est-ce que tu attends ? souffle-t-il, son souffle chaud contre ma peau alors qu'il se cambre sous mes mains.

— Tu vas devoir attendre, lui réponds-je, la voix tremblante.

Je glisse mes mains sous son boxer, m'arrêtant juste avant qu'il ne craque, juste avant qu'il ne perde totalement le contrôle. Il grogne de frustration, se cambrant légèrement contre ma main, cherchant à me pousser, à me forcer à aller plus loin. Mais je ne suis pas prête à lui donner ce qu'il veut. Pas encore, et encore moins devant toute cette foule.

Je sens son corps contre le mien, sa peau contre la mienne, et mon cœur se serre. C'est trop. Je recule.

D'un mouvement soudain, je me retire de lui, me retrouvant à quelques mètres de lui, le souffle court. Je ferme les yeux un instant, comme si je pouvais effacer tout ce qui vient de se passer. Mais c'est trop tard. Je sais qu'il veut plus, et moi… je ne suis plus sûre de rien.

Nick, les yeux toujours bandés, murmure dans l'obscurité :

— Tu ne peux pas juste disparaître après ça.

Je me retourne, mon cœur battant la chamade.

Nick est là, figé, un sourire à peine perceptible aux lèvres, respirant lourdement. Il attend. Il attend quelque chose que je ne comprends pas, quelque chose que je suis en train de lui offrir sans le vouloir. Et moi, je suis là, les yeux rivés sur lui, me demandant comment je suis arrivée à ce point.

Ce n'était pas prévu. Ce n'était pas moi. Mais je suis en train de jouer à un jeu dangereux, un jeu dont je ne suis même pas sûre des règles.

Je deviens étrangère à moi-même. La fille calme, celle qui se cache dans les recoins de la pièce, celle qui observe sans se faire remarquer.

Où est-elle maintenant ? Et pourquoi ai-je laissé cette autre facette de moi prendre le contrôle ?

Je le vois là, figé, et je réalise que j'ai franchi un point de non-retour. Mais tout en moi, chaque fibre de mon corps, me dit de reculer. Et pourtant, je ne le fais pas. Je n'ai jamais voulu être ce genre de fille. Mais ce soir, je ne sais plus qui je suis.

Je me détourne légèrement de Nick, jetant un regard furtif autour de la pièce. Les murmures des étudiants autour de nous s'intensifient, mais je n'y prête plus attention. L'atmosphère est électrique, saturée de désir et d'incertitude. Pourtant, c'est moi qui me sens hors de contrôle.

Nick ne me voit pas. Il ne sait pas que c'est moi, mais il sait qu'il y a une force qui l'entoure, une énergie qu'il ne peut ignorer. Je sens sa respiration s'accélérer, chaque soupir lourd et profond, comme une vague d'attente qui pulse entre nous.

Il est à la fois captivé et frustré, tout comme moi. Et dans cette frustration, il y a quelque chose de primal, d'intime. Quelque chose que je n'avais pas prévu, mais que j'avais peut-être recherché sans même le savoir.

Je ferme les yeux, tentant de chasser cette chaleur qui envahit mon corps, ce désir brûlant que je ne contrôle pas.

Pourquoi est-ce que j'agis ainsi ? Ce n'est pas moi. Ce n'était pas mon plan. Mais chaque geste que je fais avec lui semble irréversible, comme si tout était déjà décidé. Est-ce la peur ? L'adrénaline ? Je n'ai jamais voulu m'engager dans ce genre de jeu. Et pourtant, je suis là, prête à tout, sans savoir où cela va me mener.

Je sens le poids de mon geste, la chaleur de la pièce, et tout autour de moi semble me rappeler à quel point ce que j'avais fait était irréversible. J'avais pris un risque, un grand risque, et maintenant, il fallait vivre avec les conséquences. Mais l'angoisse et la confusion n'avaient pas fait disparaître cette étrange sensation, cette étrange montée de pouvoir. Peut-être que c'était ça, ce que j'avais recherché sans vraiment le comprendre. Mais à quel prix ?

Sans un regard en arrière, je me faufile à travers la foule, mon souffle saccadé, la tête pleine de confusion. Je sens mon cœur accélérer, chaque battement résonnant dans ma poitrine comme un tambour qui m'annonce que quelque chose en moi avait changé, que j'étais en train de franchir une ligne que je ne pouvais plus franchir. Mais je ne veux pas y penser. Pas maintenant.

Je fuis la pièce, mon cœur battant à tout rompre, comme s'il voulait m'échapper. Je me fraye difficilement un chemin à travers la foule, perdue dans un tourbillon d'émotions contradictoires.

La culpabilité, l'excitation, la peur. Tout s'entrelace. Je veux fuir, mais une partie de moi refuse. Cette sensation… d'avoir un pouvoir, un contrôle, c'est presque addictif. Ce n'était pas ce que j'avais prévu, mais c'est ce que je ressens. Peut-être que c'est ça, ce que je cherchais sans le savoir. Un frisson d'interdit.

Je pousse la porte de sortie avec une force que je ne me connaissais pas. L'air frais de la nuit me frappe en plein visage, me rappelant que j'étais encore en vie, que je n'avais pas totalement perdu la raison. Mes mains tremblent alors que je prends une grande inspiration, le vent me donnant un semblant de clarté dans ce brouillard de pensées. Mais même dehors, loin de la fête, je sais que je ne suis pas vraiment libérée. Il m'a suivie, d'une manière ou d'une autre, dans mes pensées, dans mes entrailles. Je peux encore sentir sa présence, comme une ombre qui refuse de me lâcher. Je décide donc de trouver refuge chez moi et de fuir.

Je n'ai presque pas dormi nous sommes lundi matin et la salle de classe semble plus terne que d'habitude Les rayons du soleil perçant à peine à travers les rideaux comme si eux-mêmes n'osaient pas perturber cette lourdeur. Après un week-end de fêtes et d'excès, je sais qu'il est temps de revenir à moi-même, de me reprendre en main.

Aujourd'hui, je ne vais pas me laisser dominer par cette tension qui m'habitait depuis des jours. Et surtout, aujourd'hui, je ne vais plus être la spectatrice silencieuse des autres. Nick, comme à son habitude, est confortablement installé au centre de l'attention, entouré de ses amis.

Chacun suspendu à ses lèvres. Il n'a jamais de problème à prendre la parole, à attirer les regards.

Ce matin, il semble particulièrement prêt à briller lors du débat en cours sur le livre que nous venions de lire. Le professeur lance la discussion, et, comme toujours, Nick se lance immédiatement, prêt à attirer les applaudissements.

— Ce livre, franchement, c'est une caricature. Le personnage principal est un faible, un misérable. Il se laisse toujours écraser par ses émotions, par les autres…lance-t-il avec un ton moqueur, balayant l'air de la main comme si toute la discussion était sous son contrôle.

Les rires de ses camarades suivirent rapidement, alimentant encore son arrogance.

Mais cette fois, quelque chose m'irrite profondément. Je décide de ne plus me laisser faire, de sortir de l'ombre et de lui répondre. Lentement, je lève la main, mon regard fixé sur le professeur.

— Je trouve que ce livre met surtout en lumière l'intensité des émotions humaines et la manière dont un individu peut se retrouver submergé par sa solitude, par la perte de repère commence-je d'une voix calme mais assurée.

Instantanément, Nick tourne la tête vers moi, ses yeux se plantant dans les miens avec une lueur de défi. Il se penche en avant, un sourire moqueur sur les lèvres.

— Oh, laisse-moi deviner. Tu te sens seule et perdue toi aussi ?
C'est ça, Ella ? réplique-t-il, sa voix pleine de mépris.

Les rires fusèrent autour de nous, comme prévu, mais cette fois, je ne vais pas céder. Je le fixe droit dans les yeux, un sourire froid sur les lèvres.

— Non, je ne me sens ni seule ni perdue. Mais apparemment, il t'est difficile de comprendre des sentiments autres que l'arrogance et la supériorité.

La salle se fige quelques instants. Certains élèves échangent des regards furtifs, d'autres semblent apprécier la tension croissante. Nick, pour la première fois, semble pris au dépourvu. Son sourire se fane un instant, mais il se ressaisit rapidement.

— Tu oses me défier là, Ella ? A quoi tu joues ? dit-il d'un ton plus menaçant

Je n'ai jamais ressenti un tel défi dans ses yeux. Il essaie de me réduire au silence, mais je sais que je ne dois pas flancher. C'est mon moment.

— Je suis juste surprise qu'après vendredi soir tu puisse avoir ce genre de réflexions. Tu me semblais tout autant vulnérable que le personnage.

Je le fixe, un sourire en coin, mais en douceur.

— Tu as ressenti des choses, Nick. Peut-être plus que tu ne veux te l'admettre.

Le murmure qui suivit parcourut la classe comme une onde de choc. Nick hausse un sourcil, ses yeux se fixant sur moi avec une confusion visible. Un petit silence s'installe, et il se lève lentement de son siège, comme s'il a besoin de prendre du recul. Ses camarades semblent curieux, attendant de voir s'il allait répondre ou se taire.

— Attends, attends…dit-t-il, visiblement perturbé.

Tu sous-entends quoi là ?

Je laisse une pause, laissant l'atmosphère se charger d'une tension palpable. Les regards de mes camarades se tournent maintenant entre nous, intrigués, comme si une scène secrète venait d'être révélée. Je me place alors face à lui, mes yeux ancrés dans les siens comme pour le défier.

Nick reste figé, visiblement déstabilisé par ma réponse. L'air qu'il dégage est lourd, comme s'il ne savait plus s'il devait continuer à jouer au con ou admettre qu'il venait de perdre une partie.

Autour de nous, l'agitation monte en crescendo, mais c'est la réaction de Mia et de Thomas qui me capte cette fois.

Mia, toujours aussi expressive, se penche en avant, son visage à quelques centimètres de celui de Thomas, ses yeux fixant intensément Nick, comme une spectatrice attentive d'un duel qui la captive. Elle murmure quelque chose à son oreille, mais je capte chaque mot. Leur conversation est basse, mais je n'ai aucun mal à entendre.

— Tu crois que c'était vraiment elle ? dit-elle, sa voix presque excitée, un frisson de malice glissant dans ses mots. Elle joue un jeu dangereux, là, tu ne trouves pas ?

Elle a ce regard pétillant, celui de quelqu'un qui sent que la situation prend une tournure inattendue. Elle se délecte de cette tension, la trouvant à la fois fascinante et risquée. C'est évident : Mia aime quand les choses dérapent. Elle aime quand les gens se dévoilent, même si ça signifie traverser des zones de turbulences.

Thomas, en revanche, est plus difficile à lire. Il n'est pas aussi expressif que Mia, mais il reste tout de même captif du jeu qui se joue devant lui. Il hausse les épaules, un léger sourire en coin, mais son regard reste ancré sur Nick et moi, absorbé par la scène. Il prend son temps avant de répondre, comme s'il voulait analyser l'ampleur de ce qui se passait.

— C'est risqué, mais… commence Thomas, sa voix basse, presque morne. Il semble encore réfléchir à la question, cherchant des repères dans ce qui vient de se jouer. Peut-être qu'elle est fatiguée de se cacher.

Les mots de Thomas tombent comme un éclair dans une pièce déjà électrifiée. Il n'est pas un homme de grande conversation, mais il vient de lâcher une phrase lourde de sens. Tout à coup, une sorte de silence tombe autour de nous, et quelques regards curieux se tournent furtivement vers Mia et Thomas, puis vers Nick, qui ne sait plus où se mettre.

C'est un instant de vérité. Il commence à comprendre qu'il n'est pas simplement face à une confrontation. Il est peut-être face à une version de lui-même qu'il ne voulait pas voir.

Mia, elle, semble satisfaite de la confusion grandissante qui envahit la pièce. Elle lance un dernier regard à Thomas, un sourire en coin, et ses yeux glissent sur moi, notant sans doute l'effet que mes mots ont eu sur Nick. Elle semble presque excitée par ce retournement, prête à pousser encore plus loin le jeu.

— Tu... tu es sérieuse ? me demande Nick, sa voix trahissant un mélange de défi et d'incertitude. Tu veux me dire que... c'était toi ?

Je souris légèrement, un sourire plein de mystère, sans répondre directement. Je peux voir dans ses yeux qu'il est perdu, qu'il n'arrive pas à démêler la vérité du jeu.

— Je ne dis rien, Nick. Peut-être que tu ferais bien de réfléchir à tout ce que tu as vu cette nuit-là.

Je me tourne alors et je retourne à ma place, laissant le silence envahir la classe. Les élèves chuchotent de plus en plus fort, certains glissant des regards amusés vers Nick.

Il semble complètement absorbé par ce que je viens de dire. Il ne peut plus ignorer cette possibilité. Peut-être que, même s'il n'avait pas tout vu ce vendredi soir, il commençait à douter de sa perception.

Le professeur, qui a observé la scène sans intervenir, reprit enfin la parole pour calmer les esprits et faire avancer le débat, mais je sais que Nick, désormais, serait pris dans une spirale de doutes.

Tout en écoutant la discussion continuer, je sens son regard toujours posé sur moi, mais cette fois avec une tout autre intensité. La tension n'avait jamais été aussi palpable entre nous, et il est évident qu'il ne peut plus oublier cette allusion. Je sais qu'à partir de maintenant, Nick ne pourra plus ignorer ce que j'ai insinué. La question reste suspendue, lourde, dans l'air : Est-ce que c'était vraiment moi vendredi soir ?

Les jours qui suivirent furent remplis de regards froids et de remarques acerbes échangés à chaque rencontre fortuite dans les couloirs de l'université.

Nick cherche à me rabaisser à chaque occasion, mais je refuse de me laisser faire.

Je préférais encore quand il m'ignorait, mais j'ai trouvé en moi une force que je ne soupçonnais pas et une détermination à ne pas me laisser écraser par quelqu'un comme lui.

Pourtant, malgré notre hostilité, je ne peux m'empêcher de remarquer le regard sombre et intense que Nick pose parfois sur moi. Il semble fasciné par ma résistance, comme s'il trouvait en moi un défi à relever.

Cette attention inattendue me perturbe, mais je refuse de lui laisser l'occasion de jouer avec mes sentiments.

Chapitre 7

—————————— ✦ ——————————

Nous sommes jeudi, je suis chez Lexy pour un moment de commérages et de rires, un de ces instants légers où l'on oublie la pression des cours et les drames de la vie quotidienne. Assises sur son lit moelleux, nous nous moquons de ces filles qui courent après tous les beaux garçons de l'université, prêtes à tout pour être celles qui sortiraient avec l'élu, celui qui n'est autre que Nick.

— Regarde-les toutes, ces gourdasses, dit Lexy en jetant un œil à leurs profils Instagram, se prenant en photo à côté de Nick dans des poses stéréotypées et superficielles.

— Comme si leur vie dépendait du regard de Nick. Franchement, je ne suis pas contre l'idée de l'avoir dans mon lit, ajoute-t-elle avec un clin d'œil malicieux.

Je ne réagis pas à ses mots, plongée dans mes pensées, mes interrogations. Pourquoi est-ce que je ne peux pas m'empêcher de penser à lui ? Est-ce que je suis comme elles, prête à tout pour attirer son attention ? La jalousie s'immisce dans mon esprit lorsque je vois ces photos, et je me demande ce que Nick pense vraiment de toutes ces filles.

Soudain, une publication s'affiche sur le téléphone de Lexy. C'est l'annonce de la fête chez Nick ce week-end, un événement qu'il semble vouloir marquer.

L'image qui l'accompagne est accrocheuse : un flyer coloré annonçant une « soirée inoubliable » chez lui, avec une promesse de musique, de rires et de mystère.

L'idée de m'y rendre réveille quelque chose en moi, un désir de lui montrer que son indifférence ne me touche pas.

Dans un élan de provocation, je saisis mon téléphone et, sans réfléchir plus longtemps, j'envoie un message à Nick.

> Salut Nick, c'est Ella. Je sais que tu préfères m'ignorer, mais j'ai vu que tu faisais une fête demain. Est-ce que je peux passer avec Lexy ?
> Ps: je te promet de rester discrète... mais je ne garantis pas de ne pas attirer un peu l'attention.

À ma grande surprise, la réponse de Nick apparaît presque instan-tanément :

Avec plaisir princesse.

Puis un deuxième message :

22h à l'observatoire, je t'y attendrai.

Mon cœur bat plus vite. Qu'est-ce que cela signifie ? Est-ce qu'il veut vraiment que je vienne, ou est-ce juste une manière de se moquer de moi à nouveau ? Je laisse échapper un léger soupir.

La soirée arrive rapidement. Je feins à Lexy d'avoir mal à la tête pour rentrer plus tôt, je ne veux pas lui parler de Nick avant de savoir s'il joue avec moi ou pas.

Je laisse donc Lexy et en arrivant dans ma chambre, je fouille dans mon armoire à la recherche de la tenue parfaite. Je me décide enfin pour une robe noire simple mais élégante. Un dernier coup d'œil dans le miroir, et je sens une vague de confiance m'envahir, même si elle est mélangée à une anxiété sourde. Et si je n'étais pas à la hauteur ? Et si Nick jouait avec moi ?

Le moment de vérité arrive. Je me tiens debout devant l'observatoire, les mains tremblantes et le cœur battant la chamade. Nick m'a invitée à le rejoindre ici, mais pourquoi ?

Dans la pénombre de la nuit, je le distingue qui m'attend, adossé à la rambarde, un air contrit sur le visage. Ses cheveux sombres lui tombent sur le front, ses yeux brillent d'une lueur étrange, il est si beau, presque dangereux...

Je m'approche lentement, me demandant ce qu'il trame. Est-ce une nouvelle plaisanterie cruelle de sa part, ou bien quelque chose de plus sincère cette fois-ci ?

Nick me regarde avec intensité, comme s'il cherchait à lire au fond de mon âme. Il ouvre la bouche pour parler, mais aucun son ne sort. Je sens son regard peser sur moi, difficile à supporter.

Finalement, il murmure d'une voix rauque.

— Je ne pensais pas que tu viendrais.

— Je suis désolé, Ella. Je n'ai pas l'habitude qu'une fille me laisse sur ma faim et j'ai agi comme un idiot, ajoute-t-il.

Je le fixe, incapable de dire un mot, Nick le dur à cuir qui s'excuse, je suis un peu perdue.

Les étoiles scintillent au-dessus de nous, témoins silencieux de notre échange. Je sens une émotion me submerger, mélange de colère, de douleur et d'espoir. Et s'il était sincère ? Mais ma voix de la raison murmure que je dois rester sur mes gardes. Les filles avant moi ont cru à ses mots doux, pour se retrouver le cœur brisé.

Nous nous installons côte à côte, nos épaules se frôlant.

L'étoile de Sirius, la plus brillante du ciel, scintille au-dessus de nous, comme un phare dans l'obscurité.

Nick la désigne du doigt, un sourire en coin, me montrant cette lumière lointaine qui semble presque magique.

— Tu vois cette étoile-là ? C'est Sirius. Elle est différente des autres, plus brillante.

Il parle d'elle comme si elle représentait quelque chose de spécial, et peut-être qu'il a raison.

En un instant, je me surprends à l'admirer, cette étoile lointaine, scintillant d'une lueur intense et mystérieuse.

Elle est belle, presque envoûtante. Mais tout en l'observant, je ne peux m'empêcher de penser qu'il y a quelque chose de fragile dans cette brillance. Quelque chose qui, comme la lumière de Sirius, peut s'éteindre aussi vite qu'elle est apparue.

Elle brille plus fort que toutes les autres étoiles autour d'elle, mais ce n'est pas sans un prix.

Peut-être que c'est un peu comme ce que je ressens en ce moment : une attraction irrésistible, une lumière éblouissante, mais aussi un danger, une fragilité sous-jacente. Sirius est brillante, mais elle est aussi loin, distante, presque inaccessible, et je me demande si, malgré toute cette brillance, elle ne cache pas des ténèbres à son cœur.

Je regarde Nick, toujours en train de me parler de l'étoile, et j'ai l'impression que, tout comme Sirius, il brille d'une manière fascinante, mais qu'il y a quelque chose de profondément mystérieux, voire dangereux, en lui.

L'étoile semble symboliser tout ce qui me trouble en lui : sa beauté, sa lumière, mais aussi la distance et l'énigme qui l'entourent.

Je souris doucement, mais à l'intérieur, je reste sur mes gardes. Comme Sirius, Nick peut être tout aussi éblouissant et insaisissable, et j'ai peur de me perdre dans cette lumière. Je sais qu'il y a plus, sous la surface, quelque chose d'inconnu et de potentiellement brisé, tout comme cette étoile brillante qui, en dépit de sa beauté, reste une étendue vide dans l'immensité du ciel. Et tout en observant l'étoile, je me demande si je ne suis pas en train de m'attacher à une illusion.

Il est si doux ce soir, je découvre une nouvelle personne, douce, attentionnée et intelligente ce qui le rend encore plus sexy !

Le temps passe si vite. Le ciel s'assombrit lentement, et je me sens étrangement à l'aise en sa compagnie, presque légère, comme si je pouvais tout oublier. Pourtant, la soirée doit se terminer.

Nick me raccompagne chez moi, le moteur de la voiture ronronne doucement tandis que nous roulons dans la nuit calme.

Dans le silence de la voiture, je me perds dans mes pensées, un sourire idiot accroché à mes lèvres. Les cheveux éparpillés par le vent, je me sens soudainement libre, en décalage avec la réalité, comme si le monde extérieur n'existait plus. C'est un moment suspendu, hors du temps.

Je sens son regard sur moi, lourd et insistant. Il fixe ma nuque, et l'air devient un peu plus dense, comme si chaque mouvement était scruté. Je le vois se mordre la lèvre inférieure, un geste que je ne peux ignorer. Il me désire, j'en suis certaine. Mais au lieu de me repousser, cela me fait inexplicablement sourire. Je n'ai pas l'habitude d'être désirée de cette manière, de sentir ce genre d'attention intense, et pourtant, une part de moi s'en nourrit.

Quand nous arrivons près de chez moi, je m'empresse de lui demander de me déposer à deux maisons de chez moi, un peu gênée. Mes parents risquent de créer une scène s'ils me voient dans sa voiture, et j'ai bien trop de fierté pour leur donner cette occasion. Je tente de dissimuler l'anxiété qui monte en moi à l'idée de ce qu'ils pourraient penser.

Il gare la voiture sur le bas-côté, sans un mot, mais je sens que quelque chose d'invisible circule entre nous.

Il sort de la voiture pour me rejoindre. Le contact de sa main sur la poignée de la porte me fait frissonner légèrement. Il fait quelques pas pour se placer devant moi, et sans prévenir, dépose un doux baiser sur mon front. Ce simple geste me touche plus que je ne voudrais l'admettre. C'est un baiser furtif, presque tendre, mais il me fait fondre de l'intérieur.

Une chaleur douce envahit mes joues, et je sens mes jambes faiblir sous le choc de cette caresse. Mes bras sont tremblants, et mon cœur bat un peu plus vite. Je n'avais pas anticipé ce genre de douceur venant de lui, et pourtant, je ne peux m'empêcher de me sentir vulnérable, perdue dans cette brève rencontre.

— Bonne nuit Ella.

Je le quitte avec un sentiment étrange. C'est comme si une partie de moi ne voulait pas que la nuit se termine. J'aurais voulu qu'il me prenne la main et qu'on continue à rouler dans cette voiture, à l'abri du monde, juste lui et moi, sans plus de préoccupations.

Une fois rentrée chez moi, je ferme la porte de ma chambre derrière moi, m'enfermant dans un cocon de silence et de musique. Je monte le volume, les notes m'envahissent, me bercent dans une douce mélancolie. La musique m'engloutit totalement, et pour quelques instants, je me laisse aller à la sensation de vouloir revivre cette soirée en boucle. Je me sens désirable, comme jamais auparavant, et je me laisse emporter par l'émotion.

Mais rapidement, une pensée plus sombre refait surface. C'est trop beau pour être vrai. Trop idéal. Je ne peux pas me permettre de tomber dans cette illusion. Ma tête me dit de me ressaisir, de ne pas espérer, de ne pas m'attacher. Je n'ai pas oublié la douleur du passé. Je refuse d'être une autre victime de ses charmes.

Je ferme les yeux, et la musique devient plus intense, presque vibrante. Mes pensées s'embrouillent alors que je laisse cette question traverser mon esprit : Et si cette fois-ci, ça pouvait être différent ? Mais, dans un coin de ma tête, la voix de la raison me murmure à nouveau de ne pas baisser ma garde. D'être prudente. C'est un avertissement silencieux. Le danger est là, dans cette relation ambiguë, et je sais qu'il serait facile de m'y perdre. Mais je n'ai pas l'intention de me laisser engloutir. Pas cette fois.

Chapitre 8

———————————— ✦ ————————————

Nous sommes le lendemain, le soir de la fête. La journée a été ennuyeuse je n'ai pensé qu'a Nick. Avec Lexy nous nous sommes mises sur notre 31, prêtes pour faire chavirer le cœur de nos prétendants. Mais au fond de moi, une inquiétude sourde s'installe, comme un poids qui me compresse la poitrine. Je porte un secret, un poids que je n'ai pas partagé avec Lexy, et chaque instant passé à sourire devient un effort monumental. L'idée de lui parler de Nick me terrifie. J'ai peur qu'elle ne comprenne pas, qu'elle me juge ou qu'elle ne voie que ma faiblesse. Même si elle rêve de devenir l'un de ses trophées, je sais qu'elle le déteste tout autant que moi, et ce paradoxe m'étouffe, comme si je me débattais dans un filet invisible.

Lexy me présente Nate le gars sur qui elle a craqué à la dernière soirée, qui est venu avec ses amis. J'essaie de me forcer à sourire, à rire, mais chaque éclat de joie me semble mensonge.

Mon cœur est ailleurs, écrasé par un sentiment d'impuissance.

Je m'éclipse, laissant Lexy seule avec son beau brun. Avant de partir je lui chuchote à l'oreille :

— T'occupe pas de moi je me ferai raccompagner. Profite de ta soirée beauté.

Mon regard se pose sur Nick, qui est à sa place habituel toujours aussi bien entourer, riant et draguant tout ce qui bouge.

Ce soir j'ai envie de jouer avec lui, lui montrer que moi aussi je peux avoir tous les garçons à mes pieds. Je me faufile donc sur ce qui semble être la piste de danse, je me mets à danser, mes pas sont lents et sensuels, mes mouvements délicats et mes gestes mesurés. Mes doigts effleurent ma peau nue avec une tendresse feinte, alors que je laisse échapper un soupir à peine audible, comme une invitation silencieuse à me rejoindre.

Je sais qu'il m'observe, qu'il brûle d'envie de s'approcher, de succomber à la tentation que je représente. Je caresse mes hanches, mes cuisses en relevant légèrement ma robe, avec une douceur étudiée, une sensualité calculée, sachant pertinemment l'effet que cela aura sur lui. Je danse pour lui, pour le provoquer. Les regards sont tous tournés vers moi. Certains viennent se coller à moi, ce soir je fais de l'effet.

Et alors que je termine ma danse, mon regard croise le sien, et je sais que j'ai atteint mon but, le désir brûlant dans ses yeux.

Je décide d'aller me rafraîchir dans la première salle de bain que je trouve. Alors que je me rafraîchis le visage j'entends la porte se refermer derrière moi, je me retourne c'est Nick. Il se tient là devant moi, je le désire d'une manière que je ne peux pas contrôler. Il me regarde intensément, un sourire en coin illuminant son visage parfait. Je sens son regard brûlant sur moi, me rendant encore plus nerveuse. Il s'approche lentement de moi et me murmure :

— A quoi joues-tu ce soir ?

— Je… Il me coupe avant que je puisse articuler quoi que ce soit, posant son index sur mes lèvres me coupant la parole.

— Tu me rends fou Ella, je ne laisserais aucun autre te toucher et poser les yeux sur toi. Je sais que c'était toi, ajoute-t-il.

Ses mots me traversent comme des flèches, et je frémis sous son regard ardent.

Ses doigts effleurent ma peau nue et frissonnante que ma robe laisse apercevoir. Je fonds à son contact, ma respiration devenant de plus en plus saccadée. Il me pousse doucement contre le mur, son corps musclé collé au mien. Je sens son souffle chaud contre mon cou, me faisant perdre tous mes moyens. Ses lèvres rencontrent les miennes dans un baiser passionné et sauvage. Je me laisse emporter par la tempête de sensations qui m'envahit, lui rendant son baiser avec une intensité que je n'aurais jamais cru possible. Nos langues s'entremêlent dans une danse enflammée. Nos corps se pressant l'un contre l'autre dans un désir inassouvi.

Je réalise soudain que je n'ai jamais été aussi vulnérable comme si chaque barrière que j'avais dressée s'effondrait.

Il défait lentement les boutons de ma robe, découvrant ma peau frémissante sous ses doigts agiles. Je lui retire son tee-shirt laissant apparaître son torse musclé, j'y dépose un baisser, puis mes doigts, parcourant chaque centimètre de son corps. Je gémis sous ses attentions, sentant le feu de la passion faire rage en moi. Il me caresse avec une douceur inattendue.

Il joue avec ma peau, ses doigts traçant des motifs imaginaires qui me laissent pantelante. Mes doigts s'accrochent à son dos musclé.

Sans un mot il me soulève délicatement et me pose sur le lavabo et je l'entends gémir de plaisir. Il remonte sa main le long de ma cuisse découvrant mon sous-vêtement en dentelle. Hésitant, je l'encourage à dépasser la limite de celui-ci. Lorsqu'il caresse mon entre-jambe, je sens son excitation grandir alors qu'il glisse ses doigts sous ma dentelle, je me cambre sous son toucher, mon corps réclame davantage.

Pendant ce temps ma main descend au niveau de son pantalon, je le déboutonne pour enfin découvrir ce que cache Nick, mais nous sommes interrompus encore une fois par une étudiante venue sûrement comme moi se rafraîchir et la réalité me frappe comme une claque.

La chute est brutale. L'adrénaline se transforme en une froideur glaciale. Nick se dégage brusquement, et je suis laissée là, en suspens, comme un papillon arraché à sa fleur à moitié nue.

Choquée, blessée, je le suis dans la foule, cherchant à comprendre ce qui vient de se passer.

— Nick, attends !

Il se retourne, un sourire narquois sur le visage, mais cette fois, il n'a rien d'amusant. Mon cœur se serre à la vue de son sourire.

— Quoi, tu n'as toujours pas compris ? Tu n'es rien, Ella. Rien du tout. Tu n'as jamais été plus qu'un défi pour moi, un simple passe-temps et j'ai bien rit.

Les mots me frappent comme un poignard dans le cœur. Comment peut-il me dire ça après ce qu'il s'est passé entre nous dans cette salle de bain, aux toilettes de l'université et à l'observatoire ? J'ai cru un instant qu'il ressentait quelque chose de réel pour moi, mais il m'a simplement utilisée.

— Comment oses-tu ? Tu n'es pas différent des autres, tu es juste un connard égoïste qui se sert des gens pour son propre plaisir.

Il ricane, se moquant ouvertement de moi.

— Tu es tellement naïve, Ella. Tu crois vraiment que je ressens quelque chose pour toi ? Tu n'es rien d'autre qu'une fille facile à conquérir, et c'est tout ce que tu ne seras jamais pour moi.

Je sens la colère bouillonner en moi, une rage noire qui prend le dessus. Je lève la main pour le gifler, mais il l'attrape avant qu'elle ne le touche.

— Tu n'es rien, Ella. Rien du tout.

103

Je sens les regards des autres sur moi, le murmure de la foule qui s'intensifie. Je me sens humiliée, dévastée. Mais je ne vais pas me laisser faire. Je m'éloigne de lui, la tête haute, déterminée à ne pas lui donner le plaisir de me voir brisée. Je refuse de céder.

Je le laisse dans la foule, seul avec sa suffisance arrogante. Mais au fond de moi, je jure de me venger. Et il le regrettera amèrement.

Je ressens une rage brûlante monter en moi, une envie de vengeance qui me consume de l'intérieur.

Je décide alors de passer à l'action. Je provoque d'autres garçons, les faisant croire qu'ils ont une chance avec moi, juste pour voir la réaction de Nick. Je les laisse me toucher. Et ça marche. Il devient fou de jalousie, ses yeux noirs me fixant avec une intensité sauvage. Il s'approche de moi, prêt à me confronter. Je souris, un sourire froid et calculateur.

C'est maintenant mon tour de jouer avec lui. Je lui murmure des mots acérés, le poussant à bout. Et soudain, il perd le contrôle. Il me saisit brutalement par le bras, sa colère palpable dans chacun de ses gestes.

Mais je ne recule pas, je ne reculerai plus !

— Je ne te dois rien Nick, je ne suis rien pour toi. Lâche-moi ! Je ne te permettrais plus jamais de me toucher !

Il relâche lentement son emprise, un éclair de surprise dans ses yeux, et je sens une force nouvelle m'envahir.

— Je te ramène, dit-il furieux.

— Je ne crois pas non !

— Parce que tu as quelqu'un pour te ramener ? J'ai vu Lexy partir il y à 1 heure.

— Je rentrerai à pied. Ce ne serait pas la première fois.

Il me tire vers sa voiture. Je n'ai pas le choix que d'y monter, mais je suis déterminée à garder ma dignité. Le trajet se déroule dans un silence lourd. Je ne lui adresse aucun regard. Il m'a humiliée, blessée.

Une fois arriver devant chez moi je sors de la voiture, et ne laisse pas le temps à Nick de sortir que je pars en courant, le cœur battant, comme si chaque pas me rapprochait de ma liberté.

Je cours à travers les rues, mes pensées se bousculant comme des vagues en furie. Chaque respiration est un mélange de soulagement et de colère. Je me sens vivante, mais aussi profondément blessée. Je ne peux m'empêcher de repenser à son regard, ses mots, et la douleur qu'ils m'ont infligée.

Les larmes me montent aux yeux, mais je les réprime, refusant de montrer ma faiblesse. Je ne peux pas laisser Nick avoir ce pouvoir sur moi.

Je me dirige vers le parc, un lieu familier où je peux retrouver un semblant de calme.

Assise sur un banc, je laisse mes pensées vagabonder. Pourquoi ai-je voulu jouer ce jeu dangereux ? Pourquoi ai-je cru que je pouvais être plus qu'un simple passe-temps pour lui ? Mes émotions se mêlent, la colère contre lui, mais aussi contre moi-même. J'ai ouvert la porte à la douleur, et maintenant, je me sens trahie.

Je sors mon téléphone pour envoyer un message à Lexy, mais je m'arrête. Je ne veux pas lui gâcher sa soirée.

Alors que je contemple le ciel, les nuages gris s'accumulent. C'est comme si le monde reflétait ma tempête intérieure.

Finalement, j'entends des pas derrière moi. Mon cœur s'emballe à l'idée que ce soit Nick. Mais c'est Lexy. Elle se tient là, son visage inquiet, les yeux pleins de questions.

— Ella, où étais-tu ? Je t'ai cherchée partout !

La voix de Lexy est une ancre dans la mer agitée. Je me lève, mais je n'ai pas les mots pour expliquer. Au lieu de cela, je la prends dans mes bras. Je sens sa chaleur, son soutien, et cela m'apporte une vague de réconfort.

— Ça va, lui murmure-je. Je vais bien.

— Qu'est-ce qui s'est passé avec Nick ? Il a dit ou fait quelque chose de mal ?

Je prends une profonde inspiration, rassemblant mon courage. Il serait si facile de tout déballer, de partager ma douleur, mais je crains que cela ne change rien.

— Non, ce n'est rien, je réponds, plus pour moi-même que pour elle. Juste… une mauvaise soirée.

Elle me scrute, mais je vois aussi une lueur de compréhension dans son regard. Elle sait que je cache quelque chose, mais je sens qu'elle respecte ma décision de ne pas en parler.

— Tu sais, dit-elle doucement, si tu as besoin de parler je suis là.

Ses mots me réchauffent le cœur.

Nous commençons à marcher, le vent frais caressant nos visages. Je sens un peu de légèreté revenir et à la sortie du parc nous nous séparons pour rentrer respectivement chez nous.

A peine ai-je franchi la porte que mon père m'attendait, il est planté là, me dévisageant de haut en bas.

— C'est donc comme ça que ma fille passe ses soirées, habillée en pute ?

— Pas ce soir papa s'il te plaît !

— Tu me fais honte ! Ce n'est pas comme ça que je t'ai élevé !

Il me reproche tout, ma façon de m'habiller, mes amis, mes choix de vie.

Je suis là, devant mon père qui me regarde avec dégoût, honteux de ce que je suis devenue. Chaque mot qu'il prononce est un rappel cruel de ma solitude, de ce fossé qui nous sépare. Il ne sait pas ce que j'ai enduré ces derniers mois, les coups, les hurlements, la peur constante. Cette douleur en moi devient insupportable. Il ne sait pas que mon ex m'a battue, m'a blessée physiquement et mentalement et que ce soir encore je suis blessée.

Je sens la colère monter en moi, la douleur de ne pas être comprise, de ne pas être soutenue. Je lui crie que je suis fatiguée de ses reproches incessants, de son manque d'empathie et de son ignorance de ma souffrance.

> — Je suis au courant que je ne suis pas la fille que tu souhaitais avoir ! Je suis désolé de ne pas être à ton image ! désolé d'être un fardeau pour toi ! Ma voix tremble, mais je ne peux plus me taire. Je n'en peux plus papa ! Tu ne vois donc pas que je souffre ? Mais peu importe du moment que monsieur obtient ce qu'il veut !

Et puis, il perd patience. Il lève la main, et me gifle violemment. Le choc de son geste me laisse sans voix, ma joue brule, mais ce n'est rien comparé à la douleur que je ressens à l'intérieur.

Je pars en courant, me réfugier dans ma chambre, mes larmes coulent, un torrent ininterrompu.

Ma seule échappatoire dans ces moment-là c'est le dessin. Je dessine ce que je ressens, je vide mon cœur et mon esprit la musique à fond dans mon casque.

Je dessine une fille me ressemblant, le regard vide, vide de toutes émotions, comme un miroir de ma détresse.

Chapitre 9

Le campus bourdonne d'activité.

Les étudiants se déplacent comme des ombres, absorbés dans leurs conversations, leur course effrénée vers les cours, leurs regards fuyants. Pourtant, pour moi, ce monde semble irréel, une scène d'un film dont je suis une spectatrice immobile. Les murmures de la foule me frôlent, me traversent sans me toucher.

Moi, je marche, un masque figé sur le visage, chaque pas lourd, chaque respiration difficile. Une pensée, un nom, se répète inlassablement dans ma tête : Nick.

Je n'arrive pas à l'effacer. Il s'impose dans mon esprit comme un poison, lentement, sans bruit. Comment ai-je pu être aussi aveugle ? Comment ai-je pu croire à ses promesses ? À ses mots murmurés avec une douceur qui me brûlait l'âme ? Il m'avait utilisée, manipulée. Je l'avais détesté dès le début, et pourtant... il avait réussi à me faire tomber dans son piège. Et maintenant, je suis seule avec la douleur de sa trahison, l'écho de ses mensonges qui résonne dans chaque recoin de mon cœur.

Je fais quelques pas vers la bibliothèque, espérant qu'enfermer mon esprit entre les pages d'un livre me permettrait d'oublier, ne serait-ce qu'un instant. Mais je sais au fond de moi que la paix que je cherche ne viendrait jamais. Alors que je suis sur le point de franchir les portes du silence, une voix déchire l'air, me paralysant sur place.

— Ella !

Je me fige, mon corps entier réagissant à ce cri. Il n'y avait pas besoin de le voir pour savoir qui l'avait prononcé. Nick. Il me tire une nouvelle fois dans son tourbillon. Et cette fois, je sais qu'il ne me lâcherait pas. Pas sans que j'aie eu ma dose de souffrance.

Je me retourne lentement, mes yeux se posant sur lui. Il est là, adossé au mur, son regard perçant me transperçant, comme un brasier dans la nuit froide. Il a ce sourire en coin qui, autrefois, me faisait fondre, mais aujourd'hui, il ne fait qu'attiser la colère qui bouillonne en moi.

— Qu'est-ce que tu veux, Nick ? ma voix glacée se fait entendre, trahissant la tempête qui fait rage à l'intérieur de moi.

Il hausse les épaules, avançant vers moi avec une nonchalance déconcertante, comme si rien ne s'était passé, comme si rien n'avait changé.

— Je veux juste te parler. Sa voix est calme, mais je sens qu'il cache quelque chose, un piège sous des mots trop simples.

Je croise les bras, me protégeant comme je peux, cherchant à masquer la vulnérabilité que je sens m'envahir.

— Tu veux "parler" ? Après tout ce que tu m'as fait ? Après tout ce que tu m'as dit ? Le ton de ma voix se durcit, l'amertume percute mes mots. Tu n'as plus aucun droit de me parler.

Nick ne réagit pas, ou du moins, il ne laisse rien transparaître comme à son habitude.

Il s'approche encore, l'espace entre nous se rétrécissant à chaque pas. Ses yeux, remplis d'intensité, me déroutent, me perturbent. Il y a quelque chose dans son regard, quelque chose que je n'arrive pas à définir, mais qui me glace. Ce n'est plus de l'attirance, ni de la douceur, c'est quelque chose de plus sombre, de plus lourd.

— Ella, écoute-moi. Ce n'est pas ce que tu crois. Il dit cela avec une insistance presque désespérée. Tu ne comprends pas.

— Oh, je crois que je comprends très bien, Nick.

Je m'avance légèrement, mes poings serrés dans les poches de mon jean, mais ma voix tremble, révélant la douleur cachée sous ma colère.

— Tu m'as utilisée. Manipulée. Tu as joué avec moi comme un jouet depuis cette première soirée chez toi.

Je le fixe, les yeux pleins de rancœur. Il me regarde avec cette même lueur que tout à l'heure, cette étincelle de regret ou de

111

culpabilité qui me déstabilise. Mais je ne peux plus lui accorder de crédit. Il m'a trahie trop profondément.

— Non, tu ne comprends pas. Il s'approche encore. Ce n'est pas juste un jeu.

— Qu'est-ce que c'était, alors ? Je l'interromps violemment, ma voix brisée. Un pari entre potes ? Une distraction pour toi ?

Il s'arrête, son visage se durcit, et l'air entre nous devient soudainement plus lourd. Il y a une tension palpable, presque électrique. Je peux voir qu'il est sur le point de dire quelque chose, mais tout en moi me crie que ce ne sera qu'une autre excuse, un autre mensonge.

— Écoute… commence-t-il, puis il s'arrête, comme s'il cherchait ses mots. Puis, plus bas, presque à regret : Je …

Je n'attends pas la fin de sa phrase.

— Tu m'as blessée, Nick, et maintenant il est trop tard pour réparer ça.

Je tourne les talons, prête à m'éloigner, mais une main se pose sur mon bras, fermement, sans violence, mais suffisamment pour que je ne puisse plus bouger.

— Ella… Attends. Sa voix est plus faible, moins assurée, comme si, pour la première fois, il se rendait compte de ce qu'il avait fait.

Je frémis sous la pression de sa prise, mais je n'ai pas envie de l'écouter. Pas après tout ce qu'il m'a dit, pas après ce qu'il m'a fait.

— Lâche-moi, Nick. Je me force à ne pas laisser mes émotions exploser. Laisse-moi tranquille.

— Je suis désolé… Il s'interrompt et se rapproche encore, me forçant à lever les yeux vers lui. Tu ne comprends pas, Ella. J'ai… j'ai merder.

— C'est trop tard pour ça.

Je suis sur le point de partir, mais ses mots me transpercent comme une flèche.

— Tu crois ça ? Il me regarde, presque suppliant. Tu crois que je ne ressens rien pour toi ?

— Tu ressens quelque chose pour moi ? Je ris amèrement, incapable de cacher le dégoût qui me ronge. Tu t'es joué de moi, Nick. C'était tout sauf des "sentiments". Tu m'as humiliée devant tout le monde !

Un silence lourd s'installe. Il me fixe, son regard trahissant une gêne, une douleur qu'il ne sait plus comment cacher. Je m'apprête à tourner les talons une nouvelle fois, mais soudain, il se penche vers moi, d'un mouvement précipité, presque désespéré, et ses lèvres se posent sur les miennes.

Le baiser est violent, empli de douleur, de regrets non-dits, et je me laisse emporter, mais seulement un instant. Je m'écarte brusquement, le cœur tambourinant dans ma poitrine.

Il me regarde, abasourdi, et je sais qu'il espérait quelque chose de plus. Mais je ne suis plus celle qu'il connaissait.

— Tu veux me prouver quelque chose ? murmure-je, la voix brisée. Prouve-le, Nick. Mais pas avec des promesses vides.

Il semble sur le point de répondre, mais les mots se bloquent dans sa gorge. Il me regarde une dernière fois, puis, dans un geste trop brusque, il disparaît parmi la foule.

Je reste là, figée, les mains tremblantes, le regard perdu dans le vide. Les promesses, les regrets, tout ça... ça n'a plus aucune valeur maintenant. La douleur est trop vive, trop accablante. Je sens le regard des autres étudiants sur moi, des témoins silencieux de ma dévastation. Chaque pas me semble plus lourd que le précédent alors que je m'éloigne du campus. Une seule idée m'obsède : m'échapper, même si ce n'était que pour quelques heures.

Je me retrouve devant un bar à quelques rues de l'université. Le "Bourbon" est un sanctuaire de lumières tamisées et de murmures bas, un endroit discret où les étudiants et les habitants de Rosewood viennent se perdre dans la chaleur de l'alcool et les rythmes suaves de la musique de fond. Sans hésitation, j'entre et me glisse sur un tabouret au comptoir.

Le barman, un homme dans la trentaine avec une barbe soigneusement taillée, pose un regard interrogateur sur moi.

— Qu'est-ce que je peux te servir ? demande-t-il d'une voix calme, presque apaisante.

Je ne suis pas une grande buveuse, mais ce soir, j'ai besoin de quelque chose de fort.

— Un double scotch, sans glaçons, réponde-je d'un ton déterminé.

Ses sourcils se soulèvent légèrement, mais il s'exécute sans commentaire.

Le liquide ambré se déverse dans le verre tandis que l'odeur âcre de l'alcool flotte déjà dans l'air. Je saisis le verre d'une main tremblante et pris une première gorgée. La brûlure de l'alcool dans ma gorge est une distraction bienvenue, quelque chose de tangible sur lequel me concentrer plutôt que sur la douleur lancinante de ma poitrine.

Le bar est à moitié plein, des groupes d'amis conversant dans les coins ombragés de la salle. Au fond, une petite scène accueille un duo acoustique jouant une ballade mélancolique. La voix de la chanteuse, grave et douce, entre en résonance avec ma propre tristesse.

— Éloigner ses démons avec du scotch ? dit une voix à ma droite.

Je me tourne pour découvrir un homme assis sur le tabouret voisin. Il doit avoir la trentaine, des cheveux châtains en bataille et une mâchoire carrée couverte d'une ombre de barbe. Ses yeux bleus pétillent d'une lueur bienveillante.

— On fait avec ce qu'on a, rétorque-je avec un léger sourire ironique.

— Je m'appelle Alex, se présente-t-il, tendant sa main.

— Ella, réponde-je en saisissant sa main, sentant une chaleur hésitante à son contact.

— Alors, Ella, qu'est-ce qui amène une fille comme toi à boire seule un scotch le jeudi soir ?

Je ne peux réprimer un petit rire amer.

— Un garçon. Toujours un garçon, n'est-ce pas ?

Alex hoche la tête d'un air compréhensif.

— Parfois, ils ne méritent vraiment pas l'attention qu'on leur porte, tu sais.

— Je commence à le comprendre, dis-je en levant mon verre avant d'en boire une longue gorgée.

La conversation avec Alex est étrangement facile. Il a cette manière de faire disparaître les tensions par des anecdotes légères et des sourires sincères. Nous parlons de tout et de rien, de nos études, de nos rêves, des chaînes de télévision que nous aimons regarder.

Au bout de quelques verres, je sens doucement la torpeur de l'alcool apaiser le tourbillon de pensées qui m'avait tourmentée.

— Tu sais quoi, Ella ? dit Alex après un moment de silence confortable. Peut-être que ce type a juste trop peur de ses propres sentiments pour comprendre ce qu'il perd.

— Peut-être, affirme-je en haussant les épaules. Ou peut-être que c'est juste un idiot.

Alex éclate de rire, une sonorité sincère et contagieuse qui me fait sourire malgré moi.

— Ouais, peut-être qu'il est juste un idiot, concède-t-il avec un clin d'œil.

L'horloge au-dessus du bar indique qu'il est tard, mais je ne suis pas encore prête à affronter la solitude de ma chambre. Alex semble le comprendre sans que je n'aie à le dire. Il passe une main rassurante sur mon épaule.

— Viens, allons écouter un peu de musique, propose-t-il en se levant du tabouret et en m'offrant son bras.

J'hésite un instant, mais sa gentillesse et son sourire m'incitèrent à accepter. Nous nous dirigeons vers la scène où le duo acoustique joue toujours des mélodies douces et apaisantes.

Assise à une petite table près de la scène, je ferme les yeux un instant, laissant la musique remplir le vide en moi.

Les jours passent, s'enchaînant les uns après les autres, dans une succession de moments où tout semble être à l'envers. Le campus que je connaissais comme le dos de ma main, est devenu un décor étranger. Ses rires, ses voix, tout semble me repousser davantage dans un coin sombre que je ne peux quitter.

Je fais le même chemin tous les matins : mon sac sur l'épaule, mes yeux fuyant les regards qui croisent les miens. J'ai cessé de me mêler à mes amis comme avant, leurs paroles effleurent mes oreilles sans vraiment m'atteindre. Je me contente de leur sourire vaguement, écoutant leurs discussions sans y participer, comme une spectatrice d'une vie qui n'est plus la mienne.

Je l'évite avec une minutie presque calculée. À chaque coin de rue, je me détourne, j'accélère le pas quand je le vois dans un rayon de 20 mètres. Il est partout et nulle part à la fois, sa présence un spectre qui me hante. Ses rires qui se mêlent à ceux de ses amis me donnent l'impression d'être une ombre parmi les vivants, un fantôme noyé dans une foule joyeuse.

Quand je le croise, c'est comme si le monde se suspendait un instant. Un souffle court, une vague de colère et de douleur, et puis, je m'éloigne. Il m'appelle parfois, d'une voix basse, désespérée, mais je l'ignore. Ses appels me glacent, me brisent encore plus. Pourquoi me chercher maintenant ? Après tout ce qu'il a fait, après tous ses mensonges ?

Je suis une pierre, insensible, indifférente, ou du moins, j'essaie de l'être.

Le matin, je me lève comme une machine, je vais en cours, je me perds dans des révisions futiles et des tâches sans importance, attendant la fin de la journée pour retourner dans ma chambre. La solitude de ma chambre est devenue mon refuge, et mes pensées errent dans un vide abyssal. Quand je me couche, les images de notre dernier affrontement défilent sans fin, me torturant dans les ténèbres de la nuit.

Je me surprends à regarder le plafond, me demandant comment j'ai pu en arriver là. Comment ai-je pu croire en ses mots, en ses gestes ?

Le téléphone dans ma main est un poids. Je vois son nom, ses messages, mais je ne les lis pas. Je n'ai même pas la force de les supprimer. Chaque notification de sa part me rappelle ce qu'il a détruit. Je finis par mettre mon téléphone en mode silencieux.

Le monde extérieur peut continuer sans moi, je n'ai plus envie d'y participer.

Les heures s'étirent comme des chaînes invisibles. Une semaine, deux semaines, et chaque jour semble se fondre dans le suivant. Rien ne change. Je fais semblant d'aller bien, je fais semblant d'être cette fille que j'étais avant.

Mais tout me semble lourd, et ce poids ne s'allège pas, peu importe combien j'essaie de le camoufler sous des sourires forcés. C'est là que je m'aperçois que j'ai besoin de souffler et rester loin de ce Campus.

Chapitre 10

Ces trois jours loin de l'université ont été une évasion nécessaire pour moi. Lexy, pensant à une simple grippe passagère, n'avait aucune idée de la tempête intérieure qui me consumait.

Mais ce soir, la solitude de ma chambre devenait trop lourde à supporter. Le silence me pesait, me rappelait les failles que je tentais de masquer. Les souvenirs de Nick, de son regard, de ses mots qui résonnaient encore dans ma tête, étaient des fantômes que je n'arrivais plus à chasser. Je ne voulais plus de cette torture. J'avais besoin d'autre chose, d'une distraction, d'un défi.

Si je ne me trompe pas, ce soir, une course illégale se déroule. Un murmure dans l'air, une invitation à l'adrénaline. Une porte ouverte vers un autre monde, un monde où je n'ai pas à penser à ce qui se cache derrière moi.

Ces lieux me sont familiers. La vitesse, la musique des moteurs, les néons scintillants comme des étoiles dans un ciel noir. C'était un appel à l'évasion, une promesse de liberté, même si elle était éphémère.

Je m'habille rapidement, enfourchant cette tenue légère, prête à plonger dans l'inconnu.

Lexy ne comprend pas, elle pense juste que je vais retrouver un peu d'air, mais je sais bien que ce n'est pas juste l'air que je cherche. Je veux sentir la fièvre de la course m'envahir, repousser mes pensées.

En arrivant sur les lieux, la scène est encore plus animée que dans mes souvenirs. Les moteurs vrombissent, une mer de voitures rutilantes s'étend devant moi, illuminée par des néons qui éclatent dans la nuit noire. La foule se presse, les regards rivés sur les conducteurs, tous impatients de voir la compétition commencer.

La tension est palpable. Chaque participant semble porter sur ses épaules l'envie de conquérir la victoire, ou du moins d'échapper à quelque chose.

C'est là que je le vois. Une voiture rouge flamboyante fait son entrée, ses phares brillent comme des étoiles filantes dans la nuit. Toute l'attention se tourne vers elle. C'est lui, Nick, qui se tient derrière le volant. Ses mains sont fermement posées sur le volant, ses bras tendus, sa concentration palpable. Sa silhouette est familière, mais il est différent. Mais que fait-il ici ? Il ne me remarque pas tout de suite, perdu dans ses préparatifs. Mais je sens quelque chose m'envahir, une montée d'adrénaline, une vieille envie de défi.

Un autre véhicule arrive en trombe. Un gars descend, et avant même que la foule ne se disperse, il annonce que le conducteur a cédé sa place à quiconque est prêt à défier Nick.

La scène se fige. Le vent semble souffler plus fort, comme pour marquer la suspension du temps. Tout est silencieux.

Je ne sais pas ce qui me pousse, mais un élan de témérité m'envahit. Ma main se lève, tremblante mais décidées.

— Moi.

Les yeux de Lexy se croisent avec les miens. Elle est figée, la peur dans son regard. Son bras me saisit, une prise douce mais pleine de panique.

— Ella, t'es sérieuse ? Tu ne sais même pas comment piloter une voiture pareille ! Sa voix tremble, pleine d'inquiétude.

Je la regarde une fraction de seconde, puis mon regard se tourne vers Nick. Il ne m'a toujours pas vue, mais quand ses yeux captent ma silhouette, je lis l'inquiétude dans ses traits. Il se redresse dans son siège, son regard sombre s'ancrant dans le mien.

— Ella ! Sa voix est à la fois surprise et pleine de préoccupations.

Je soutiens son regard, un défi silencieux dans le mien. Un frisson parcourt mon dos. J'ai besoin de prouver quelque chose, de briser ce silence lourd entre nous, ce poids qui m'étouffe.

— Tu t'inquiètes de perdre face à une fille ? je le provoque, un sourire sarcastique effleurant mes lèvres, sachant que cela frappera là où ça fait mal. Son ego est une faiblesse que je sais utiliser.

Il secoue la tête, exaspéré.

— Ce n'est pas la question. C'est dangereux.

Je me redresse, mon regard froid plongeant dans le sien, et je prends une grande inspiration. Mon cœur bat fort, une bouffée de courage traverse ma poitrine.

— On verra bien.

Je n'ai pas le temps de réfléchir davantage. L'homme à la voiture me fait signe de monter, et je m'élance. Le cuir de la robe glisse sous mes doigts, alors que je monte avec précaution.

Lexy, son regard noyé de peur, pose une main sur mon épaule.

— Ella, s'il te plaît, réfléchis-y encore une fois…

Je lui lance un sourire, peut-être trop calme, peut-être trop glacé pour apaiser ses inquiétudes.

— Fais-moi confiance, Lexy. Je sais ce que je fais.

Ils ne savent pas qu'Aaron m'a déjà fait concourir dans ce genre de course. Des courses clandestines, des paris sur ma vie, des défis où la vitesse était mon unique complice. J'ai déjà mis ma vie en jeu, et je le ferai à nouveau, même si je n'ai aucune idée de ce qui me pousse à agir ainsi.

Le compte à rebours commence.

— Trois… Deux… Un… Go.

L'instant suivant est une explosion. Je lâche l'embrayage avec une précision que je n'ai jamais eue, et la voiture bondit en avant avec une violence que je n'avais pas anticipée. La sensation du cuir des sièges contre mon dos est aussi violente que la montée d'adrénaline. Mes mains se serrent sur le volant, mes yeux scrutent la route, chaque virage, chaque ligne droite, une nouvelle épreuve.

La vitesse m'envahit, le vent frappe mon visage avec une intensité folle. Je sens chaque vibration de la voiture sous mes pieds, chaque mouvement de la route sous les roues.

Je suis concentrée, mais Nick est déjà là, juste derrière moi. Je peux sentir sa présence, son moteur qui rugit, prêt à me dépasser à tout moment. La sensation d'être suivie est palpable, mais c'est ce que je voulais.

Je prends un virage serré avec une précision presque instinctive, mon cœur battant à un rythme effréné. Le moteur hurle autour de moi, une mélodie sauvage. Chaque virage est un combat entre la vitesse et le contrôle, entre la peur et le défi. Les néons passent à toute vitesse autour de nous, dessinant des traînées lumineuses dans la nuit. Je sens mes nerfs à vif, mes muscles tendus, mes yeux fixés sur la ligne d'arrivée, presque tangible, à portée de main.

La ligne droite approche. Je sens l'énergie du moteur, le bruit des voitures autour de moi, le vent qui hurle dans mes oreilles.

Nick est là, juste derrière. Je sens la tension monter, cette urgence dans l'air. Il est prêt à passer, je le sais. Mais je suis plus déterminée que jamais.

Le dernier virage arrive, je le prends avec toute la puissance dont je dispose, je pousse l'accélérateur à fond.

Les secondes semblent s'étirer à l'infini, chaque battement de cœur résonnant dans ma poitrine. Puis, enfin, la ligne d'arrivée.

Je la franchis en première, le moteur rugissant sa victoire, et un cri de victoire échappe à mes lèvres. L'euphorie explose en moi, mais elle est immédiatement assombrie par un étrange sentiment de vide, de culpabilité. Pourquoi ce sentiment de victoire me laisse-t-il un goût amer ?

Alors que je ralentis, Lexy et Nate m'accueillent avec des éclats de joie, mais dans l'arrière-plan, Nick a déjà disparu.

La foule se disperse, la musique bat son plein, les rires envahissent l'air. Pourtant, un malaise m'envahit. La réalité semble s'effondrer autour de moi, tout est flou.

Je cherche un coin pour me poser, mon esprit noyé sous les verres d'alcool qui semblent flouter mes pensées.

Mais soudain, une main ferme se pose sur mon épaule. Je sursaute. Je tourne la tête, et avant même de comprendre ce qui se passe, tout devient flou. Le sol semble se dérober sous moi.

Quand je reprends conscience, je suis dans la voiture de Nick. La tête lourde, je me redresse brutalement, prise de panique.

— Laisse-moi descendre, Nick !

Il fait comme s'il ne m'avait pas entendue, son regard fixé sur la route. Il accélère, le moteur hurlant.

— T'aimes ça, la vitesse ? Le danger ?

Je crie, la panique montant en moi.

— Nick, arrête, ce n'est pas drôle ! Je t'en supplie !

Une voiture venant en sens inverse nous frôle. Il freine brusquement, le crissement des pneus m'arrache un cri. Furieuse, je me précipite hors de la voiture.

— Tu es fou ?! Je hurle, le cœur battant la chamade, la colère et la peur mêlées dans ma voix. La froideur de la nuit me frappe le visage alors que je me tiens debout, tremblante, la rage brûlant dans mes veines.

Nick descend de la voiture avec un mouvement brusque, ses yeux sombres fixant les miens. Il est furieux, tout autant que moi, mais la tension entre nous est palpable, comme une corde tendue prête à se rompre.

— C'est à toi que je pose la question, Ella ! sa voix est dure, tranchante, comme une lame qui coupe l'air. C'était quoi ce manège à la course ?

Je le défi du regard, la gorge serrée par des émotions contradictoires. Je n'ai jamais voulu aller si loin, mais quelque chose en moi a éclaté, quelque chose que je ne contrôle plus.

— Je ne t'appartiens pas, je ne te dois rien Nick !

Je lui crache ces mots comme une arme, espérant que cette vérité, aussi cruelle soit-elle, brisera tout ce qu'il pense savoir de moi. Il n'a pas à me sauver, pas à me juger. Je ne lui dois rien. Pas après tout ce qu'il m'a fait.

Les larmes me montent aux yeux, mais je m'efforce de les retenir. Ce n'est pas ça que je veux montrer. Je veux être forte. Je veux le repousser. Mais ces mots, cette douleur qu'ils véhiculent, sont trop lourds à porter.

Un silence lourd s'installe. Je peux voir son visage se décomposer un instant, la surprise s'installant avant de céder la place à une inquiétude à peine dissimulée. Sa voix tremble, cette fois-ci plus doucement, comme s'il s'adressait à un être fragile, à une part de moi qu'il ne comprend plus.

— Tu ne peux pas te mettre en danger comme ça, Ella…

Il s'approche d'un pas, son regard perçant cherchant à percer le mur que je suis en train de bâtir autour de moi.

— C'est... c'est de la folie. Pourquoi tu as fait ça ?

Je recule d'un pas, une douleur sourde dans ma poitrine. Pourquoi il s'inquiète ? Pourquoi ça me touche ? Je suis tellement en colère contre lui et contre moi-même.

Chaque mot qu'il prononce me déchire davantage. Pourquoi n'arrive-t-il pas à comprendre ? Je n'ai besoin de personne et encore moins de lui.

— Pourquoi ça t'importe tant ? je lui lance, le défi à la fois désespéré et vengeur dans les yeux. Je ne suis rien pour toi et tu n'es rien pour moi, tu ne l'as pas oublié ?

Les mots sortent comme une décharge électrique, brûlant tout sur leur passage.

Une vague de chaleur envahit mes yeux, et avant que je ne puisse la retenir, les larmes se libèrent, coulant silencieusement sur mes joues. Le vide autour de moi semble se remplir d'une tristesse que je n'arrive plus à contrôler.

Il me regarde, son visage marqué par l'incertitude et la frustration. Mais il ne dit rien. Il attend, comme si chaque seconde comptait, comme si chaque parole pouvait tout changer.

Je tourne les talons, n'ayant plus la force de tenir tête. Les jambes tremblantes, je m'éloigne de lui, de cette confrontation qui ne mène nulle part. Je dois partir. Loin. Loin de lui, loin de ce tourbillon de sentiments contradictoires. Je traverse la rue sans me retourner, ignorant l'appel de Nick qui me suit du regard.

— Je rentre à pied. Je ne suis pas loin de chez moi.

Ma voix est plus faible que je ne le voudrais, mais elle est ferme. Je ne veux pas qu'il me suive, qu'il me fasse des promesses. Je n'ai pas besoin de lui pour me sauver.

Je n'ai pas besoin de lui.

Le vent me gifle le visage alors que je m'éloigne encore. Mon esprit est en ébullition, chaque pensée se heurtant à la suivante, un tourbillon sans fin.

Mes jambes me portent sans que je ne les guide. Je ne sais même pas combien de temps j'ai marché. L'air est glacial, et mes pensées sont une mer agitée, mais une chose est sûre : je n'ai pas de réponses.

Arriver devant chez moi, mon père m'attend devant la porte, ses bras croisés, une colère froide dans les yeux.

— Pas ce soir, Papa, s'il te plaît !

— Tu me fais honte ! Ce n'est pas comme ça que je t'ai élevée !

Sa gifle éclate dans l'air, me projetant contre la jardinière. Ma mère hurle en voyant le sang couler de mon front. Le regret fige mon père, mais il est déjà trop tard. Tremblante de rage et de douleur, je me relève, lançant une promesse silencieuse de ne plus jamais accepter de violence.

La pluie tombe, chaque goutte frappant les trottoirs et les toits avec une intensité presque rageuse, comme si la nature elle-même partageait ma douleur.

Debout au coin de la rue, je sens chaque goutte d'eau glacée traverser mes vêtements, accompagnant mes larmes silencieuses. J'ai mal. Pas seulement à cause de la plaie sur mon front, mais à cause de cette plaie plus profonde, invisible, que mon père venait de rouvrir.

Je n'ai personne d'autre à qui demander. Tu peux venir me chercher ?

Mes doigts tremblent en écrivant le message à Nick. Il répond presque immédiatement.

J'arrive

Chapitre 11

———————— ✦ ————————

L'attente fut interminable sous cette pluie froide qui me glace jusqu'à l'âme. Puis le rugissement reconnaissable du bolide de Nick perce l'obscurité. La voiture s'arrête brusquement devant moi, son grondement coupant le silence de la nuit. Sans réfléchir, je me précipite à l'intérieur, emportant avec moi cette humidité féroce et ce désespoir brûlant.

Une fois dans la chaleur de la voiture de Nick, je réalise à quel point je suis glacée jusqu'à l'os. Nick me jette un coup d'œil, remarquant immédiatement ma plaie. Ses doigts touchent délicatement mes cheveux pour mieux voir, son regard se durcissant.

— Qui t'a fait ça ?! Je vais... commence Nick, sa voix rauque contenant une fureur à peine contenue, ses mains crispées sur le volant.

— Je ne veux pas en parler, dis-je, coupant court à sa menace.

Une boule se forme dans ma gorge, difficile à avaler. Le silence entre nous est lourd de non-dits.

Nick démarre sans un mot de plus, dirigeant la voiture à travers les rues mouillées, le son des essuie-glaces accompagnant nos pensées tumultueuses.

Arrivés devant chez lui, Nick me porte jusqu'à sa chambre, ignorant mes faibles protestations. Il me dépose sur son lit, son tee-shirt mouillé par la pluie épousant les contours de son torse musclé.

Il me donne un de ses tee-shirts, se tournant légèrement pour respecter ma pudeur, même si nos barrières avaient déjà bien faibli.

Une fois changé il me rejoint au bord de son lit et applique une compresse sur ma plaie.

— Ça pourrait piquer, dit-il avec un sourire tendre en appliquant le désinfectant sur ma plaie.

Ses mains douces contrebalancent la brûlure du désinfectant me faisant oublier l'espace de quelques secondes ma rancœur.

— Cette scène me rappelle quelque chose, dis-je. Mais les rôles s'inversent, ajoute-je en souriant.

Nos yeux se croisent, créant une tension douce mais électrique entre nous.

— Je vais chercher de quoi te changer. Tu peux te doucher si tu veux, dit-il avant de se lever pour fouiller dans ses tiroirs.

Il revient avec un tee-shirt et un short beaucoup trop grand pour moi.

— Merci, mais le tee-shirt fera l'affaire, dis-je en rigolant.

L'eau chaude me frappe en pleine poitrine, mais malgré la chaleur, je me sens gelée à l'intérieur. La douche est un endroit où je peux m'échapper, où personne ne peut me voir, où mes larmes peuvent se déverser en toute liberté. J'ai besoin de ça, j'ai besoin de lâcher prise, de m'effondrer un peu sans que le monde autour de moi me juge.

Je ferme les yeux sous le jet d'eau, ma tête reposant contre le carrelage froid. Les gouttes d'eau glissent sur ma peau, mais elles ne peuvent rien effacer de ce qui me brûle à l'intérieur. L'image de Nick, de ses mots cruels, de sa froideur me hante encore. Il m'a fait mal, il m'a laissée sur le côté comme si je n'avais jamais compté pour lui. Tout ce que j'avais cru entre nous… tout ça, c'était juste un jeu. Une distraction.

Les larmes commencent à couler. Doucement au début, puis de plus en plus fort. Je ne les retiens pas. Je me laisse aller, comme un ruisseau qui déborde, emportant tout sur son passage.

Je serre les poings, mes ongles s'enfoncent dans ma paume, mais ça ne m'empêche pas de pleurer. Je me sens seule, si seule, et cette solitude m'écrase.

Puis je sens une présence derrière moi.

C'est étrange, presque imperceptible au début. Comme une chaleur qui s'approche lentement, une ombre dans la lumière tamisée de la salle de bain. Je tourne légèrement la tête, et là, il est là. Nick.

Il ne dit rien. Il reste silencieux, comme si ses mots étaient inutiles. Il n'a pas besoin de parler. Il me voit, il comprend.

Il fait un pas en avant, tout en douceur, et je n'ai même pas la force de me reculer. Sa main trouve le bas de mon dos, frôlant ma peau humide, et il me tire lentement contre lui. Ses bras m'enlacent par derrière. Je n'ai pas le courage de me détacher. Ses bras sont forts, sécurisants, mais dans le même temps, ils me rappellent la douleur qu'il m'a infligée. Pourtant, je ne le repousse pas. Il me serre juste contre lui, sans bruit, sans pression.

Je ferme les yeux, mes larmes continuent de couler, mais cette fois, elles ne sont plus qu'une vague contre un rocher. Le bruit de l'eau, le bruit de mon cœur qui bat plus fort à chaque seconde, et le souffle calme de Nick contre mon cou.

Il n'a pas dit un mot, mais je sens son corps contre le mien, chaque mouvement lourd d'émotions non exprimées.

Il est là. Et malgré la souffrance qui m'envahit encore, quelque chose en moi se calme. Peut-être parce que dans cet instant précis, je ne suis plus seule. Pas vraiment. Il est là, présent, en silence, mais il est là.

Je me blottis contre lui, mes mains se posent sur ses bras, cherchant une forme de réconfort, même si je ne sais pas si c'est ce que je ressens.

Il continue de me tenir sans relâcher son étreinte, comme s'il voulait m'offrir un refuge, une bulle de chaleur dans laquelle je pourrais trouver un peu de paix. Sa respiration est régulière, lente, et je me laisse aller à cette présence, à cette chaleur, même si elle ne fait qu'ajouter à la confusion dans ma tête.

Il ne dit toujours rien, et je ne sais pas pourquoi il reste là, avec moi. Pourquoi il ne part pas. Mais il reste. Et je suis là, les larmes coulant toujours, un peu moins violentes, mais toujours présentes.

Je ne sais pas combien de temps s'écoule. Peut-être des minutes, peut-être des heures.

Peut-être que je pourrais oublier tout ça, effacer mes peines sous l'eau chaude, sous ses bras protecteurs. Mais je sais que je ne peux pas tout effacer. Pas encore. Pourtant, en cet instant, il est tout ce que j'ai, et même si je ne comprends pas ce qu'il cherche, je me laisse faire.

Parce qu'il ne me rejette pas. Il est là, et ça me suffit, pour l'instant.

Nick se retire doucement de la douche, sa chaleur me quittant au fur et à mesure qu'il s'éloigne. Il ne dit rien, juste un dernier regard posé sur moi avant de disparaître derrière la porte de la salle de bain.

Le silence revient alors, lourd et épais, comme si tout ce qui venait de se passer était irréel.

Je reste là, sous le jet d'eau tiède, les pensées embrouillées, mes larmes ralentissant peu à peu. Mais une partie de moi reste figée, encore dans l'étreinte de Nick, dans ce silence partagé.

Je prends quelques instants pour me calmer, respirer profondément, et quand j'en ai assez de l'eau qui m'enveloppe, je l'éteins et me sèche lentement.

Chaque mouvement est lourd de sens, comme si ce moment avec lui avait tout changé, même si je ne suis pas sûre de ce que cela signifie encore.

Je me tourne vers le miroir embué, hésitant un instant. Puis je m'habille avec ce qui est à portée de main : un simple haut ample de Nick et une culotte. Je me sens nue, vulnérable.

Je sors de la salle de bain, mes pieds frôlant le sol froid du couloir. Soudain j'entends des bruits de pas derrière moi, puis je le vois : Nick, à peine sorti de la douche. Il porte une serviette autour de la taille, ses cheveux encore trempés.

Je croise son regard, et là, un frisson me parcourt. Il s'arrête à quelques pas de moi, une lueur étrange dans les yeux, comme s'il hésitait, comme s'il mesurait l'espace entre nous.

Il s'approche doucement, sans parler, mais je le sens encore plus proche maintenant. Son regard se fait plus intense, presque lourd de désir, et son souffle se fait plus court. Il s'arrête juste devant moi, et sans détourner les yeux, il me caresse l'intérieur de la cuisse soulevant légèrement mon haut et il murmure tout en se mordant la lèvre :

— Tu es magnifique Ella.

Je baise les yeux gêner par ses aveux.

— Ne fait pas ça Ella, me dit il la voix pleine d'envie.

— Quoi ? lui demande-je.

— Ne baise plus les yeux comme ça, tu me rends fou.

Ses mots résonnent en moi comme un défi, une promesse silencieuse, mais également un avertissement.

Je suis figée, incapable de répondre, incapable de bouger. Je le fixe, mon cœur battant plus vite dans ma poitrine, mes jambes presque tremblantes sous l'intensité de la situation. Il n'a pas besoin d'en dire plus. Je sais ce qu'il sous-entend, je ressens la tension qui se crée entre nous.

Je détourne le regard un instant, le seul geste que je puisse faire pour tenter de reprendre un peu de contrôle. Puis, d'une voix plus calme, il ajoute :

— Viens, je vais te montrer où tu vas dormir, tu ne vas pas rester ici.

Je le regarde à nouveau, cette fois avec moins de confusion, plus d'acceptation, mais toujours une peur sourde qui s'insinue en moi. Parce qu'au fond, je sais que cette situation ne peut pas durer ainsi, que quelque chose doit céder.

Je le suis, mes pas hésitants et mes pensées tournant sans cesse autour de ce qu'il vient de dire. Nous traversons le couloir, ses pas devant moi, alors que je me sens encore vulnérable dans ma tenue légère.

Lorsqu'il ouvre une porte au bout du couloir, je n'ai pas à poser de questions. Il me laisse entrer dans la pièce, la porte se refermant doucement derrière moi.

— Voilà, c'est ici.

Il me montre un lit, une chambre accueillante, comme une pause dans cet enchevêtrement de sentiments contradictoires.

Je reste immobile dans l'encadrement de la porte, n'osant pas franchir le seuil, mon cœur battant la chamade. Nick se tourne vers moi, un dernier regard échangé avant qu'il ne s'éloigne.

— Si tu as besoin de quoi que ce soit, tu sais où me trouver.

Je hoche la tête, incapable de dire quoi que ce soit. Il m'abandonne alors dans la pièce, et la porte se ferme doucement derrière lui.

— Bonne nuit princesse.

Je me retrouve là, seule avec mes pensées, les souvenirs de l'eau chaude, de ses bras autour de moi, de ses mots murmurés. J'essaie de me convaincre que tout va bien, que je vais pouvoir m'adapter à cette situation avec mon père, mais quelque chose, au fond de moi, sait que tout est loin d'être aussi simple.

Le silence de la maison est lourd, presque oppressant. L'air semble trop froid, trop vide. La pluie tambourine contre les fenêtres, son bruit monotone venant se mêler au tumulte de mes pensées.

Après un moment qui me semble interminable, je ne supporte plus la solitude, l'immensité de l'espace vide autour de moi, cette distance infinie qui s'est installée entre nous.

C'est étrange, parce que je ne devrais pas aller vers lui. Je devrais m'éloigner, tourner la page, ignorer ce qui nous lie encore. Mais ce n'est pas ce que je fais.

Je me lève, mon cœur battant plus vite que d'habitude, mes pas me guidant presque inconsciemment vers sa chambre.

La lumière tamisée qui filtre sous la porte me dit qu'il n'est pas encore endormi.

Quand je pousse la porte, il est là, allongé, son regard levant lentement vers moi. Le seul mouvement qu'il fait est de soulever légèrement sa couverture, sans dire un mot, mais je sais ce que cela signifie. C'est une invitation. Une invitation que je n'arrive pas à refuser.

Je me glisse sous les draps, sans un mot, cherchant immédiatement la chaleur de son corps. Il m'accueille sans hésitation, me serrant contre lui. Ses bras sont solides autour de moi, presque trop protecteurs, comme si quelque chose de fragile risquait de se briser entre nous.

Je sens sa chaleur, son souffle contre mon cou, son corps contre le mien, et pourtant, au fond de moi, il y a toujours cette confusion. Ce besoin de savoir où nous allons, ce que nous sommes en train de devenir.

La pluie continue de tomber, chaque goutte résonnant comme une mélodie dans le calme de la chambre. Il n'y a rien d'autre que lui et moi.

J'entends son cœur battre sous la couverture, ce rythme lent, mais constant. Et puis, son souffle se fait plus lourd, plus proche. Ses lèvres effleurent ma peau, d'abord mon cou, puis le lobe de mon oreille. Je frémis sous ce contact, mes sens s'éveillant malgré moi, même si une petite voix en moi essaie encore de me retenir.

Je veux reculer. Je sais que je devrais. Mais mon corps ne me le permet pas.

Il n'a pas besoin de parler. Il sait. Ses mains glissent lentement le long de mes bras, explorent la peau de mes épaules, de mon dos, jusqu'à mes hanches. Il effleure la courbe de mes cuisses, et chaque mouvement, chaque frôlement de sa peau sur la mienne envoie des frissons partout dans mon corps. Une tension électrique se crée entre nous, une pression qui me serre la poitrine. Je sais que je suis perdue, mais je suis incapable de m'arrêter. Mes mains se crispent sur ses muscles, cherchant son contact, sa chaleur, sans vraiment savoir pourquoi.

Il me garde contre lui, mais il veut plus. Je le sens dans ses gestes, dans la manière dont il me prend, presque sans douceur, mais avec cette intensité qui me coupe le souffle. Puis, dans un murmure, sa voix rauque me brise le silence.

— Je ne vais pas pouvoir résister longtemps, dit-il, presque comme un avertissement. C'est un souffle, une promesse, et un défi, tout à la fois.

Ses mains glissent doucement vers mes hanches, caressant ma peau encore humide de la douche. Il s'arrête un instant, comme pour s'assurer que je ne vais pas le repousser. Mais je n'en ai pas la force. Pas maintenant. Pas quand chaque fibre de mon corps me crie de le laisser s'approcher encore plus. Il me serre un peu plus fort, son corps se pressant contre le mien, et c'est comme si le monde autour de nous n'existait plus.

La pluie tambourine toujours, mais tout ce que je ressens, c'est lui. La chaleur de son corps, son odeur qui envahit mes sens. Il me touche de manière plus insistante, mais toujours dans cette douceur mêlée de tension. Ses mains remontent le long de mes cuisses, effleurant ma peau avec une délicatesse presque insupportable. Je frémis sous ses caresses, ma respiration devenant de plus en plus irrégulière. Chaque geste de sa part me rapproche du précipice. Chaque toucher, chaque frôlement, me fait perdre un peu plus de contrôle.

> — Tu n'as aucune idée de ce que tu fais à mon corps, murmure-t-il contre mon oreille, sa voix rauque, presque implorante.

Et moi, je ferme les yeux, me perdant dans ce moment qui semble à la fois doux et brûlant, réconfortant et terrifiant.

Je sais que ce que nous faisons est fragile, incertain. Peut-être que demain, tout sera différent. Peut-être que je le regretterai. Mais pour l'instant, je me laisse faire. Parce que dans ses bras, je me sens vivante. Parce qu'il n'y a rien d'autre que lui, cette chaleur, et cette tension entre nous qui est plus forte que tout le reste.

Et alors qu'il me serre encore plus fort, je me perds dans cet instant, dans cette intensité que je n'aurais jamais cru capable de ressentir. Le monde extérieur disparaît, et il ne reste que cette promesse de chaleur, de désir, et peut-être, de réconfort.

Chapitre 12

───────────◆───────────

Ce matin, dans la cuisine, l'air semble lourd, presque tangible.
Je me tiens là, devant le plan de travail, mes mains tremblantes autour
d'une tasse de café tiède. Le silence de la maison n'a rien de réconfortant, bien au contraire : il amplifie le chaos dans ma tête. Tout est flou.
Pourquoi avais-je appelé Nick ? Pas Lexy, mais lui ? Pourquoi sa voix
était-elle la seule capable d'apaiser mes peurs hier soir ? Pourquoi,
alors qu'il était souvent une source de trouble, devenait-il un refuge
inattendu ?

Ma tête me hurle de ne pas trop m'attacher, de ne rien attendre de
lui. Mais mon cœur… lui, semble avoir ses propres plans, des plans
que je ne contrôle pas.

Je suis encore perdue dans mes pensées quand un bruit de pas me
tire de ma torpeur.

L'escalier grince légèrement sous son poids, chaque marche marquant sa descente lente et inévitable. Je lève les yeux et mon souffle se suspend.

Nick.

Il arrive, l'air décontracté mais empreint d'une certaine fatigue, comme s'il avait lutté toute la nuit avec ses propres démons. Son pantalon de survêtement pend bas sur ses hanches, révélant son torse nu. Mon regard se perd un instant sur ses muscles légèrement tendus par le mouvement. Ses cheveux en désordre donnent l'impression qu'il s'est juste passé une main dedans avant de descendre. La lumière du matin caresse sa peau, accentuant chaque contour.

Je sens une chaleur familière monter à mes joues et je détourne rapidement les yeux, m'efforçant de trouver refuge dans une tâche futile : aligner les assiettes sur le comptoir.

— Bien dormi ? demande-t-il, sa voix grave résonnant dans la pièce.

Son ton est posé, mais il porte une certaine intensité, presque comme une question sous-entendue. J'ai l'impression que mes émotions sont à nu devant lui, qu'il peut les lire aussi facilement qu'un livre ouvert.

Je hoche légèrement la tête, tentant de garder un ton neutre.

— Oui, bien dormi. Merci.

Mais ma voix trahit mon trouble. Il descend les dernières marches, ses pas résonnant comme un écho dans la cuisine vide. Il s'avance, chaque mouvement calculé, dégageant une présence qui semble trop grande pour cet espace confiné.

— Et merci pour hier soir, ajoute-je rapidement, la tête toujours baissée.

Les souvenirs de la nuit précédente, sa présence réconfortante dans ce lit, l'intimité étrange que nous avions partagée, tout cela me submerge.

Un léger sourire se dessine sur ses lèvres. Pas moqueur, pas méchant, mais un sourire qui porte quelque chose de plus complexe, presque intime.

— C'est normal, princesse.

Ce surnom me fait frémir. Il le dit avec une telle légèreté, mais il y a quelque chose de possessif dans la façon dont ce mot roule sur sa langue. Avant que je ne trouve quoi répondre, un bruit sec éclate dans le hall. La porte d'entrée s'ouvre violemment, claquant contre le mur.

— Princesse ? C'est de moi dont tu parles, Nick ?

Je me raidis. La voix est aigüe, sarcastique, et chaque syllabe semble dégouliner d'une jalousie à peine voilée. Noah.

Elle entre dans la pièce avec une assurance presque insolente, un sourire narquois sur les lèvres. Ses yeux balayent la scène, s'arrêtant brièvement sur moi avant de revenir sur Nick.

Je me sens soudainement trop exposée, comme si sa simple présence suffit à réduire à néant l'espace fragile que nous avions créé, Nick et moi.

— Oh, j'interromps quelque chose, on dirait ? lance-t-elle, son ton faussement innocent.

Nick se tourne vers elle, son corps se redressant instinctivement, comme pour se préparer à une confrontation.

— Pas maintenant, Noah.

Sa voix est ferme, mais teintée d'une lassitude qui ne m'échappe pas.

Elle croise les bras, avançant d'un pas dans la pièce. Son regard est glacial, presque calculateur.

— Pas maintenant ? Répète un peu pour voir. Tu seras là ce soir, oui ou non ?

Nick soupire profondément, comme s'il voulait expulser l'irritation qu'elle provoque en lui.

— Je t'ai dit que non.

Un rire sec s'échappe des lèvres de Noah, mais il n'a rien de joyeux.

— Pourquoi ? Parce que tu préfères rester ici avec elle ? Elle te tient compagnie maintenant ?

Je baisse les yeux, sentant la morsure de ses paroles.

Elle veut provoquer une réaction, et je sais que si je reste là, je ne ferais qu'aggraver la situation.

— Excusez-moi, murmure-je, brisant le silence qui s'était installé.

Je fais demi-tour, me dirigeant vers les escaliers, mais à peine ai-je monté deux marches que je sens une main chaude se refermer doucement autour de mon poignet.

— Ella, attends !

Je me retourne, le cœur battant. Nick est là, plus proche que je ne l'ai imaginé. Son regard est intense, presque implorant.

— Elle ne représente rien pour moi. C'est juste une amie.

Sa voix est sincère, mais quelque chose dans sa posture, dans la manière dont il m'observe, trahis une certaine vulnérabilité.

Je plante mes yeux dans les siens, essayant de démêler le vrai du faux. Mais tout cela est trop. Trop de tension, trop d'incertitude.

— Fais ce que tu veux, Nick. Tu ne me dois rien.

Mon ton est calme, mais il masque difficilement la douleur qui me tiraille. Je force un sourire, espérant qu'il ne voit pas à quel point mes mots me blessent.

— Et puis, nous ne sommes rien. Même pas des amis.

Un éclair de quelque chose, peut-être de la douleur ? traverse ses yeux, mais il ne répond pas.

Ses doigts se crispent légèrement sur mon poignet, puis se relâchent. Je vois un éclair d'émotion traverser ses traits, un mélange de colère et de blessure.

— Tu as raison, Ella, lance-t-il d'un ton soudain froid. Peut-être que c'est mieux que tu partes.

Ses mots me frappent comme une gifle. Je veux croire qu'il les a dits sur un coup de tête, par vexation, mais la douleur dans son regard contredit son ton détaché.

Je retire doucement mon poignet de sa main, montant les escaliers avec une boule dans la gorge.

Chaque pas semble résonner comme une trahison contre moi-même. Je veux me retourner, m'excuser, lui demander s'il pense vraiment ce qu'il vient de dire. Mais je sais que si je le fais, je serais incapable de partir.

Arrivée dans ma chambre, je referme la porte derrière moi, m'adossant contre elle. Mes mains tremblent, ma respiration est saccadée. Je regarde mon sac posé sur le lit, prêt à être emporté.

Ma main se crispe sur la poignée, hésitante. Derrière moi, la maison est étrangement silencieuse. Pas un bruit, pas un mouvement. Juste ce vide étouffant qui pèse sur mes épaules.

Je prends une profonde inspiration, espérant que l'air froid de l'entrée calme le tourbillon de pensées dans ma tête. Mais rien ne vient. Tout ce que je ressens, c'est cette boule dans ma gorge, ce mélange d'amertume et de regret qui me donne envie de hurler.

Je tourne légèrement la tête, juste assez pour jeter un dernier regard à l'escalier. Il n'est pas là. La cuisine, pourtant pleine de sa présence quelques instants plus tôt, semble soudain dénuée de vie.

Il ne viendra pas, Ella. Ne reste pas là à attendre quelque chose qui n'arrivera pas.

Cette pensée, acérée comme un coup de poignard, me fait froncer les sourcils. Il a été si froid, si distant… Pourtant, ses yeux ont trahi quelque chose, un éclat, un regret peut-être, qui me fait encore douter.

Alors, avec un dernier soupir tremblant, je referme doucement la porte derrière moi. Le clic de la serrure semble sceller quelque chose, un chapitre que je ne suis pas sûre de vouloir tourner.

Chapitre 13

———————— ✦ ————————

Le soleil brille haut dans le ciel, promettant une journée douce et agréable. Lexy est arrivée juste après moi et m'attend devant dans la voiture de sa sœur, une moue taquine sur les lèvres. Elle porte une robe d'été légère à fleurs, contrastant avec mon jeans et mon simple t-shirt blanc.

— Allez, grimpe ! m'ordonne-t-elle avec une excitation palpable.

Une fois installée, elle met en marche la radio, et des airs pop entraînants emplirent l'habitacle.

Nous chantons en chœur, oubliant quelques instants nos soucis respectifs. C'est comme une bouffée d'air frais, loin des drames de la veille. Lexy, toujours enjouée, a cette capacité à éclaircir les nuages sombres de mon esprit.

Nous arrivons au centre commercial, un lieu animé avec ses enseignes illuminées et ses vitrines attrayantes. Dès que nous entrons, Lexy m'entraîne vers une boutique de vêtements branchés.

— Tu sais, Ella, ces fringues n'attendent que toi, dit-elle en pointant du doigt une robe noire élégante. Essaie celle-ci ! Je souris, amusée par son enthousiasme.

Dans la cabine d'essayage, je passe la robe, et lorsqu'elle me voit sortir, ses yeux scintillent de plaisir.

— Parfait ! C'est toi, ça !

Nous continuons notre périple de boutique en boutique, essayant des tenues extravagantes, colorées, parfois même décalées. Lexy ne manque pas de faire des commentaires amusants, riant avec ironie lorsqu'un pantalon se révèle trop serré ou lorsqu'une chemise semble sortir d'une autre époque.

Une pause-café dans un petit bistrot cosy s'impose. Lexy remarque la plaie sur mon front. Ses sourcils se froncent de souci.

— Qu'est-ce qui t'est arrivé Ella ? me demande-t-elle inquiète.

— Rien, je me suis cognée contre le placard, maladroite que je suis.

— Tu crois vraiment que je vais avaler ton histoire de placard, Ella ? Ça vient de ton père, n'est-ce pas ?

Je baisse les yeux, triturant ma tasse, hésitant à révéler la vérité. Lexy attrape ma main, la chaleur de son geste contrastant avec la froideur de ma culpabilité.

— Tu peux tout me dire, tu sais ?

Je prends une profonde inspiration, puis raconte finalement la confrontation de la veille.

Lexy, malgré sa nature enjouée, avait un regard grave, sa solidarité transparaît dans chaque geste, chaque mot.

— On trouvera une solution, Ella.

La journée continue, entre achats et discussions, visant à oublier pour un temps les ombres qui planent sur ma vie. Chaque nouveau vêtement, chaque nouvel accessoire est choisi avec soin, comme une armure pour affronter les difficultés à venir.

En fin de journée, le coffre de la voiture déborde de sacs, témoignage de notre escapade.

Le soleil commence à décliner, peignant le ciel de nuances d'orange et de rose.

— Merci, Lexy. Pour tout, dis-je en la serrant dans mes bras.

— N'importe quand, n'importe où, répond-t-elle en me rendant mon étreinte. On est là l'une pour l'autre, ajoute-t-elle.

Même si la journée a été longue je décide tout de même de me rendre à la fête de Noah.

Je me retrouve devant chez elle, je me fige la peur au ventre. J'ai peur de ce que je vais découvrir.

J'entre enfin après quelques minutes d'hésitation sans me douter de ce que j'allais trouver.

L'odeur de l'alcool et de la musique trop forte me frappent, mais c'est autre chose qui me saisit quand mes yeux se posent sur eux. Nick et Noah qui entrent dans une pièce. Ni une ni deux je me précipite pour ne pas les perdre de vu. Je les découvre l'un contre l'autre, à moitié nus, leurs corps mêlés dans une scène que je n'aurais jamais imaginée. Tout s'arrête autour de moi. La musique s'éteint, le bruit devient sourd. Mon cœur s'arrête un instant, comme figé par la scène que je suis en train de contempler.

Je ne sais même pas pourquoi je suis là, pourquoi je suis venue. Peut-être pour me prouver que je n'en ai rien à foutre, que je n'ai rien à attendre de lui, qu'il ne me doit rien, que ce n'est qu'un jeu pour lui. Mais à cet instant précis, tout cela devient un mensonge. Parce que, même si je le déteste, même si je me convaincs tous les jours que je ne ressens rien, voir Nick avec Noah me brise de l'intérieur.

Il lève les yeux et me voit, les traits marqués par la surprise, mais aussi une pointe de culpabilité qu'il cache trop vite.

— Fais chier ! Il lâche ça presque pour lui-même, comme si, d'un seul coup, le monde était devenu trop lourd à porter.

J'essaie de détourner le regard, mais c'est trop tard. Je l'ai vu.

Je pourrais partir. Je pourrais fuir et tout oublier, comme je l'ai fait toutes ces fois où il m'avait blessée, où il m'avait laissée en suspens. Mais cette fois, je ne peux pas. Je ne peux pas ignorer ce que je ressens.

Je me force à tourner les talons et à revenir à la soirée, à faire comme si rien ne s'était passé. Comme si je n'avais pas vu mon pire cauchemar se réaliser. Je m'assois autour du jeu, de ce maudit jeu où tout le monde semble s'amuser à jouer avec les limites des autres. Mais moi, je suis là, figée. Mon cœur tambourine dans ma poitrine, un mélange de rage et de douleur. Je serre mon verre, le regard figé sur le vide

Nick réapparaît peu après. Son visage est marqué, il n'essaie même pas de cacher la tension. Il s'approche de moi, son regard incertain, mais il sait que rien ne pourra réparer ce qu'il a fait.

— Ella, ce n'est pas ce que tu crois !

Il tente de s'expliquer, mais ses mots résonnent dans ma tête comme un écho. Ce n'est pas ce que je crois ? Alors qu'il vient de coucher avec Noah devant mes yeux ?

Il m'infantilise, comme si je n'étais qu'une gamine à qui il fallait donner des explications. Et pourtant, au fond, j'ai envie de l'écouter. Une part de moi, stupide et fragile, veut savoir ce qu'il a à dire. Mais je ne peux pas. Je ne veux pas.

Je le regarde, le souffle coupé par l'intensité de ce moment.

— Tu te joins à nous, Nick ? Je dis ces mots avec un ton glacé, presque ironique. Il n'y a rien de doux dans ma voix. Il a franchi la ligne, et je ne vais pas lui accorder de répit.

Les autres autour de la table semblent tous regarder en silence, scrutant la scène sans trop comprendre ce qu'il se passe, mais sentant bien la tension qui est palpable. Après une brève hésitation, piqué par ma provocation, Nick finit par s'asseoir face à moi. L'espace est tellement petit, et pourtant, tout entre nous semble démesuré.

— C'est mon tour, non ? Très bien, vérité.

— Raconte-nous un secret que personne ne connaît ici, me demande Nora assise à côté de moi.

Je prends une profonde inspiration. La colère m'envahit, et la douleur avec.

— J'ai fait confiance à un garçon, et il s'en est joué alors que j'allais m'offrir à lui. Je suis tombée dans son piège comme toutes les autres. J'essaie de cacher le tremblement dans ma voix. Et ce garçon est dans cette pièce.

Je regarde Nick droit dans les yeux, pour qu'il comprenne exactement ce que je ressens. Je vois son visage se décomposer, un éclair de regret traversant ses traits, mais c'est trop tard. Le mal est fait. Il n'y a rien à réparer maintenant.

Les autres commencent à poser des questions. Ils veulent savoir qui est ce garçon. Mais je ne réponds pas. Ce n'est plus important. Ce qui compte, c'est le regard de Nick, ce regard rempli de remords qui ne changera rien.

Nora me demande alors :

— Tu es donc toujours vierge ?

Je choisi de ne pas répondre, trouvant cette question trop personnelle. Mais je sais que Nick lui comprend.

Nous ne nous avions jamais rien promis, mais je refus d'être traitée comme un jouet.

C'est au tour de Nick de jouer. Il me regarde, presque défiant.

— Action ou vérité ? dis-je.

Il me regarde comme si c'était à moi de décider de ce qu'il allait subir. Peut-être qu'il veut passer son tour. Il hésite. Mais il finit par répondre.

— Vérité.

Il a peur. Il sait que je vais le mettre dans une position où il ne pourra pas se cacher.

— Prends-tu du plaisir à coucher avec Noah ? Je lui demande, un sourire froid sur les lèvres.

Nick baisse les yeux, incapable de soutenir mon regard. Il est coupable.

— Je passe. Il choisit de fuir. Facile, n'est-ce pas ? Tout comme il a toujours fui la vérité.

Je me redresse, et quand mon tour revient, je décide de passer à l'offensive.

— Soyons fous, action ! Je défie tout le monde autour de moi. Je suis fatiguée de cette mascarade.

— Embrasse le mec qui t'attire le plus dans cette pièce, ordonne une voix familière.

C'est Noah, elle est derrière moi. Elle veut me provoquer. Elle sait bien qu'elle est la cause de cette tension, qu'elle est la raison de ma souffrance.

Je regarde Nick, et sans hésiter, je m'avance vers le gars à ma gauche. Je l'embrasse. Pas pour le plaisir. Pas pour le désir. Mais pour prouver quelque chose à Nick. Pour lui montrer que je n'ai pas besoin de lui pour exister

Il explose.

— Ça suffit ! Hurle-t-il, furieux, avant de quitter la fête brusquement, sous les yeux de tous.

C'est tout ce que je voulais. Le voir partir, voir sa colère mordre la poussière. Pour une fois, je ne suis pas le centre de l'attention, mais je sais que j'ai gagné cette bataille.

Quelques minutes plus tard, je décide de partir aussi. Mes pas résonnent dans la rue déserte, chaque son un écho de ce que je ressens à l'intérieur : un vide immense. Je n'arrive pas à m'en débarrasser.   La scène avec Nick et Noah me hante. Pourtant, au fond, nous n'étions rien l'un pour l'autre. Des regards volés, des moments volatils où le désir et la colère se mêlaient. Jamais rien de concret, jamais rien ne qui mérite d'être appelé « relation ».

Alors pourquoi ai-je l'impression que la terre se dérobe sous mes pieds ? Pourquoi, lorsque je repense à Noah dans ses bras, mon cœur se serre comme un poing ? Je ne devrais pas me sentir ainsi. Je n'ai pas à être jalouse. Il n'y avait rien entre Nick et moi. Rien.

Je m'arrête devant chez moi, le regard perdu dans la lumière pâle des réverbères. Il est tard, mais mes pensées sont agitées, en roue libre. L'adrénaline de la soirée commence à se dissiper, mais la confusion, elle, reste bien ancrée.

Je veux croire que je m'en fiche. Mais au fond, je sais que c'est plus compliqué que ça.

Je me laisse tomber sur mon lit, mon téléphone toujours dans ma main. Il n'a pas essayé de me joindre. À quoi bon après tout ? Il n'y a rien entre nous, et je n'ai aucune raison de chercher des excuses pour son comportement.

Mais pourquoi cette souffrance ? Cette douleur d'un genre étrange qui me traverse, me fait douter de tout. Je suis en colère contre lui, mais aussi contre moi-même. Contre cette faiblesse que j'ai laissée se faufiler malgré moi.

Je ne sais même pas ce que j'attends de lui. Une explication ? Il n'y en a pas. Il n'a pas à me devoir des explications. Mais cette douleur, ce tourbillon d'émotions contradictoires… ça m'envahit. Pourquoi ai-je l'impression qu'il me manipule, encore et toujours, alors qu'il ne m'a jamais rien promis ? Pourquoi ai-je l'impression de lui accorder trop de pouvoir sur mes sentiments ?

Je me lève brusquement et vais me poster devant le miroir dans le hall. Qui suis-je devenue ? Je n'ai plus envie de réfléchir à ce que je ressens. C'est ridicule. Je suis censée être plus forte que ça. Mais à chaque pensée qui traverse mon esprit, un malaise m'envahit. Pourquoi suis-je prête à me laisser détruire par lui ? Je m'étais pourtant promise après Aaron de ne plus souffrir.

Je me souviens de nos baisers. De la manière dont il m'embrassait avec une passion furieuse, comme si rien ne comptait d'autre à ce moment-là. Comme si c'était plus que de la simple haine, plus que du désir.

Chapitre 14

Après ce qu'il s'est passé jeudi soir, c'est une nouvelle Ella qui franchit la porte de l'université.

Ce matin, je me lève avec une détermination nouvelle. Aujourd'hui, plus que jamais, j'ai décidé de prendre les choses en main. J'enfile ma robe moulante et mes talons achetés la veille avec Lexy. Je sens une puissante confiance envahir tout mon être. Mes cheveux relevés en une queue haute qui caresse mon dos ajoutent une touche de sensualité à mon allure assurée.

En parcourant les couloirs, je finis par croiser Nick. Celui qui m'a humiliée, celui qui m'a fait douter de moi-même pendant trop long-temps. Son regard me transperce, chargé de jalousie et de frustration. Oui, c'est ça que je veux voir. Je veux le rendre fou de jalousie, je veux qu'il regrette le jour où il m'a sous-estimé.

Je lui lance un regard plein de défi, un sourire en coin qui en dit long sur mes intentions. Aujourd'hui, je ne serai plus la victime.

Aujourd'hui, je serai celle qui prend sa revanche. Et rien ni personne ne pourra m'arrêter.

Arrivée devant ma salle de cours, je pousse la porte avec assurance. Les regards étonnés des élèves et même du professeur me nourrissent, renforçant ma détermination.

Au lieu de m'asseoir à ma place habituelle, une impulsion me pousse à m'installer à côté de Nick. Il tente de dissimuler sa surprise mais je vois bien qu'il se demande ce qui m'arrive. Je lui lance un sourire énigmatique, le défiant silencieusement.

Pendant tout le cours, je reste concentrée, prenant des notes avec sérieux. Mais je sens le regard de Nick peser sur moi. Il finit par me glisser une invitation pour une soirée organisée par ses parents afin de célébrer leur retour et fêter la signature d'un nouveau contrat.

Son père est un homme important dans le monde de l'hôtellerie partout dans le monde, ce qui explique pourquoi Nick est souvent seul dans cette immense villa.

Je compte sur toi. Me dit-il, son regard insistant alors qu'il me tend une invitation.

— Tu as aussi invité Noah ?

Il marque une pause, comme s'il essayait de se convaincre de quelque chose avant de répondre, puis secoue légèrement la tête.

— Je suis sérieux, Ella. C'est important pour moi que tu viennes.

Je le regarde, un mélange de colère et de confusion bouillonnant en moi. Puis, je croise les bras, déterminée à ne pas céder à la facilité.

— Pourquoi je viendrais ? Je t'ai laissé me toucher dans ton lit, chez toi, et après ça, tu es allé coucher avec Noah. Tu te rends compte de ce que tu fais ? Je me sens salie Nick !

Je vois son regard se durcir, comme s'il essayait de se défendre de mes accusations. Il prend une inspiration et tente de garder son calme.

— Tu oublies un détail, Ella. Tu m'as dit toi-même qu'on n'était rien l'un pour l'autre, que je pouvais faire ce que je voulais. Alors pourquoi ça te choque maintenant ?

Sa réponse me frappe de plein fouet. Mes mains se serrent, une vague de frustration m'envahit.

— C'est toi qui m'as jetée devant tout le monde à cette soirée, Nick ! Tu m'as dit qu'on n'était rien, que je n'étais qu'une distraction. Et maintenant tu veux que je vienne à ta soirée comme si tout ça n'était rien ? Tu crois vraiment que je vais oublier ce que tu m'as fait ?

Il s'arrête un instant, visiblement déstabilisé par mes mots. Mais il tente de reprendre son masque d'indifférence.

— C'était... c'était juste un moment. Ce n'est pas ce que tu crois.

— Ce que je crois ? Tu m'as utilisée, et maintenant tu me parles comme si ça n'avait aucune importance ! Je ne suis pas un jouet, Nick. Tu m'as dit qu'on n'était rien, mais moi, je n'ai pas oublié.

Il semble chercher une réponse, mais les mots semblent lui manquer. Le silence s'étend entre nous. Je sais que j'ai touché un point sensible, mais quelque chose en moi refuse encore de céder.

— Alors pourquoi accepter ton invitation ? Parce que tu penses que ça va tout effacer ? Ce n'est pas aussi simple.

Après avoir quitté la salle de classe sans un mot, l'idée de la soirée tourne en boucle dans ma tête. Il me faut la tenue parfaite.

L'urgence me saisit quand je décroche mon téléphone pour appeler Lexy. Je ne peux pas rester seule face à ça. Elle saura quoi faire. Elle a toujours eu ce talent de démêler les situations complexes avec une aisance déconcertante.

Le thème de la soirée est "Bal masqué", et il semble que je sois déjà prise dans un jeu dont je ne maîtrise plus les règles.

Lorsque j'arrive chez elle, je suis à peine entrée que Lexy, avec son regard perçant, commence à m'interroger.

— Ok, tu vas m'expliquer ce qui t'arrive ? me dit-elle en fronçant les sourcils, les bras croisés.

— Comment ça ? je réplique, feignant l'innocence, mais je vois bien qu'elle ne me laisse aucune échappatoire.

— Pas de ça avec moi, Ella ! elle ne me lâche pas du regard, et je sens sa curiosité aiguisée.

— Explique-moi ce matin, cette tenue… Tout le monde avait les yeux rivés sur toi ! Et les regards que vous vous êtes échangés avec Nick… il se passe quelque chose entre vous ?

Je prends une profonde inspiration. Elle a vu juste, comme toujours. Comment lui expliquer sans que ça ne paraisse aussi absurde qu'irréfléchi ? Mais je n'ai pas le choix. Il faut que je parle, que je mette des mots sur ce qui m'échappe encore.

Je lui raconte tout : la confrontation avec Nick, son invitation, et cette étrange sensation de m'être perdue dans ses attentes et ses manipulations.

Elle m'écoute en silence, me lançant des regards parfois désapprobateurs, parfois amusés. Puis, une fois que j'ai tout dit, son expression se transforme. Elle me dévisage un instant, un sourire malicieux se dessinant sur ses lèvres.

— Bon, ce n'est pas tout ça, mais ce soir, tu vas être la reine de la soirée, Ella. Son sourire devient carnassier. On va te trouver la robe parfaite pour cette occasion.

Je hoche la tête, un peu perdue dans mes pensées, mais Lexy semble déterminée à ne pas me laisser le temps de réfléchir. Elle se précipite dans son dressing, fouillant parmi ses vêtements avec une énergie débordante. Elle finit par en sortir une robe noire, parfaitement sexy, taillée pour marquer les esprits.

— Cette robe ! Elle te va comme un gant, dit-elle, l'excitation dans la voix. C'est exactement ce qu'il te faut pour ce soir.

Les heures passent. Je me laisse entraîner par Lexy dans un tourbillon de maquillage et de préparation, mais à chaque mouvement, je sens une étrange lourdeur dans ma poitrine. Pourquoi ai-je accepté son invitation si rapidement ? Mon esprit lutte, mon cœur me dit que je ne devrais pas, que je laisse Nick jouer avec mes émotions, mais mes actes semblent n'écouter que l'instant, le besoin de revanche, de reprendre le contrôle.

Finalement, après plus de deux heures de préparation, je suis prête. Lexy me dépose devant la villa de Nick, et je vois son regard se faire plus sérieux. Elle s'arrête un instant et se tourne vers moi.

— Appelle-moi au moindre souci, je viendrai te chercher, d'accord ? me dit-elle, sa voix empreinte de sincérité.

— Tu es la meilleure. Un sourire forcé, mais sincère, s'échappe de mes lèvres. Je lui fais un dernier signe de tête avant de sortir de la voiture.

Je franchis le seuil de la porte avec une assurance que je n'avais jamais ressentie auparavant, mes yeux cachés derrière le masque, accentuant mon allure mystérieuse et dominatrice. Chaque pas est une déclaration de pouvoir. La fente de ma robe s'ouvre à chaque mouvement, laissant apercevoir ma jambe, sensuelle et assurée. Le décolleté plongeant dans le dos, descendant jusqu'au creux de mes reins, laisse juste assez de peau à la vue pour éveiller le désir et la curiosité. Ce soir, c'est lui que je veux rendre fou de désir. Ce soir, je prends le contrôle.

L'air autour de moi est saturé de parfums luxueux et de murmures élégants. Les invités, vêtus de leurs plus beaux atours, me regardent avec admiration, certains yeux presque indécents.

Je traverse la pièce avec une grâce calculée, chaque regard braqué sur moi.

— Mais qui est donc cette divine créature ? s'exclame le père de Nick en me voyant approcher, sa voix pleine de surprise et d'admiration.

— Ella, monsieur, lui réponds-je, un sourire confiant sur les lèvres.

Nick, qui se tient non loin de là, se retourne brusquement, attiré par ma voix.

Il reste figé, les yeux grands ouverts, me scrutant de haut en bas, comme s'il n'arrivait pas à croire que je sois réellement là, face à lui dans cette robe.

— Tu ne nous présentes pas, Nick ? Je brise le silence de ma voix posée, jetant un regard défiant dans sa direction.

— Ella, mon père. Papa, Ella.

Nick semble soudainement mal à l'aise, ses gestes hésitants, comme s'il n'avait jamais imaginé que cette situation puisse se produire.

— Enchanté, mademoiselle. Le père de Nick me tend la main, un sourire chaleureux aux lèvres.

— De même, monsieur. Je lui serre la main, avec une légère inclinaison de tête, un sourire qui dissimule tout de mes intentions.

— Nick ne nous avait donc pas menti, tu existes bel et bien, dit-il en rigolant, son ton léger, comme s'il se réjouissait de la confirmation.

Nick roule des yeux, visiblement agacé par la remarque de son père. Il tente de reprendre son masque d'indifférence, mais l'ombre de la frustration qui traverse son regard ne m'échappe pas.

— Je pensais que tu ne viendrais pas, me dit-il, un soupçon de soulagement dans sa voix, comme s'il était heureux de me voir, mais aussi un peu incertain.

— Tu es sublime ce soir, ajoute-t-il, ses mots apparemment sincères, mais je perçois la tension sous sa phrase.

Je soutiens son regard un instant, mes lèvres s'étirant en un sourire plus froid.

– Je n'aurais manqué cette soirée pour rien au monde, Nick ! lui réponds-je, un ton de défi dans ma voix, avant de m'éclipser légèrement pour m'avancer vers un serveur, qui me tend une coupe de champagne.

Je passe une grande partie de la soirée en compagnie de ses parents, discutant, riant, partageant des histoires sur la famille et les voyages.

Son père est un homme charismatique, plaisant à écouter, et sa mère est d'une douceur presque irréelle.

Je me laisse emporter par la convivialité de l'instant, mais mon esprit n'est jamais totalement éloigné de Nick.

Je le scrute discrètement, chaque fois que je peux, observant son comportement. Il semble complètement hors de son élément, inconfortable dans l'élégance chic de la soirée de son père. Il reste en retrait, bien qu'il fasse de son mieux pour ne pas paraître trop déconnecté de l'atmosphère.

Mais au fond, je sais qu'il me regarde, lui aussi. Il ne peut s'empêcher de me suivre des yeux, comme si je représentais un mystère qu'il peine encore à résoudre.

L'heure du dîner approche, et je suis invitée à m'installer à la table familiale.

Je choisis délibérément la place à côté de Nick, un sourire malicieux aux lèvres en voyant sa surprise lorsqu'il m'aperçoit à ses côtés. Il me sourit vaguement, un peu perdu, me donnant l'impression qu'il ne sait plus vraiment comment réagir.

Nous retirons nos masques, un geste cérémonieux qui semble marquer le début de la vraie soirée.

Son regard se pose de nouveau sur moi, à la fois intrigué et admiratif. Mais je suis concentrée sur chaque geste, chaque mot. Ce soir, je contrôle la scène. Et même s'il semble encore incertain de ce qu'il ressent, je sais qu'il commence à comprendre que je ne suis plus la même.

Durant le repas les discussions se concentrent sur les prochains placements envisagés. Je commence à m'ennuyer.

Je n'oublie pas mon objectif de la soirée, rendre fou Nick.

C'est à ce moment-là que je me sens emplie d'une excitation interdite alors que ma main effleure la cuisse de Nick sous la table. Son regard brûlant croise le mien et un frisson me parcourt tout le corps. Malgré les invités autour de nous, je sens le désir monter en moi. Ses pupilles se dilatent et je sens son souffle se faire plus rapide.

— Qu'est-ce que tu fais ? me murmure-t-il.

— Je joue Nick !

— Tu es folle on pourrait nous voir.

— C'est ça qui est excitant, non ? lui réponde-je.

Mes mouvements caressants deviennent plus audacieux, remontant un peu plus haut sur sa cuisse. Sa respiration se fait saccadée et je sens son corps réagir à mes gestes. Les regards complices échangés me laissent entrevoir ce désir ardent qui brûle en lui.

Perturber il se lève brusquement.

— Excusez-moi, je dois aller me rafraîchir.

Je me lève à mon tour quelques minutes plus tard pour le rejoindre, la porte se referme derrière moi.

Je m'approche de lui avec une telle assurance qu'il en est surpris, cette fois-ci c'est mon souffle qui se dépose au creux de sa nuque.

— J'ai pris le temps de fermer à clé, personne ne pourra nous interrompre cette fois-ci, murmure-je.

Il déglutit puis pousse un gémissement au moment où j'effleure son sexe en remontant ma main jusqu'à son bouton pour lui retirer son pantalon.

Lentement, je m'agenouille devant lui, mes mains caressant son torse musclé. Ses yeux sombres fixent les miens. Son regard brûlant me fait frissonner.

Je me rapproche de lui, mes lèvres effleurant sa peau. Je sens son souffle s'accélérer, son envie grandissante. Je prends son membre en bouche, le goût salé de sa peau m'enivre. Mes mouvements sont lents et sensuels, je le sens frissonner de plaisir sous mes caresses.

Nick gémit doucement, ses mains agrippant mes cheveux. La sensation de contrôle me fait frémir. Il est à ma merci.

Je me donne entièrement à lui, mes gestes devenant plus rapides et plus intenses.

La passion nous consume, nous emportant dans un tourbillon de sensations enivrantes.

Je le sens atteindre le point de non-retour, sa respiration s'accélère, ses gémissements se font de plus en plus forts. Il atteint l'extase, son corps se raidit sous mes caresses. Je continue de le stimuler, le laissant savourer chaque instant de plaisir intense.

La tension retombe enfin, je me relève, essuyant du bout du doigt le coin de mes lèvres. Arrivant à sa hauteur je le regarde avec un air suffisant et décide de le laisser planter là, seul le pantalon encore sur les genoux.

Satisfaite, je rejoins tout le monde à table, rejointe par Nick qui s'assoie, encore plus confus que lorsqu'il a quitté la table.

La soirée se termine, les parents de Nick raccompagnent les invités un par un, les remerciant d'être venu.

— Ella ! Quel plaisir d'avoir fait votre connaissance ce soir !

— Vous êtes un bijou ! ajoute-t-il.

— De même Tim. Merci pour la soirée Madame Miller.

— Ce fut un plaisir de vous avoir parmi nous. Me répond-t-elle.

J'esquisse un sourire avant de les embrasser et de quitter la pièce.

Je suis dehors, attendant Lexy. La villa de Nick est juste derrière moi, imposante, magnifique.

Je me tourne une dernière fois pour la regarder, encore sous le choc de ce qui s'est passé. Nick… je l'ai provoqué, oui. Et ça a marché. J'ai eu ce que je voulais, mais maintenant, je n'arrête pas de repenser à cette soirée. Et à lui.

Au moment où je commence à m'éloigner, je vois une voiture arriver. C'est Lexy. Elle s'arrête brusquement devant moi et, avant même que je puisse m'installer, mon téléphone vibre. Un message de Nick.

Bonne nuit princesse.
Merci pour cette soirée inoubliable.

Je déglutis en lisant ses mots.

Ça m'électrise et m'angoisse à la fois. Une soirée inoubliable, vraiment ? Est-ce qu'il parle de ce qui s'est passé entre nous ? De ce que j'ai fait ?

Je me retourne une dernière fois, et j'aperçois Nick. Il est planté là, au premier étage et il me fixe torse nu.

Lexy me rappelle rapidement à la raison et je détourne le regard.

— Alors, raconte-moi tout ! me lance-t-elle dès que je monte dans la voiture. Elle ne perd pas de temps.

Je soupire, essayant de trouver les mots.

— C'était… intense.

— Tu l'as embrassé ? me demande-t-elle.

— J'ai fait un peu plus que ça, je l'ai suc… lui avoue-je à demi-mot gênée.

— Attends, attends, tu veux dire que t'as sucé le Bad boy de l'université, le mec que toutes les filles veulent, et toi, tu l'as fait ?

Elle insiste, ses yeux écarquillés d'incrédulité et d'amusement.

Je sens un frisson parcourir ma colonne vertébrale. Ce n'est pas le genre de conversation que j'ai l'habitude d'avoir, mais c'est Lexy. Elle doit savoir.

— Ouais... je l'ai fait. Je l'ai sucé. Je... je voulais le provoquer. Lui montrer que je pouvais avoir le contrôle, le rendre fou sans rien attendre en retour.

Elle éclate de rire, sa voix pleine de stupéfaction.

— Putain, mais t'es folle, Ella ! T'as sucé Nick ? Celui qui fait baver toutes les filles de l'université ? Celui qui traîne avec des filles toutes les semaines et qui les oublie le lendemain ? Mais c'est carrément le rêve de n'importe quelle meuf, et toi tu l'as pris comme un défi ! T'es une vraie sorcière ! Où est la Ella que je connais ?

Je rigole aussi, mais je sens une gêne s'installer. C'est comme si j'avais franchi une ligne que je n'aurais pas dû franchir.

— Ouais, je voulais vraiment lui prouver quelque chose ce soir. Qu'il n'avait pas de pouvoir sur moi, que je pouvais le rendre dingue et m'en aller après. C'était juste... excitant. Et je savais que ça allait le rendre fou. Je l'ai vu dans ses yeux.

Lexy me regarde, ébahie, mais elle commence à apprécier cette confession un peu folle.

— T'as sucé Nick, et tu veux t'en sortir sans qu'il t'ait fichu une étiquette sur le front ? C'est carrément le Bad boy de l'université, Ella ! T'as réussi à le faire plier sous ta volonté. Ça, c'est du pouvoir !

Je baisse les yeux, incertaine.

– Je ne sais pas si j'ai vraiment eu le contrôle, Lex. C'était… je me suis sentie puissante, c'est vrai.

— Il m'a envoyé ce message, il me dit que c'était inoubliable. Ça veut dire quoi ?

Lexy fronce les sourcils, pensant à tout ça.

— Ce mec-là ne laisse jamais une fille lui échapper aussi facilement. C'est carrément son style de jouer avec les filles, de les faire courir après lui, mais toi… toi t'as inversé la situation. Mais crois-moi, ce n'est pas aussi simple que de lui dire merci et au revoir. Tu crois vraiment qu'il va te laisser partir comme ça ?

Je soupire, le regard perdu dans la nuit qui défile devant nous.

— Je voulais juste me venger et je crois que j'ai été trop loin, soupire-je.

Lexy me lance un regard qui en dit long.

177

— Le mec te veut, c'est évident. Je veux dire, c'est Nick. Toutes les filles de l'université veulent sa peau, et tu l'as eu, toi. Tu sais, il n'est pas du genre à oublier ça. Si tu veux vraiment jouer cette carte-là, prépare-toi à ce qu'il vienne te chercher.

Je me sens un peu perdue, mais ça me fait un peu sourire.

— Crois-moi, t'as mis le feu à une étincelle qui risque de devenir un incendie, alors sois prête à gérer. Mais sérieusement, tu l'as fait, t'as sucé le Bad boy de l'université. Tu sais ce que ça signifie ? T'as gagné le jackpot, ma vieille.

Je me tourne vers elle, essayant de calmer mon esprit qui part dans tous les sens.

— On verra bien. Mais pour ce soir, je veux juste oublier tout ça.

Une fois arrivées chez elle, on monte rapidement dans sa chambre. Je me laisse tomber sur son lit, épuisée, mais un mélange de satisfaction et de tension me travaille.

— On se couche ?

— Ouais, mais je veux tous les détails demain, hein ! Je veux savoir comment tu vas gérer le Bad boy qui va revenir frapper à ta porte.

Je souris faiblement et ferme les yeux.

Oui, j'ai sucé Nick pour le provoquer, pour jouer, mais je ne sais pas vraiment ce que je vais en faire. Et peut-être que demain, je vais devoir affronter les conséquences de ce jeu.

Mais ce soir, je veux juste dormir, et oublier un instant tout ce que ça implique.

Chapitre 15

— Debout, la larve ! Lexy me saute dessus telle une furie, me tirant du sommeil. Quel doux réveil…

Je grogne, ma tête encore dans les coussins.

— T'es folle ! Je vais mourir d'épuisement avant même d'avoir eu mon café…

Lexy éclate de rire et se recule un peu, tout en me lançant un regard taquin.

— Allez, allez, qu'est-ce qu'on fait aujourd'hui ? Tu ignores Nick ou tu le rejoins pour un petit numéro dans les vestiaires ? Me dit-elle, toute fière de sa question.

Je fronce les sourcils.

— Lexy ! Arrête un peu, veux-tu ! On va finir par être en retard, sérieusement.

Elle fait sa petite moue de fille triste, les lèvres boudeuses. Instinctivement, je lui lance le premier oreiller qui me tombe sous la main. Elle le renvoie aussitôt avec une rapidité déconcertante.

On éclate de rire comme deux gamines. Cela me fait du bien, plus que je ne l'aurais imaginé. Ça m'avait manqué, ce genre de moment.

Après une bonne trentaine de minutes à se chamailler, je me force à me lever.

Aujourd'hui, l'équipe de Nick dispute un match crucial pour les qualifications. Ils sont déjà sur le terrain pour s'entraîner, je parie que la nuit a été courte pour lui après cette soirée qui s'est finie tard.

— Dépêche-toi ! Lexy me tire par le bras alors que je traîne encore en pyjama.

Les cours ont déjà commencé depuis dix minutes. On court dans les couloirs en direction de notre salle de classe. On arrive enfin, et la salle est déjà pleine. Il ne reste que quelques places au fond. On s'y installe, sortons nos notes, et la matinée passe relativement vite.

L'heure du déjeuner finit par sonner. On se dirige vers la cafétéria, mes entrailles me faisant comprendre que je suis affamée.

Une fois arrivées, Lexy me lance, un sourire espiègle aux lèvres.

— Hey, regarde qui est avec Nick !

Je lève les yeux et aperçois immédiatement Noah, assise à une table avec lui et quelques autres coéquipiers.

Lexy sait tout sur l'épisode de la salle de bain, elle connaît bien l'histoire. Elle sait aussi que Noah et Nick n'ont jamais eu qu'une « amitié »

— Réagis, Ella ! Tu ne peux pas laisser ce genre de trucs passer ! Me dit Lexy, sa voix basse mais urgente.

Je la regarde, amusée.

— Relax. Les rôles se sont inversés. C'est moi qui joue avec lui maintenant, pas l'inverse.

Elle me scrute, comme si elle n'était pas tout à fait convaincue.

— Ne t'inquiète pas, Lex. Je vais le rendre tellement fou qu'il ne pourra même plus me regarder sans me désirer.

Elle me lance un regard inquiet, mais ne dit rien, se contentant de me suivre jusqu'à la table où Noah et Nick sont installés.

Je passe délibérément devant leur table, jetant un regard sur tous leurs visages, me délectant de l'attention qu'ils me portent.

Tous les regards masculins se tournent vers moi, scrutant chaque courbe, chaque mouvement.

Je n'ai plus rien de l'Ella invisible d'avant. Je suis désormais celle qu'ils regardent, la fille qu'ils ne peuvent ignorer.

Noah, elle, me dévisage intensément. Si elle avait pu me sauter dessus, je suis sûre qu'elle l'aurait fait à cet instant.

Mon téléphone vibre dans mon sac, je le sors et vois que c'est un message de Nick.

Un frisson me traverse.

> Toujours aussi belle, tu vas me déstabiliser si tu es près du terrain

Je souris, excitée par sa réponse. Je lui réponds rapidement, avec un brin de défi.

> Je serais au premier rang 😜

J'aperçois alors Nick lever les yeux et esquisser un sourire en lisant mon message. C'est comme si tout un jeu de pouvoir s'installait entre nous.

Mais à cet instant, Noah, furieuse, lui arrache son téléphone des mains et lit le message à haute voix.

— Tu te la tapes ?

Le silence s'installe autour de nous, lourd et gênant. Les murmures commencent à se faire entendre, mais c'est moi qui reste figée. Nick, lui, n'a pas l'air d'apprécier du tout cette scène. Il se lève brusquement.

— Tu te prends pour qui, Noah ? Parce qu'on a couché ensemble quelques fois, tu crois que tu peux me dicter ce que je fais ? Il souffle, la colère évidente dans sa voix. On a eu nos moments, mais ça ne te donne pas des droits sur ma vie !

Noah le dévisage, totalement furieuse, mais avant qu'elle puisse répliquer, Nick fait un pas vers elle, les bras croisés, et son ton devient glacial.

— Tu devrais quitter cette cafétéria maintenant.

Noah serre les poings, les yeux brillants de rage.

Sans un mot de plus, elle se lève, toute la cafétéria la regardant, la scène trop bruyante pour qu'on puisse l'ignorer.

Je vois que Nick essaie de garder son calme, mais je le connais assez bien pour savoir qu'il est à deux doigts de perdre son sang-froid.

Il s'éloigne brusquement de Noah, et je vois le regard de Noah, une flamme d'énervement dans les yeux. Je m'interpose, mais il m'ignore, trop enragé.

Je fais un signe rapide à Lexy, qui me regarde avec un air inquiet. Elle sait, elle a vu tout ce qui s'est passé dans la cafétéria. Mais je n'ai pas le temps d'expliquer plus, et je me précipite hors de la pièce.

Le match commence dans une heure, mais l'atmosphère est déjà chargée de tensions. Nick part d'un pas rapide, sans me jeter un seul regard, et je suis tout juste assez rapide pour le suivre à distance.

Je sais qu'il a besoin d'une issue, de s'échapper de tout ça. De toute façon, rien ne va bien dans sa tête, et ça me déstabilise. Je suis peut-être responsable de tout ça, peut-être qu'il est plus perdu qu'il ne veut le laisser entendre. Mais je ne peux pas nier que son attitude me perturbe de plus en plus.

Sur le terrain, la tension se fait immédiatement ressentir. Nick est déjà sur le terrain, les bras croisés, ses yeux fixant la ligne d'horizon comme si quelque chose ou quelqu'un pouvait l'aider à retrouver son calme. L'équipe s'entraîne avec ferveur, mais Nick semble ailleurs, l'esprit accaparé par ce qui vient de se passer. Ce n'est plus juste un match. Il y a quelque chose de personnel dans chacun de ses mouvements.

Je vois son regard se faire plus froid à mesure que les joueurs se placent autour de lui. Il est en train de se forger une façade. Mais moi, je sais. Je le vois, son visage tendu, ses poings à moitié serrés, son regard qui cherche des raisons d'être furieux. Ce n'est pas juste à cause de Noah. Non, il est aussi bouleversé par ce qui s'est passé entre nous. Par la cafétéria, par les mots qu'il m'a jetés, et par ce qu'il a vu en moi.

Je m'installe dans les gradins, prête à le soutenir, mais il me semble de plus en plus inaccessible. Comme si ce jeu pouvait effacer tout le reste. Comme s'il croyait que la violence du match allait apaiser la violence qu'il porte en lui.

Quand le coup d'envoi retentit, je le vois s'élancer. Mais il n'est pas vraiment là. Ce n'est pas sa concentration qui fait briller ses yeux, c'est une colère sourde, prête à éclater à tout moment.

Le premier quart-temps commence, et déjà il y a des frictions. Nick bouscule un joueur de l'équipe adverse, trop violemment, presque gratuitement. Il y a un échange de mots, puis un petit accrochage. Je fronce les sourcils. Ce n'est pas juste du jeu. Ce n'est pas lui.

Il ne joue pas pour gagner. Il joue pour détruire. Et à chaque fois que la balle passe près de lui, il se laisse emporter par la rage.

Je n'arrive pas à le quitter des yeux, mon cœur battant à toute allure. Je vois son corps se tendre, ses muscles sauter sous la tension. Il est là physiquement, mais dans sa tête, il est ailleurs. Ses coups sont brutaux, et à chaque seconde qui passe, je sens qu'il va exploser.

Finalement, ça ne tarde pas. Une fausse passe, un tacle trop fort, et l'un des joueurs adverses tombe lourdement sous la force de Nick. Les arbitres sifflent immédiatement, mais ça ne fait qu'ajouter à l'agitation autour de lui.

Les cris, les sifflets. Nick n'écoute plus. Il se jette sur son adversaire, et c'est le début du chaos. Une bagarre éclate. Je me précipite sur le terrain en criant son nom, mais c'est trop tard. La situation a pris une ampleur que je ne pouvais pas imaginer.

— Nick ! Arrête ! hurle-je.

Je m'élance vers lui, mais dans la confusion, il me voit à peine. Il me repousse sans y penser, comme s'il était trop dans l'action, trop dans sa rage pour me voir. Et avant que je puisse réagir, je suis violemment projetée en arrière. Mon corps ne contrôle plus rien. Je tombe, la douleur éclatant dans tout mon dos.

Je me redresse immédiatement, mais l'adrénaline ne suffit pas à faire disparaître la terreur.

Nick se retourne enfin, son regard marqué par la panique lorsqu'il voit ma chute. Mais avant qu'il puisse s'approcher de moi, mon instinct prend le dessus. Mes mains se tendent, je me protège, comme un réflexe. Le souvenir brutal d'Aaron refait surface.

— Ne me touche pas !

— Ella, je suis désolé ! Je ne voulais pas te faire mal, je...

Je n'arrive pas à l'écouter. À chaque mot qu'il prononce, je recule encore un peu plus. Il n'y a plus de raison, plus de logique. Juste une peur irrationnelle qui me ronge. Et je réagis, instinctivement, sans réfléchir.

Je le repousse brusquement.

— Ne t'approche pas !

Il fait une pause, sans comprendre vraiment ce qui se passe. Ses yeux s'agrandissent de surprise.

Je suis à terre, encore sous l'effet du choc, mais je suis déjà sur mes gardes, les bras tendus, comme une barrière.

Il se fige. J'ai l'impression que tout autour de nous s'arrête. Il me regarde, il semble perdu, puis quelque chose dans son regard change. La culpabilité. La peur.

Je tente de me relever, mais mes jambes sont comme du coton.

Avant même que je puisse essayer de trouver mon équilibre, je sens une main se poser sur mon épaule.

— Ella ? Ça va ? Tu as mal ? me demande Lexy inquiète.

Je lève les yeux vers elle, sa silhouette floue devant moi, et un petit sourire nerveux s'étire sur mes lèvres. Je voudrais lui dire que tout va bien, mais je n'en ai pas la force. J'ai l'impression que tout tourne autour de moi, que je suis sur le point de sombrer, comme un navire en perdition.

Et c'est alors que je le vois. Nick. Ses yeux fixent mes jambes comme s'il attendait de voir si j'allais m'effondrer à nouveau. Un éclair de culpabilité traverse son regard, mais il ne dit rien. Puis, tout à coup, il est là, se penche sur moi sans un mot, et avant même que je puisse protester, il me soulève dans ses bras.

— Tu viens avec moi. Me dit-il fermement.

Je me débats légèrement, mais il me serre un peu plus fort, comme s'il refusait de m'entendre. Je pourrais refuser. Je pourrais essayer de m'éloigner, mais à cet instant, je me sens comme une poupée de chiffon, abandonnée entre ses bras. Il ne semble pas m'écouter. Son regard est dur, décidé, et je n'ai plus la force de me défendre.

Je le laisse faire, le laissant m'emporter hors du terrain. À chaque pas qu'il fait, je me sens un peu plus faible. Il me porte vers les vestiaires, mais je sais que quelque chose dans cette situation ne va pas.

Arrivés dans la pièce, il me dépose doucement sur un banc.

Il reste un moment sans dire un mot, fixant le sol comme s'il ne savait pas comment réagir. Son souffle est légèrement irrégulier, et je me rends compte qu'il est aussi perturbé que moi.

Je tente de briser le silence, mais ma voix me trahit, tremblante.

— Je peux me débrouiller, tu sais.

Il me regarde, un peu gêné, et je vois dans ses yeux quelque chose que je n'avais jamais vu : de l'hésitation. De la culpabilité. Il semble ne plus savoir où il en est. Ses mains se crispent légèrement sur le banc, comme s'il cherchait un point d'ancrage.

— Je… je suis désolé. Je ne voulais pas te faire du mal.

Un silence lourd s'installe entre nous. Et puis, sans prévenir, il se penche doucement vers moi, son visage près du mien. Son souffle est chaud contre ma peau, ses lèvres frôlant les miennes. Je n'ai même pas le temps de réagir que ses baisers se font plus pressants, plus insistants. Je me laisse faire, une chaleur soudaine envahissant tout mon corps.

Et là, alors que tout semble parfait, il se recule brusquement, son regard rempli de confusion et de lutte intérieure.

— Je ne peux pas, Ella. Je vais te faire du mal. C'est mieux comme ça.

Je suis figée, totalement perdue par ses mots. Pourquoi ? Pourquoi m'embrasser si c'est pour me repousser ainsi ?

Il se relève rapidement, son corps tendu, prêt à partir.

Et avant qu'il ne franchisse la porte, il me jette un dernier regard.

Un regard que je ne peux pas déchiffrer, mais qui me brise un peu plus. Il se détourne sans un mot de plus et disparaît dans les couloirs des vestiaires, me laissant seule, avec cette sensation étrange d'avoir été aimée, mais aussi rejetée en un instant.

Je reste là, le cœur battant, le souffle court, le corps encore tout chaud de son contact, mais le mental en pleine confusion. Qu'est-ce que ça signifie, tout ça ? Pourquoi m'embrasser si c'est pour me dire qu'il ne peut pas ? Et pourquoi ai-je l'impression d'avoir perdu quelque chose

d'essentiel, alors que je ne suis même pas sûre de ce que je voulais ?

Les jours qui suivent la scène sur le terrain sont étrangement lourds. Nick ne me parle plus. Il m'évite délibérément, comme si j'étais devenue une sorte de fantôme, ou pire, une gêne dont il voulait se dé-barrasser.

Au début, je me dis que c'est juste le choc du moment. Qu'il est peut-être perturbé, qu'il a besoin de temps. Mais les jours passent, et rien ne change. À chaque fois que nos regards se croisent, il détourne les yeux rapidement. Dès qu'il entre dans une pièce, il trouve une excuse pour s'éclipser. Et moi, je me retrouve là, comme une idiote, à chercher un sens à tout ça.

Nous sommes vendredi après-midi, et je suis dans la cafétéria avec Lexy, essayant de distraire mon esprit. Mais au fond de moi, je ne pense qu'à une seule chose : Nick. Je le cherche dans la salle, sans vraiment savoir pourquoi. Et là, je le vois, assis avec ses coéquipiers, comme si de rien n'était. Il m'aperçoit, mais son regard se fait aussi sec et distant qu'un mur. Et ça me frappe en plein cœur.

— Tu veux qu'on aille lui parler ? Ça commence à me chauffer, là, me dit Lexy, en me voyant plisser les yeux.

Je secoue la tête, la gorge serrée.

— Non… je crois que ça ne sert à rien. Il… il ne veut plus me parler.

Lexy me fixe, un sourcil arqué. Elle semble ne pas comprendre. Moi non plus, d'ailleurs. Ce que j'avais cru être une connexion sincère, un

moment authentique, semble désormais n'être qu'un souvenir éphémère. J'ai l'impression de n'avoir été qu'un moment de distraction pour lui, quelque chose qu'il pouvait oublier à la seconde où il en avait fini avec.

Le lendemain, je me retrouve à croiser Nick sur le campus. Il est avec ses amis, riant comme s'il n'avait jamais existé de distance entre nous. Mais dès que nos yeux se rencontrent, je vois son sourire se figer. Comme s'il se rendait soudainement compte que je l'avais vu. Je prends une inspiration, je me dis que c'est le moment. Je m'avance vers lui, mais il me coupe l'herbe sous le pied.

— Salut. Sa voix est froide, distante.

Je m'arrête net. C'est tout ? Il ne s'excuse même pas ? Je pensais qu'il allait au moins me demander comment je vais après tout ce qui s'est passé. Mais non. Il a l'air de me traiter comme une parfaite in-connue.

> — Qu'est-ce qui se passe, Nick ? Ma voix est plus tremblante que
> je ne le voudrais. Pourquoi tu m'évites ? Qu'est-ce que j'ai fait
> ?

Il fronce les sourcils, visiblement mal à l'aise. Il ne répond pas tout de suite, comme s'il réfléchissait.

Puis, il lâche, presque dans un souffle :

— Ce n'est pas toi, Ella. C'est… compliqué.

Je le fixe, incapable de comprendre.

— Compliqué ? C'est tout ce que t'as à dire ?

Il détourne le regard, son visage marqué par une sorte de conflit intérieur. Il ouvre la bouche, mais aucun son ne sort. Puis il se ressaisit, comme si l'affaire était déjà réglée, comme si tout était évident pour lui.

— Je dois y aller, dit-il brusquement, tournant les talons sans me laisser la moindre chance de répondre.

Je reste là, complètement perdue. Qu'est-ce que ça veut dire, "compliqué" ? Pourquoi il se comporte comme ça ? Je n'ai pas de réponses. Et il semble bien que je n'en aurais jamais.

Je soupire, les yeux fixés sur sa silhouette qui disparaît au loin. Et une question me hante : pourquoi est-ce que je suis toujours aussi attachée à lui, alors qu'il me traite comme si je n'avais jamais compté ?

Je tourne les talons, me dirigeant vers ma prochaine classe. Mais une chose est certaine : il m'a laissée dans un état d'incertitude que je n'avais pas prévu. Et je n'arrive toujours pas à accepter qu'il puisse m'ignorer comme ça.

Chapitre 16

———————————— ✦ ————————————

Ce soir, Nick a réservé une grande salle aux allures de boîte de nuit pour son anniversaire. Les miroirs sur les murs réfléchissent sans cesse les lumières clignotantes, projetant des éclats colorés qui se mélangent aux ombres mouvantes.

La musique est un battement sourd, comme un cœur battant à tout rompre, qui fait vibrer l'air autour de moi, me pulsant dans les veines.

L'ambiance est électrique, saturée de rires nerveux et d'alcool, mais il y a aussi quelque chose de lourd, une tension palpable dans chaque souffle. C'est une soirée qui va exploser.

Je pénètre dans la salle.

L'odeur de l'alcool et de la sueur m'agresse. Des corps bougent, se pressent les uns contre les autres, leurs rires se mêlant à la musique. Des lumières rouge et noire viennent illuminer les draperies et les visages, créant une atmosphère intime et pourtant débridée. Je me faufile entre les invités, mon regard fixé sur l'objectif. Et l'objectif, ce soir, c'est lui. Nick.

Il est là, entouré de filles qui se hissent autour de lui, leur décolleté attirant tous les regards. Elles se pressent contre lui, leurs mains effleurent ses bras, ses épaules, son torse.

Je les vois, mais je ne suis pas aveugle. Je vois aussi les failles dans son regard, l'irritation qui grandit sous la surface. Je suis son poison, il ne peut pas m'ignorer, et je sais qu'il le sent.

Je vois la manière dont il me scrute du coin de l'œil, comme s'il avait oublié à quel point je pouvais être implacable.

Je fais mine de l'ignorer. Je m'engouffre dans la foule, mes pas me menant presque d'eux-mêmes vers lui. Je laisse mon corps se déhancher au rythme de la musique, me laissant envahir par la sensation d'être observée, désirée, même si c'est lui que je vise.

Le regard de Nick me suit, je le sais. Je le sens. L'air autour de moi crépite. Le feu qui brûle en moi se nourrit de sa frustration.

Quand il me voit enfin, il se fige. Son sourire, un instant assuré, disparaît. Ses yeux glissent sur mes lèvres, puis sur mes yeux, cherchant à lire ce que je suis en train de préparer. Je le connais. Je sais exactement à quel point il déteste se sentir vulnérable. Et ce soir, je vais lui offrir cette sensation sur un plateau d'argent.

Je m'approche, le souffle presque suspendu, et d'une voix glaciale, je lance :

— Joyeux anniversaire, Nick. J'espère que tu te divertis.

Il m'observe un instant, comme si ces quelques mots le surprenaient. Puis il retrouve un semblant de contenance, un sourire de façade qui se dessine sur ses lèvres. Il essaie d'ignorer la tension qui se crée entre nous, mais je la ressens, chaque centimètre de son corps tendu par l'effort de contenir ce qui veut exploser.

— Merci, Ella, répond-il, sa voix trahissant un léger malaise.

Il ne peut pas cacher qu'il est déstabilisé. Je me permets une pause, un silence lourd, avant de répondre d'une manière qui le fait se tendre davantage.

— J'ai l'impression que ce n'est pas que la fête qui te rend nerveux, ai-je raison ?

Je le fixe, le défi dans mes yeux. Il réagit instantanément, une lueur de colère passant dans son regard.

— Tu n'as pas idée de ce que tu es en train de faire, murmure-t-il, ses dents serrées. Il s'approche de moi, mais au lieu de s'imposer, il cherche à retrouver son autorité.

Je le laisse faire, un sourire qui se veut innocent mais qui cache bien des intentions. Je me déplace légèrement, un frôlement accidentel mais stratégique contre lui. Je le sens se raidir sous la touche volontairement négligée. C'est moi qui mène ce jeu maintenant.

Je tourne les talons, laissant derrière moi le parfum de la provocation. Mais je sens ses yeux sur moi. Il ne me lâche pas des yeux une

197

seule seconde. Il est pris dans ma toile, et il le sait. La tension monte encore d'un cran. Il ne va pas tarder à craquer.

Je m'engouffre dans la foule, me glissant parmi les danseurs, me perdant dans la chaleur et les mouvements, dans cette folie où tout est permis. Je laisse mon corps se mouvoir avec grâce, chaque mouvement calculé pour l'attirer davantage. Et il ne peut pas résister. J'entends sa respiration s'accélérer derrière moi. Il me suit. Mais cette fois, il n'a pas le contrôle. Il est déjà sous mon emprise, pris au piège de ses propres désirs.

Soudain, je sens une main se poser sur ma taille. Un inconnu.

Je me laisse faire, sans un regard vers lui, juste assez longtemps pour que Nick me voie, qu'il comprenne ce qu'il perd.

La musique se fait plus intense, mes gestes plus audacieux. Je veux qu'il brûle de désir et de frustration. Je veux qu'il perde tout contrôle.

Je sens sa présence derrière moi, une chaleur brûlante. Il n'y a plus de distance entre nous, et je sais que c'est le moment.

Il s'avance vers moi, pressant la foule autour de nous, forçant un chemin vers ma silhouette.

Je le sens près de moi, sa chaleur m'envahit, et un frisson parcourt ma peau.

— Tu veux vraiment ça, Ella ? me souffle-t-il à l'oreille, sa voix rugueuse, tremblante de colère et de désir à la fois.

Il se place juste derrière moi, ses doigts effleurant ma peau, une menace déguisée en caresse.

Je me tourne lentement, et mon regard croise le sien. Nos respirations se mélangent, nos corps se frôlent à peine, mais tout est électrique. Je soutiens son regard un instant, sans ciller, avant de répondre, un sourire de défi accroché à mes lèvres :

— Je t'ai trop laisser jouer avec moi Nick. Maintenant c'est fini.

Il gronde, un bruit bas qui lui échappe, une réponse qu'il ne peut pas contrôler.

Il se rapproche encore plus, nos lèvres s'effleurant presque. Je sens son souffle contre ma peau. Mais je recule d'un pas, le laissant se consumer dans son propre désir.

— Je vais te faire regretter ce jeu, murmure-t-il, chaque mot une promesse brisée.

Je secoue la tête, amusée. Un dernier regard, et je me détourne de lui, le laissant là, pris dans un tourbillon de frustration et de rage. Je sais qu'il ne pourra pas m'oublier. Pas ce soir. Pas après ça.

Le klaxon du taxi me fait sursauter, me tirant hors de la tension palpable. Je jette un dernier regard vers Nick, figé, dans l'ombre de la salle. Je monte dans la voiture, mes lèvres se courbant dans un sourire satisfait. Ce soir, il n'a pas gagné. C'est moi qui ai remporté la partie.

— Bonne soirée, Nick, murmure-je à moi-même en fermant la portière.

Je n'ai même pas le temps de m'installer confortablement dans le taxi que mes pensées me rattrapent. L'image de Nick, debout là, figé dans la salle remplie de musique et de rires, m'obsède. Chaque moment, chaque mot échangé entre nous, résonne encore dans ma tête comme un écho lointain. Sa rage, sa frustration, la façon dont il ne supportait pas de ne plus être maître de la situation… C'était presque trop facile.

Mais ce n'était pas fini. Non, pas encore. Ce jeu n'était que le début. Il avait beau prétendre qu'il pouvait me briser, que tout ça allait se retourner contre moi, je savais qu'au fond de lui, il ne voulait qu'une chose : me voir céder. Et je n'allais pas lui donner ce plaisir.

Le taxi roule lentement dans les rues illuminées, et la lumière des réverbères éclaire brièvement mon visage, faisant briller mes yeux dans le rétroviseur. Ce que j'ai ressenti en le défiant ce soir, ce n'était pas seulement la victoire sur lui. C'était le goût de ma propre liberté, une sensation qu'il m'avait volée au fil des années. Et maintenant, je la goûte enfin. Chaque minute passée loin de lui me donne l'impression d'être plus entière, plus forte.

Lorsque je rentre à la maison, le silence me frappe. Un silence lourd, presque oppressant, qui contraste avec le tumulte de la soirée. Mes parents ne sont pas là. Je n'ai pas à les chercher. Je sais qu'ils ne se préoccupent pas de moi, qu'ils sont absorbés dans leurs propres vies. Tant mieux. Je m'en fiche. À cet instant, je me sens totalement seule, et pourtant, étrangement, je me sens plus vivante que jamais.

Je me déshabille lentement, me glissant dans un simple t-shirt et un short, mais rien ne me semble aussi léger que l'instant présent.

Je me laisse tomber sur mon lit, fermant les yeux un instant pour me souvenir de la façon dont Nick m'a regardée ce soir. C'était une lueur d'incertitude dans ses yeux, une hésitation derrière le masque du garçon sûr de lui. Il avait cru pouvoir tout contrôler, mais ce soir, c'était moi qui avais pris les rênes. Et je ne comptais pas m'arrêter là.

Je me redresse dans mon lit, la respiration calme mais assurée. Il n'a toujours pas compris que je suis bien plus forte qu'il ne le croit. Que ce que je cherche, ce n'est pas de le séduire, ni de le briser. Non, ce que je veux, c'est qu'il ressente la même chose que moi. Ce que je veux, c'est que lui aussi perde le contrôle. Mais pas de la manière dont il l'imagine.

Je jette un dernier regard à mon téléphone. Pas un message de lui. Je ne suis pas surprise. Il est trop fier pour céder en premier. Mais je sais que ça va venir. Ce n'est qu'une question de temps avant qu'il ne craque et qu'il vienne me chercher, les bras chargés de regrets et de désirs non-dits. Et je serai là, prête à jouer ma part dans cette danse qui n'aura pas de fin. Mais cette fois, c'est moi qui choisis le rythme. Pas lui.

Je souris dans l'obscurité, le regard perdu dans les ombres de ma chambre. Nick n'a pas encore vu la vraie Ella. Mais il la découvrira bien assez tôt. Et quand il le fera, il ne pourra plus revenir en arrière. Je suis bien plus qu'il ne l'imagine. Demain, tout pourrait changer. Mais pour l'instant, je suis seule avec mes pensées, mes rêves de rédemption et de vengeance. La partie continue. Et je suis prête.

Chapitre 17

———————————— ✦ ————————————

La semaine a été longue, entre les cours et les révisions qui me prennent toute mon énergie. Il est grand temps de souffler un peu. Ce soir, Lexy et moi avons prévu de nous détendre avec une soirée sur la plage, loin de la pression des examens et des responsabilités. Une soirée entre étudiants, loin des tensions.

Je me prépare avec soin, choisissant une robe blanche fluide qui ondulait au gré de mes mouvements, légère et aérienne, idéale pour la chaleur de la soirée. Lorsque Lexy arrive devant chez moi, impatiente et prête à profiter de la soirée, nous nous dirigeons ensemble vers la plage. Le soleil se couche lentement à l'horizon, peignant le ciel d'une couleur orangée apaisante.

Nous marchons côte à côte, les mains jointes, riant et discutant des dernières nouvelles de l'université.

Arrivées sur la plage, une ambiance festive règne déjà autour du feu de camp. Des groupes d'étudiants sont installés, riant, dansant, partageant des histoires et des chansons. Mais parmi tout ce monde, un détail attire immédiatement mon attention : Nick.

Il est là, assis un peu à l'écart du groupe, comme s'il observait. Pas de filles en mini-jupes ni de regards admirateurs, juste lui, plus décontracté, presque perdu dans la masse. Cela me surprend, car je l'ai toujours connu dans des ambiances plus… orchestrées, où il jouait son rôle d'homme sûr de lui, entouré d'attention. Mais là, il semble plus humain, presque vulnérable dans sa posture.

Je me mets à profiter de la soirée, dansant autour du feu, échangeant avec les autres, riant sans soucis. Lexy et moi sommes complètement absorbées par l'ambiance. Puis, soudainement, une idée folle me traverse l'esprit, un élan de liberté et de spontanéité. Je jette un regard à Lexy, elle comprend tout de suite. Nous n'avons pas besoin de parler, elle me suit toujours dans mes aventures.

Je me déshabille, jetant ma robe par-dessus le sable, ne restant plus qu'en bikini rouge vif. Sans attendre, je cours vers la mer, le sable frais sous mes pieds. La brise de la mer me gifle le visage, et je m'élance dans l'eau glacée, le frisson m'envahissant. Lexy me suit immédiatement, éclatant de rire tandis que l'eau nous enveloppe.

Le vent, les vagues et la liberté de l'instant me donnent une sensation de puissance. Nous rions comme des gamines, éclaboussant tout le monde autour de nous. Mais en sortant de l'eau, je remarque que

Nick ne m'avait pas quittée des yeux. Il est là, à distance, un peu perdu dans ses pensées.

Je sors de l'eau, l'eau dégoulinant le long de ma peau, mes cheveux trempés collant à mon dos. Je me dirige vers mon sac pour attraper ma serviette et me sécher. Mais à cet instant, Sam, un autre étudiant du groupe, s'approche de moi, un sourire malicieux aux lèvres.

— Alors, l'eau était bonne ? me demande-t-il en s'approchant un peu trop près.

Je souris, amusée, et hausse les épaules.

— Pas mal, mais tu devrais tester. L'eau est vraiment glaciale, dis-je.

Sam éclate de rire, se penchant soudainement pour me chatouiller les côtes. Je sursaute, éclatant de rire sous son contact. C'est une distraction innocente, une simple forme de jeu, mais je peux sentir la tension monter autour de nous.

— Non, arrête, Sam ! lui lance-je, en me tortillant sous ses doigts.

Et c'est à cet instant que je remarque quelque chose dans l'air, une vibration étrange. Je tourne la tête et vois Nick qui nous fixe intensément, les poings serrés. Ses yeux sont durs, presque menaçants, comme s'il avait vu rouge.

Je me redresse rapidement, arrêtant la petite bataille de chatouilles. Sam semble capter la tension immédiatement et fait un pas en arrière, un peu déstabilisé. Mais Nick ne semble pas vouloir en rester là. Il se lève brusquement, traversant la plage avec une détermination qui ne m'échappe pas. Son regard ne quitte pas Sam, et je vois sa mâchoire se serrer.

— Elle t'a demander d'arrêter, gronde Nick.

— Un problème mec ? retorque Sam.

Nick sourit, mais c'est un sourire froid, cruel, sans aucune trace d'humour. D'un geste vif, il attrape le poignet de Sam et le repousse avec une force qui le fait reculer de quelques pas. La surprise et la colère se mêlent dans les yeux de Sam, mais avant qu'il ne puisse réagir, Nick a déjà repris la parole, la voix sifflant comme un coup de fouet.

— Le problème, Sam, c'est que tu es en train de marcher sur mon territoire, dit-il, chaque mot chargé de menace.

— Arrête, Nick ! m'écrie-je, la panique et la colère se disputant dans ma voix.

Je pose une main sur sa poitrine, sentant ses muscles tendus sous ma paume. Il est prêt à exploser, et je sais que je dois le stopper avant que cela ne dégénère.

Nick détourne son regard de Sam pour me fixer, ses yeux brûlants d'une fureur incontrôlable.

Il attrape ma main avec une poigne ferme, presque douloureuse, et la retire de sa poitrine.

— Ne me dis pas de m'arrêter, Ella, gronde-t-il, sa voix basse et vibrante de rage. Ne fais pas ça.

Sam s'avance de nouveau, le regard noir de défi.

— Lâche-la, Nick. Maintenant.

La tension monte d'un cran. Les gens autour de nous, qui ont jusque-là essayé de continuer à danser, se sont figés, observant la scène avec fascination et appréhension.

Les murmures s'amplifient, et la musique semble s'éloigner, laissant la place à un silence lourd.

Nick relâche ma main, mais ses yeux restent rivés sur Sam, prêts à bondir. Il fait un pas menaçant dans sa direction, et je le vois serrer le poing.

— T'as vraiment envie de finir la soirée à l'hôpital ? crache Nick.

Je me place entre eux, mon cœur tambourinant si fort que j'ai l'impression qu'il va éclater.

— Arrêtez ! hurle-je, ma voix brisée par la peur. Vous êtes tous les deux fous ?

Nick s'immobilise, ses yeux se posant sur moi, et quelque chose dans son regard change. La rage fait place à une douleur sourde, quelque chose qu'il n'a jamais laissé transparaître auparavant.

Il recule d'un pas, desserre les poings et tourne la tête comme pour chasser un souvenir.

— Ne me provoque plus, dit-il en se détournant, la voix brisée, avant de disparaître dans la foule.

Je reste là, tremblante, le souffle court, alors que Sam passe un bras autour de mes épaules, murmurant des mots de réconfort que je n'entends pas. Mon esprit reste fixé sur l'intensité du regard de Nick, sur la colère, la peur et ce quelque chose de plus profond que j'avais entrevu.

Il se fait tard et je suis épuisée, Lexy aussi fatigue nous prenons donc la route du retour.

Lexy semble tout autant choquer de ce qui vient de ce passé, elle ne dit pas un mot du trajet.

Peut-être une heure après être rentrée, on frappe à la porte. Pensant qu'il s'agit de Lexy, je me précipite et lui ouvre la porte, mais je tombe sur Nick, son regard dur et froid me transperce.

Il me tend mon sac, et je me sens bête. Comment ai-je pu l'oublier ?

— Je crois que tu as oublié ceci.

— Merci, Nick, mais tu n'étais pas obligé, tu aurais pu me le rendre demain.

— Je sais comme c'est précieux pour une fille, me dit-il d'un ton moqueur, mais ses yeux brûlent d'une intensité étrange.

Je lève les yeux au ciel., mais je sens la tension redescendre.

J'entends mon père descendre, il est tard, Nick a sûrement dû le réveiller.

Je sais que ça ne va pas bien se passer. Je remercie Nick avant de refermer la porte.

— Merci Nick, mais je dois te laisser.

Puis je referme la porte en hâte, espérant échapper à la confrontation.

— C'est quoi ce vacarme ?! crie mon père, sa voix emplie de colère.

— Désolé papa, j'avais oublié mon sac et quelqu'un me l'a déposé.

Pris par une rage incontrôlable, mon père projette mon sac qui se trouvait sur la table, laissant mes dessins s'éparpiller sur le sol dans un fracas sonore. Il rajoute :

— Encore une fois, tu n'es capable de rien !

La tension monte, je sais que je vais passer un mauvais moment. Je ferme les yeux, m'attendant à ce que ça devienne encore plus insupportable.

Mais Nick, entendant ce qui se passe, ouvre la porte brusquement et entre, la porte claquant derrière lui avec un bruit sourd.

— Tout va bien, Ella ? demande-t-il, sa voix inquiète mais ferme.

— Oui, merci Nick, mais tu devrais partir.

Je me précipite pour ramasser mes dessins, mais Nick est déjà en mouvement.

— C'est qui celui-là ? demande mon père d'un ton menaçant.

Nick s'approche de lui, le défiant sans une once de peur. Ses yeux lancent des éclairs.

> — Votre pire ennemi, monsieur. Si vous touchez un seul de ses cheveux, vous regretterez de m'avoir croisé, lui répond-il, sa voix tremblant de colère réprimée.

> — Ce soir tu viens avec moi, ajoute-t-il, sa voix dure comme de la pierre.

> — Elle n'ira nulle part ! rétorque mon père, sa rage débordant de chaque mot.

> — Je vais vous écraser comme une misérable mouche si vous vous interposez, murmure Nick à son oreille. Une menace glacée et chargée de haine, comme si chaque mot était une promesse.

Je suis figée, un frisson parcourant mon dos. Cette violence... cette haine dans l'air, c'est trop pour moi. Mais Nick ne recule pas, il ne craint pas mon père, et ça me déstabilise.

> — Ella va dans la voiture, je te rejoins. Me dit-il d'un ton plus calme, presque apaisant, mais j'entends encore la tension sous ses mots.

Je me relève, presque à contrecœur, et sors précipitamment.

Nick me rejoint quelques secondes plus tard, son regard toujours aussi déterminé.

— Je me suis assuré qu'il ne te fasse plus de mal, dit-il en se tenant le poing serré.

Je devine qu'il a rendu la monnaie de sa pièce à mon père, mais il ne dit rien de plus, et ça me fait encore plus peur.

Je me retrouve une fois de plus chez Nick, et cette fois je me sens prise au piège. Moi qui voulais l'ignorer, c'est fichu.

Il me demande ce qui me ferait plaisir, si je souhaite regarder un film ou aller me coucher.

— Montre-moi ta pièce noire, je veux voir tes photos ! N'oublie pas que c'était la condition pour que je garde ton secret ! lui dis-je avec un air narquois, espérant masquer mon anxiété.

— Très bien princesse, me dit-t-il, son ton effleurant un sous-entendu.

Je le suis dans les escaliers, sentant chaque mouvement de mon corps réagir à sa présence. Le désir, compliqué, mélangé à la peur, me fait vaciller. Je ne sais pas ce qui va se passer dans cette pièce, mais je ne

dois pas lui montrer ma faiblesse, je ne peux pas lui accorder cette victoire.

Nick pousse la porte. Une immense pièce plongée sous une lumière rouge, presque trop forte, presque menaçante.

Des centaines de photos sont accrochées partout, certaines si belles que ça semble irréel.

Je parcours les photos, mes yeux s'attardant sur chacune, la tension dans mon ventre grandissant.

— Nick, elles sont magnifiques. Lui dis-je tout en continuant mon tour, tout en essayant de contenir une nervosité étrange.

Il me suit en silence, ses yeux me suivant à chaque pas. Soudain, je m'arrête devant une photo de moi, plongée dans un dessin. Quand a-t-il pris cette photo ? J'ai l'air si triste, si perdue, comme si la photo avait capturé une part de mon âme.

Je me retourne, surprise, mes mains tremblant légèrement.

— Tu as tellement de talents, Nick ! dis-je, mais je n'arrive pas à cacher une pointe d'inquiétude dans ma voix.

— Ce n'est juste qu'un passe-temps, me dit-il en se dirigeant vers la porte, comme s'il minimise tout ce qu'il fait.

— Tu ne devrais pas te cacher, Nick.

— Toi aussi tu ne devrais pas te cacher, ajoute-t-il, un peu plus sombre.

Je suis surprise par la profondeur de ses paroles.

— Comment ça ?

— Tu sais très bien de quoi je parle Ella.

— Tes dessins, je les ai vus tout à l'heure sur le sol.

Je baisse la tête, gênée.

— Ce n'est qu'une échappatoire, des croquis de ce que je ressens, juste une manière de m'évader. Rien de plus.

— Tu rigoles Ella, tu as un don !

— Tu sais Ella… commence-t-il. Je n'aurais pas dû te jeter comme ça. Mais je suis perdu, et ça me fait peur.

Sous ces confidences, l'atmosphère devient de plus en plus électrique, comme si chaque mot jetait une étincelle dans l'air.

Nous descendons dans le salon et nous posons sur le sofa pour regarder un film.

Je m'endors paisiblement à ses côtés, mais je me réveille tôt, perturbée par un sentiment que je ne peux pas ignorer.

Le soleil filtre à travers les rideaux légers, caressant doucement mon visage. J'ouvre les yeux lentement, me retrouvant allongée sur le sofa du salon de Nick. Il dort encore à côté de moi, son bras replié sur ses yeux pour se protéger de la lumière.

Un sourire se dessine sur mes lèvres malgré moi, un mélange de douceur et de crainte. Ce moment est comme suspendu, trop parfait pour être réel.

Me dégageant délicatement pour ne pas le réveiller, je me lève et me dirige vers la cuisine, parfaitement rangée. Je cherche du café, mais mon esprit est envahi par ses paroles de la veille, par l'intensité de son regard. Peut-être que, tout comme lui, j'ai aussi caché mes propres faiblesses.

Alors que je fais couler le café, Nick entre dans la cuisine, l'air encore ensommeillé, mais l'intensité de son regard ne m'échappe pas. Il me regarde préparer deux tasses et un sourire fatigué mais sincère éclaire son visage.

— Je ne t'ai pas réveillée, j'espère ? dis-je en lui tendant une tasse.

— Non, t'inquiète. Merci pour le café, Ella.

Nous nous installons autour de l'îlot central, dégustant notre café en silence.

L'atmosphère entre nous est tendue, comme si chaque parole pouvait tout changer. Pendant un instant, il semble que nous soyons les seuls au monde, à mille lieues des soucis, des querelles et des attentes.

— Merci pour hier soir, Nick. Tu n'étais pas obligé. Je suis désolée que tu aies eu à voir ça, dis-je, ma voix trahissant une pointe de vulnérabilité que je n'avais pas prévue.

Nick repose sa tasse et plonge son regard dans le mien. Il semble chercher les mots justes, conscients du poids de ce moment.

— Ella, tu n'as pas à t'excuser. Personne ne devrait être traité comme ça, et tu n'as pas à porter ce fardeau seule. Je veux être là pour toi, même si on a toujours joué à ce jeu de chat et de souris. Peut-être que c'est le moment d'arrêter de jouer.

Ses paroles me frappent, me transpercent. La sincérité dans ses yeux me bouleverse, mais un mur se dresse immédiatement dans ma tête. Je suis tellement habituée à vivre seule, à tout porter seule, que l'idée de partager ce poids avec quelqu'un semble… étrangère.

Effrayante, même. Mais Nick est là, près de moi, et pour la première fois depuis longtemps, je sens que je pourrais baisser ma garde.

— Peut-être que tu as raison, Nick. Peut-être que nous devrions arrêter de jouer. Mais cela n'efface pas ce qui s'est passé entre nous. Je ne sais pas si je peux te faire confiance.

Un silence lourd s'installe entre nous. Nick semble réfléchir profondément, son regard devenu plus intense. Il n'est pas en train de chercher une excuse, il est en train de peser ses mots. Je sais que ce qu'il va dire pourrait tout changer.

— J'ai commis des erreurs, Ella. Des erreurs que je regrette profondément. Ce n'est pas juste une histoire de désir ou de défis. Donne-moi une chance de te prouver que tu peux me faire confiance.

Je le regarde, mon cœur battant la chamade, comme si chaque mot qu'il prononçait me frappait au plus profond de moi. Il me parle de manière sincère, mais je suis tellement sur mes gardes.

— Très bien, Nick. Nous verrons bien où cela nous mène. Mais sache que je ne tolérerai plus aucun mensonge ou trahison. Je ne me laisserai pas encore avoir.

Nick tend la main, et le geste semble simple, mais il porte une promesse dans son mouvement. Un pacte tacite, un défi silencieux entre nous deux. Je l'observe un instant, puis, après une longue hésitation, je serre sa main. Ce simple geste semble marquer une frontière invisible, une sorte de point de non-retour.

— Amis ? demande-t-il, son regard plus sérieux que jamais. Il n'y a plus de retour en arrière maintenant.

La journée passe dans un silence lourd, mais il y a un changement dans l'air, une nouvelle complicité qui commence à se tisser entre nous. C'est comme si un voile de tension se levait, mais une tension différente cette fois, une tension pleine de non-dits et d'attentes.

Plus tard, Nick me raccompagne chez moi. Je ressens encore l'écho de nos paroles, comme une promesse qui flotte dans l'air, mais je ne sais pas encore ce que cela signifie pour moi, pour nous. Il reste silencieux à mes côtés, et je ne peux m'empêcher de me demander si cette fois, les choses seront vraiment différentes.

Chapitre 18

━━━━━━━━━━━━ ✦ ━━━━━━━━━━━━

Deux heures après que Nick m'ait raccompagné je me retrouve à courir à travers les rues désertes, mon souffle court et mon cœur battant à tout rompre. Lexy m'a appelée il y a à peine quelques minutes, sa voix remplie d'une panique qu'elle tentait de masquer. Elle m'a dit que Caleb avait demandé à Nick de le rejoindre près des entrepôts abandonnés, et qu'elle avait un mauvais pressentiment.

Je n'ai pas eu besoin de plus pour comprendre. C'est Caleb. Je le connais. Je connais sa haine, son orgueil blessé depuis cette soirée où tout a dérapé. Et je sais que Nick est en danger.

Quand j'arrive sur les lieux, l'obscurité de la nuit semble m'envelopper d'une lourdeur oppressante. Je m'arrête net, mes jambes tremblantes. La scène devant moi me glace le sang.

Nick est à terre, entouré de quatre types. Ils rient alors qu'il lutte pour se relever, leurs ombres menaçantes se découpant dans la lumière blafarde de la lune. Caleb est là aussi, en retrait, ses bras croisés, son sourire arrogant illuminé par une cruauté qui me donne envie de vomir.

C'est lui qui orchestre tout ça. Je le sais.

Nick lève les yeux vers moi, et je ne vois plus le garçon confiant et sûr de lui que je connais. Son visage est couvert de sang, mais ce qui me brise, c'est son regard. Un mélange de rage et de peur… pour moi.

— Ella, pars d'ici, crie-t-il, sa voix rauque et haletante.

Mais je ne bouge pas. Je ne peux pas. Mon cœur bat si fort que j'ai l'impression qu'il va exploser. Je ne peux pas le laisser comme ça.

Je m'avance, mes mains tremblant, mais ma voix est forte malgré tout.

— Caleb, arrête ! Pourquoi tu fais ça ?

Caleb tourne lentement la tête vers moi, son sourire se figeant légèrement. Pendant une seconde, il semble surpris que j'aie osé venir ici. Mais son expression change rapidement, laissant place à un amusement cruel.

— Mon problème ? répète-t-il, s'approchant de moi avec une lenteur calculée. Mon problème, Ella, c'est lui. Ce héros à la con qui croit qu'il peut tout régler avec ses poings. Et toi… Toi qui as pensé pouvoir me rejeter comme si j'étais un moins que rien.

Je recule instinctivement d'un pas, mais je ne baisse pas les yeux.

— Je t'ai rejeté parce que tu es un connard, Caleb. Et Nick ? Lui, il est tout ce que tu ne seras jamais. Un homme.

Sa mâchoire se contracte, et je sais que je l'ai touché. Mais je n'ai pas le temps de réagir. Il fait un signe à ses copains.

— Attrapez-la ! je vais me la taper.

Je n'ai pas le temps de crier. Une main m'attrape violemment par le bras, me tirant vers l'arrière. Je me débats de toutes mes forces, mais leur emprise est écrasante.

— Lâchez-moi ! hurle-je, ma voix résonnant dans l'entrepôt.

Nick, vacillant sur ses jambes, se redresse tant bien que mal. Malgré ses blessures, il avance, ses poings serrés, ses yeux brûlant d'une rage que je n'ai jamais vue auparavant.

— Si vous la touchez, je vous tue, grogne-t-il, sa voix grondante comme un tonnerre.

Mais Caleb éclate de rire, un son glacial qui me fait frissonner.

— Oh, Nick. Toujours à jouer les chevaliers servants. C'est pathétique.

Avant que je ne comprenne ce qui se passe, Caleb s'approche de moi. Ses doigts froids effleurent mon visage, et je frémis de dégoût.

— Tu vois, Ella, commence-t-il, sa voix basse et menaçante. Tu aurais pu éviter tout ça. Si tu avais juste dit oui…

Mon corps agit avant que mon esprit ne puisse suivre. Je lui crache au visage, la colère surpassant ma peur.

— Va te faire foutre, Caleb.

Le temps semble s'arrêter. Caleb recule, ses traits se déformant par la rage. Il lève la main, prêt à me frapper, mais avant qu'il ne puisse m'atteindre, Nick est sur lui.

Nick frappe Caleb avec une force brute, le faisant reculer de plusieurs pas. Les autres hommes se précipitent, mais Nick est incontrôlable. Chaque coup qu'il donne semble imprégné d'une seule chose : protéger. Protéger à tout prix.

— Ne la touche plus jamais, hurle-t-il, sa voix déchirant l'air.

Je veux l'aider, mais je suis paralysée. Caleb revient à la charge, attrapant une barre de fer au sol. Mon cœur se serre lorsque je vois Nick, déjà à bout de forces, tenter de l'esquiver.

— Nick ! crie-je, incapable de retenir ma peur.

Mais cette distraction est fatale. Caleb profite de mon cri pour porter un coup, et Nick tombe à genoux, haletant. Il lève les yeux vers moi, mais avant que Caleb ne puisse frapper à nouveau, je me jette sur lui.

Tout se passe si vite. Je sens une douleur vive à l'épaule lorsque Caleb me repousse violemment. Je tombe au sol, le souffle coupé, ma vision se brouillant.

Nick voit rouge. Littéralement.

Il se redresse, ses poings serrés, et se jette sur Caleb avec une rage que je n'ai jamais vue auparavant. Il le frappe encore et encore, ne s'arrêtant pas même lorsque Caleb est à terre.

— NE LA TOUCHE PLUS JAMAIS, rugit-il, sa voix emplie d'une fureur presque animale.

Les copains de Caleb, terrifiés, s'enfuient un à un. Caleb, ensanglanté, tente de ramper, mais Nick l'attrape par le col, prêt à frapper encore.

— Nick, arrête ! le supplie-je. Tu vas le tuer.

Il s'arrête, son regard se tournant vers moi. Son souffle est court, son visage marqué par la douleur et la colère. Il relâche Caleb, qui s'effondre au sol, gémissant.

Nick se précipite vers moi, tombant à genoux à mes côtés. Ses mains tremblantes effleurent mon visage, ses yeux scrutant les miens.

— Ella, est-ce que ça va ? murmure-t-il, sa voix brisée par l'inquiétude.

Je hoche la tête, mais mon regard est immédiatement attiré par son visage en sang. Sa lèvre est fendue, son sourcil ouvert, et des ecchymoses noires et bleues marquent sa peau. Je sens mon cœur se briser.

— Regarde-toi, Nick, dis-je, ma voix tremblante. Tout ça… c'est de ma faute.

Il fronce les sourcils, confus.

— Quoi ? Non, Ella, ce n'est pas ta faute. Caleb…

Je l'interromps, incapable de retenir mes larmes.

— C'est ma faute ! J'ai repoussé Caleb. J'ai refusé de... de coucher avec lui, et il ne l'a pas supporté. C'est pour ça qu'il s'en est pris à toi. Tout ça, c'est à cause de moi.

Nick secoue la tête, sa main se posant sur ma joue.

— Non, Ella. C'est à cause de lui, pas de toi. Tu as fait ce qu'il fallait. C'est lui le problème, pas toi.

Mais je ne peux pas m'en convaincre.

— Je suis désolée, Nick. Je suis tellement désolée.

Il me prend doucement dans ses bras, malgré ses blessures, et murmure à mon oreille :

— C'est fini, Ella. Je suis là. Et je ne laisserai plus jamais rien t'arriver.

Je l'aide à marcher, ses pas lourds et hésitants tandis qu'il s'appuie sur mon épaule. Nick ne dit rien, mais son souffle irrégulier et la pression de son bras sur moi trahissent sa douleur. Quand nous arrivons chez lui, je l'installe sur le canapé, son souffle est encore irrégulier.

Son tee-shirt est taché de sang, il le retire sous mes yeux. Mon regard est attiré par l'hématome sombre qui s'étend sur ses côtes.

— Montre-moi ça, lui ordonne-je.

Il hésite, ses yeux s'accrochant aux miens comme s'il essayait de mesurer mes intentions. Après un instant, il obéit, soulevant lentement son bras. L'ampleur de la blessure me coupe le souffle. La peau est marbrée de bleu et de violet, signe d'un coup violent. Mon cœur se serre.

— Ça va, dit-il, sa voix rauque et faible. Ce n'est rien.

Je secoue la tête, incapable de détourner les yeux.

— Ce n'est rien ? Nick, regarde ça. Tu as vu dans quel état tu es ?

Ma main se tend sans que je ne réfléchisse. Je la pose doucement sur son hématome, le contact de sa peau chaude contre mes doigts me fige un instant. Nick se tend sous mon geste, son corps tout entier se raidissant. Je relève les yeux vers lui.

Son regard a changé. Ce n'est plus la nonchalance habituelle que je vois dans ses yeux, mais quelque chose de plus intense, plus sombre. Une tension palpable s'installe entre nous, comme si l'air lui-même était devenu plus dense.

— Ella… murmure-t-il, sa voix grave et rauque.

Je sais que je devrais retirer ma main, mais je n'en ai pas envie. Mon pouce effleure inconsciemment le bord de l'hématome, et il inspire brusquement, son torse se soulevant légèrement sous mon toucher. Son regard s'accroche au mien, brûlant, et je sens ma respiration devenir irrégulière.

Nick ferme brièvement les yeux, comme pour se reprendre, avant de murmurer d'une voix encore plus basse :

— Recule, Ella. Je… je ne vais pas pouvoir résister.

Mon cœur rate un battement. Ces mots, son ton, tout en lui me trouble. Je devrais écouter. Je devrais me lever et m'éloigner. Mais je ne peux pas. Je suis figée par cette tension, par la chaleur qui émane de lui, par cette attraction impossible à nier.

C'est alors que mon regard glisse involontairement plus bas, et je le vois. Le tissu de son pantalon tendu, révélant sans équivoque l'effet que je lui fais. Je sens mes joues brûler, une chaleur électrique montant en moi. Mon souffle s'accélère, et je lutte pour me ressaisir, mais c'est impossible. Tout dans ce moment est chargé d'une sensualité brute que je n'ai jamais ressentie auparavant.

Nick rouvre les yeux, et son regard brûlant rencontre le mien. Il a vu que j'ai remarqué. Ses mâchoires se serrent, et je vois ses poings se crisper contre le canapé, comme s'il luttait pour garder le contrôle.

— Ella… murmure-t-il à nouveau, cette fois presque comme une supplique. Reculons-nous. Maintenant.

Je reste immobile, incapable de bouger, mon cœur battant à tout rompre. Je devrais écouter. Mais le désir dans son regard, l'intensité de ce moment, me cloue sur place. Je sais qu'il lutte, qu'il essaie de me protéger, mais moi… je ne suis pas sûre de vouloir fuir.

Je me ressaisis, je m'apprête à partir, ma main sur la poignée de la porte, quand je sens sa main chaude attraper mon bras. Je me retourne brusquement, le souffle court, mais il ne me laisse pas parler. Nick me tire doucement mais fermement vers lui, ses yeux brûlants plongeant dans les miens.

— Attends, murmure-t-il, sa voix rauque.

Je n'ai pas le temps de réagir. Avant que je ne comprenne ce qui se passe, il me pousse doucement contre le mur, son corps tout près du mien. Sa proximité me coupe le souffle, et je sens la chaleur de son regard parcourir chaque centimètre de mon visage.

— Qu'est-ce que tu fais ? chuchote-je.

— Je n'en sais rien, dit-t-il, mais son regard parle pour lui.

Il baisse lentement la tête, et ses lèvres capturent les miennes avec une intensité qui me fige sur place. Le baiser est brut, dévorant, comme s'il contenait tout ce qu'il a retenu jusqu'à maintenant. Mes mains trouvent son torse sans réfléchir, et je sens la chaleur de sa peau.

Nick approfondit le baiser, sa langue effleurant la mienne, et une vague de désir me traverse. Sa main descend lentement le long de mon dos, jusqu'à ma taille, puis remonte, effleurant la peau nue sous mon haut. Mon corps répond malgré moi, un frisson me parcourant alors qu'il presse son corps un peu plus contre le mien.

Je sens son souffle contre ma joue alors qu'il rompt brièvement le baiser pour murmurer mon prénom, sa voix rauque et troublée. Puis il revient à mes lèvres, plus insistant cette fois, sa main glissant sur mon ventre. Chaque geste est précis, contrôlé, mais chargé d'une sensualité brute qui me fait perdre pied.

Ses doigts trouvent l'ourlet de mon haut, et il le remonte lentement, dévoilant ma peau centimètre par centimètre. Il s'arrête juste sous ma poitrine, sa paume effleurant ma peau avec une douceur surprenante. Mon souffle se fait plus court, et je m'accroche à ses épaules pour ne pas vaciller.

— Je vais plus pouvoir tenir… murmure-t-il contre mes lèvres, sa voix pleine de désir et de lutte intérieure.

Je veux lui répondre, mais aucun mot ne sort. Sa main continue son exploration, remontant doucement jusqu'à effleurer ma poitrine. Je frémis sous son toucher, et je sens mon cœur s'emballer. Mais au moment où je pense qu'il va aller plus loin, il se fige.

Il recule légèrement, son front contre le mien, et je sens sa respiration saccadée. Ses mains quittent lentement mon corps, et il se redresse, luttant visiblement contre lui-même.

— Je… je ne peux pas, grogne-t-il, sa voix brisée. Pas comme ça.

Je reste immobile, encore sous le choc de ce qui vient de se passer. Il recule davantage, mettant une distance entre nous, mais son regard reste fixé sur moi, brûlant, mais empli de regret.

— Tu devrais rentrer, Ella, dit-il finalement, sa voix rauque mais ferme. Avant que je perde le contrôle.

Je veux dire quelque chose, protester, mais je sais que rien ne changera sa décision. Alors, sans un mot, je m'écarte, encore tremblante, et quitte la maison.

Chapitre 19

──────────── ✦ ────────────

Les vacances approchent à grands pas, dans trois jours très exactement.

L'excitation s'installe, et je ne peux pas m'empêcher d'imaginer tout ce que ces jours de repos pourraient m'apporter. Ce matin, je décide de me rendre à l'université en avance, profitant du doux soleil d'été, lorsque je croise Tim et Héléna en pleine séance de shopping.

— Ella ! Comment ça va ? s'exclame Héléna en m'embrassant chaleureusement.

— Très bien, et vous ? Je vois que vous profité de votre matinée pour faire du shopping.

— Oh oui ! Nous nous préparons pour nos vacances, répond-elle avec un sourire radieux.

— Vous partez à la découverte d'un nouveau pays ?

— En fait, non. Chaque année, nous retrouvons notre chalet familial pour nous ressourcer après une année bien remplie, m'explique Héléna.

— Tu pourrais te joindre à nous, Ella ! Après tout, tu fais partie de la famille maintenant ! dit Tim avec entrain, coupant sa femme.

— Absolument ! Quelle magnifique idée, acquiesce Héléna avec un enthousiasme contagieux.

Incapable de refuser une telle invitation, je me sens tiraillée entre l'excitation et une certaine appréhension, consciente que cela pourrait être une mauvaise idée.

Après un moment de silence, je m'entends dire, presque malgré moi :

— D'accord, vous avez gagnez.

Le sourire de Héléna est immédiat, lumineux, comme si sa joie était contagieuse.

Elle m'attrape dans une étreinte chaleureuse, m'exprimant sa joie de manière presque exubérante.

— C'est tellement chouette, Ella ! Tu verras, ce sera parfait ! Le chalet est un vrai havre de paix, tu vas adorer !

Tim hoche la tête, visiblement satisfait de ma réponse. Il me lance un sourire complice, un clin d'œil amusé.

— On va bien rigoler. Tu vas voir, c'est l'endroit idéal pour se ressourcer.

Je réponds par un sourire timide, mais dans ma tête, c'est un tout autre tourbillon de pensées. Tout semble tellement rapide. Comment ai-je pu accepter aussi facilement ? Une part de moi est excitée à l'idée de passer du temps avec eux, mais une autre s'inquiète de ce que cela signifie. Nick… Je dois absolument gérer ma relation avec lui. Et si tout cela devenait encore plus compliqué ?

Nous continuons à marcher, et Héléna me parle de tout ce que nous allons faire au chalet : des randonnées dans la montagne, des soirées tranquilles près du feu, des repas en famille. Chaque mot semble résonner comme une promesse de calme, et pourtant, cette idée de devoir jouer un rôle avec Nick me déstabilise de plus en plus.

Nous arrivons devant un café, où Tim suggère de faire une pause avant que chacun ne reprenne sa journée. Alors que nous nous installons en terrasse, le soleil éclaire doucement nos visages, créant une atmosphère paisible qui contraste avec le tumulte de mes pensées. Héléna commande un cappuccino, et Tim un expresso. Moi, je me contente de jouer avec la tasse devant moi, mon esprit ailleurs.

— Tu sais, j'ai tellement hâte que tu voies le chalet, dit Héléna en posant sa tasse sur la table. C'est comme une seconde maison pour nous. Tu verras, ça va vraiment nous faire du bien.

Je souris et acquiesce, tout en réfléchissant à ce que je vais devoir affronter une fois arrivée.

Jouer la comédie, prétendre que tout va bien, que je n'ai pas de doutes. Comment vais-je réussir à dissimuler tout cela ? Je sens mes mains légèrement trembler, et je prends une grande inspiration pour me calmer.

Tim s'étire et regarde sa montre.

— On dirait que le temps file. Nous devons y aller, Héléna. Il est déjà presque l'heure pour nos dernières courses avant le départ.

Je me lève à mon tour, un peu soulagée de m'échapper de cette conversation.

Je dois encore aller à l'université. Mon sac se fait plus lourd à chaque pas, comme si le poids de la décision que je viens de prendre s'alourdissait. Je me demande comment je vais gérer la situation avec Nick. Est-ce que je vais être capable de garder mes sentiments sous contrôle, ou est-ce que tout va éclater au grand jour ?

— Alors, bonne journée, Ella, me dit Tim en m'embrassant. On se retrouve vendredi !

Héléna me fait un dernier signe de la main, son sourire radieux toujours en place.

— À vendredi ! Et tu n'as pas à t'inquiéter, ça va être super !

Je les regarde partir, un peu perdue dans mes pensées, avant de me tourner vers l'université.

Loin d'être tranquille, mon esprit est en ébullition. Le chemin me semble plus long que d'habitude, chaque pas résonnant dans ma tête.

Arrivée à l'université, l'ambiance est différente de celle du café où j'étais tout à l'heure. Les bruits de la ville, les conversations, le passage rapide des étudiants qui semblent si concentrés sur leurs objectifs, me rappellent brusquement la réalité.

Je traverse le campus, me rendant à mon cours, mais je n'arrive pas à me concentrer. Mes pensées sont envahies par le chalet, cette idée de devoir jouer un rôle. Et Nick, toujours Nick… Tout cela semble si irréel, et pourtant je vais devoir y faire face dans trois jours.

Cela fait deux jours. Deux jours où Nick m'évite comme si je n'existais plus. À chaque fois que je le croise à l'université, il semble parfaitement à l'aise, parlant avec ses amis, son sourire arrogant accroché à ses lèvres. Mais ce sourire, qui d'habitude me fait lever les yeux au ciel ou serrer les poings, ne parvient plus à me provoquer. Il m'ignore. Il ne me regarde même pas. Pas une seule fois.

Et moi, je ne comprends plus rien.

Je repense à cette nuit encore et encore, comme si les réponses étaient enfouies quelque part dans ce souvenir. À son souffle brûlant contre ma peau, à la chaleur de ses gestes, à l'intensité dans ses yeux. Et puis… au moment où tout s'est arrêté.

"Tu devrais rentrer, Ella."

Ces mots résonnent dans ma tête comme une énigme impossible à résoudre. Pourquoi c'est-t-il arrêté ? Pourquoi a-t-il reculé alors qu'il semblait vouloir aller plus loin ? Était-ce moi ? Ai-je fait quelque chose de mal ? Est-ce qu'il regrette ce qu'il s'est passé ? Est-ce que je l'ai mis mal à l'aise ?

Mais ce n'est pas seulement cette nuit qui me hante. Il y a aussi Caleb. Cette bagarre insensée qu'il a subie à cause de moi.

Les coups qu'il a pris. Le sang, les blessures. Une partie de moi se demande s'il ne m'en veut pas pour ça. Si ce n'est pas pour cette raison qu'il m'évite aujourd'hui. Est-ce qu'il me reproche ce qui est arrivé ? Est-ce qu'il me tient responsable de ce chaos ?

Je n'arrive pas à savoir. À chaque fois que j'essaie de comprendre, c'est comme si je m'enfonçais dans un brouillard encore plus dense. Rien n'a de sens.

Mais ce n'est pas juste ce qu'il ressent. C'est aussi ce qu'il veut. Et ça, je ne le comprends pas non plus. Une partie de moi se demande s'il joue encore à ce jeu qu'il aime tant. Ce jeu où il me provoque, où il me trouble, mais ne laisse jamais rien aller plus loin. Est-ce qu'il s'amuse encore à me manipuler, à me laisser deviner ce qu'il pense, ce qu'il ressent ?

Mais une autre part de moi… une part que je n'aime pas écouter… croit qu'il est sincère. Qu'il se bat contre quelque chose en lui-même. Que cette lutte que j'ai vue dans ses yeux cette nuit-là était réelle. Mais pourquoi ? Pourquoi lutter ? Pourquoi reculer alors qu'il semblait me désirer autant que je le désire, même si je refuse de me l'avouer ?

Qu'est-ce qu'il veut ?

Chapitre 20

---◆---

Le grand jour de notre escapade arrive enfin, et je ressens une légère appréhension à l'idée de devoir jouer le rôle du faux couple devant ses parents. C'est un exercice délicat, surtout après tout ce qui s'est passé ces dernières semaines. Cette tension latente et cette animosité qui persiste entre nous ne serons pas faciles à dissimuler. Je me demande comment nous allons parvenir à jongler avec nos véritables émotions tout en feignant la perfection aux yeux de ses parents.

Après plus de quatre longues heures de route à stresser, j'arrive enfin. La vue est magnifique. Perdue au milieu de nulle part, cette maison est l'endroit parfait pour se ressourcer.

Lorsque je pousse la porte du chalet, une onde de chaleur m'envahit, mais elle est rapidement chassée par le stresse que je ressens à l'idée d'être ici. Nick. Son nom résonne dans ma tête avec une mélancolie que je voudrais ignorer.

Malgré ma haine pour lui, je ne peux pas m'empêcher d'être attirée par son charme troublant, cette force qui semble émaner de chaque recoin de cette vaste demeure.

Le parquet en bois, lustré et impeccable, crisse sous mes pas. Je scrute l'intérieur avec un mélange de méfiance et de curiosité. Les murs sont ornés de photos d'une vie parfaite : des sourires éclatants, des vacances de luxe, des souvenirs d'une famille qui semble tellement unie, loin de mes propres tumultes. Je me sens comme une intruse dans cet univers doré, un royaume que je ne peux ni comprendre, ni désirer.

L'odeur du pin et du feu de bois emplit mes narines, et je me surprends à apprécier la chaleur du foyer au fond de la pièce. Des canapés en cuir sombres, presque trop élégants pour être confortables, s'étendent autour de la cheminée. C'est un endroit où je devrais me sentir à l'aise, mais une tension palpable flotte dans l'air, une charge électrique entre moi et lui, Nick, qui quelque part doit se dissimuler dans cette maison.

Je sens mon cœur battre plus vite, et je me force à chasser cette pensée. Pourquoi suis-je ici après tout ? Pour des raisons que je ne peux pas vraiment comprendre, je suis attirée, comme un papillon vers la flamme, malgré le danger. Mais cette question tourne en boucle dans ma tête, mais la réponse, aussi floue soit-elle, me fait serrer les dents. Chaque mot qu'il prononce, chaque regard qu'il pose sur moi, m'éloigne un peu plus de ma raison. Nick est un piège, et je suis déjà au bord de la chute.

Chaque objet autour de moi semble porter son empreinte, ce livre sur la table basse, ce tableau accroché au mur, même son odeur flotte dans l'air.

Je l'entends bouger quelque part à l'étage, un bruit familier qui me fait frémir. L'idée de le voir me provoque à la fois de l'angoisse et une pulsion que je m'efforce d'ignorer. Chaque fibre de mon être me crie de fuir, mais je suis hypnotisée par cette attirance contre-intuitive qui me lie à lui. Ici, dans ce chalet perdu au milieu du lac, sous cette couverture de luxe, je ne sais pas si je suis prête à en affronter les conséquences.

Je prends une profonde inspiration, essayant de me ressaisir. Il faut que je me souvienne de la raison qui m'a amenée ici. La promesse d'une vengeance, un besoin pressant de comprendre ce qui a échoué entre nous. Mais cette pensée s'égare rapidement lorsque j'entends à nouveau un bruit, cette fois plus proche. Un bruit de pas sur le parquet, et la tension dans l'air s'intensifie.

Je me déplace discrètement, cherchant à me cacher derrière l'un des canapés. Mes mains tremblent légèrement alors que je prends conscience de la nature d'une telle scène. Je ne fais que m'exposer davantage, mais une partie de moi est fascinée par l'idée de le voir, même si cela me remplit d'appréhensions.

Et puis, il apparaît. Nick, dans toute sa splendeur. Ses cheveux sombres et indisciplinés, son regard perçant qui semble me chercher au travers de l'obscurité ambiante. Un sourire franc éclaire son visage, mais il ne parvient pas à briser la complexité de notre relation. Ce sourire est à la fois un charme irrésistible et un piège venimeux.

Il m'aperçoit, et la surprise se mue rapidement en une expression qui, je ne peux pas m'empêcher de remarquer, frôle l'intérêt.

— Je ne m'attendais pas à te voir ici, dit-il d'une voix basse, presque mélodique.

Ses mots sont simples, mais ils semblent pesés avec une signification bien plus profonde.

— Je ne suis pas venue pour toi, mais pour tes parents réplique-je, mais la netteté de ma voix devient un peu plus faible que je ne l'aimerais.

Comme si, malgré moi, la confrontation que je redoutais se transforme en une danse de défis, où chaque mot échangé pourrait soit approfondir notre fossé, soit rapprocher nos âmes.

Il s'approche, et je suis soudainement consciente de la distance physique entre nous qui se réduit de manière inexplicable. Ses yeux envoûtants, ne quittent pas les miens, et je me sens acculée entre ma haine initiale et cette attraction irraisonnée qui m'aimante à lui.

— Et si c'était le bon moment pour parler ? propose-t-il en penchant légèrement la tête, défiant mes réticences.

Je hoche la tête, hésitante. Depuis l'autre jour nous n'avons pas eu l'occasion de nous parler.

Mais sa mère nous interrompt, il fait alors mine de changer de sujet :

— Alors, princesse, pas trop poussiéreux pour toi ? me taquine-t-il en touchant le bout de mon nez.

Ce geste me surprend.

— Veux-tu l'aider avec sa valise au lieu de l'embêter, lance sa mère.

Nick lève les yeux au ciel, mais se contente de guider ma marche à travers le chalet, sans un mot de plus. À l'étage, il me montre la porte de ma chambre d'un geste bref, presque distrait.

La pièce est plus grande que ce que j'imaginais, élégante et lumineuse, avec de grandes fenêtres laissant entrer la lumière douce du matin. Un grand lit à baldaquin, des meubles en bois clair, et un fauteuil près des fenêtres.

Le chalet respire la chaleur et la simplicité, mais d'une manière raffinée. Je n'aurais jamais pensé que Nick vivait dans un endroit aussi paisible, si loin de l'image qu'il renvoie à l'université.

— Voilà ta chambre. Si tu as besoin de quoi que ce soit, je suis au bout du couloir, me dit-il en me lançant un clin d'œil.

Je m'approche de la fenêtre et jette un coup d'œil dehors.

L'immensité des montagnes, l'air frais, tout semble différent ici. Plus apaisant. Une partie de moi se sent un peu déconnectée, mais dans le bon sens du terme, comme si ce chalet offrait un peu de répit au chaos que j'ai laissé derrière moi.

Je m'assois sur le lit, l'air frais me caressant le visage par la fenêtre ouverte. Je me laisse aller un moment, m'enfonçant dans la douceur du matelas. Puis je me relève, décidée à m'installer.

Je commence à défaire ma valise, sortant mes affaires une par une et les rangeant dans les tiroirs. Mes vêtements, Mes livres, les petites choses qui font ma vie. J'essaye de me concentrer sur ça, d'oublier la tension qui flotte toujours entre Nick et moi.

Chapitre 21

───────────────── ✦ ─────────────────

C'est l'heure du dîner, nous mangeons tous ensemble sur la table du salon, nous parlons de tout et de rien, de nos projets, de nos rêves. C'est tellement agréable. Ces moments-là me manquent tant, je ne sais même plus quand est-ce-que nous avons passé un moment en famille.

Le dîner avance et les parents de Nick semblent vraiment intéressés par notre histoire. Après quelques échanges, la question tant redoutée arrive.

— Alors, comment vous êtes-vous rencontrés ? demande sa mère, avec un sourire chaleureux.

Nick se tourne vers moi, un air malicieux dans les yeux.

— Eh bien, ça a commencé à l'université, mais c'est chez nous, que tout a vraiment changé, répond-il en me lançant un regard complice.

Je m'apprête à continuer, mais il ajoute, tout sourire :

— Quand je l'ai vue à la soirée, elle a illuminé la pièce. Et puis, elle m'a renversé son verre sur moi... Évidemment, c'était pour avoir une excuse pour voir mon torse.

Je le dévisage, surprise et un peu gênée par sa remarque.

— Quoi ? Mais non ! C'était un accident ! Je ne t'ai pas renversé un verre pour ça !

Nick hausse les épaules, l'air de dire que c'était une évidence.

— Bien sûr, bien sûr... Un accident, mais on sait tous les deux que ça t'a bien rapprochée de moi.

Les parents de Nick éclatent de rire, amusés par notre dynamique.

— Ah, quel début inattendu, dit sa mère.

Mais moi, je suis figée, un peu perdue. Je sais que Nick aime jouer, mais je n'ai pas prévu qu'il me fasse une telle confession. Pourquoi me dit-il ça maintenant ? Pourquoi me dit-il qu'il était tombé sous mon charme à cette soirée ? Je me demande s'il est sincère ou s'il me taquine simplement, comme il le faisait souvent avec les autres filles.

Le dîner touche à sa fin, et l'atmosphère est agréable. Tim raconte une anecdote sur un voisin excentrique, et Héléna rit de bon cœur. Je m'occupe de finir mon assiette en écoutant distraitement, quand Nick interrompt soudain la conversation, posant son regard sur moi.

— Alors, Ella, combien de temps tu penses tenir face à moi ? me demande-t-il ironiquement.

Je lève les yeux, surprise.

— Ça dépend. Combien de temps tu comptes être insupportable ?

— Moi ? Insupportable ? Jamais, dit-il feignant l'innocence.

— Nick, arrête de l'embêter, voyons, interrompt Héléna.

— Non, mais sérieusement. Tu sais que je peux rendre ta semaine… intéressante, ajoute-t-il avec humour.

— "Intéressante", c'est censé me rassurer ?

— Ça dépend. Tu te sens à l'aise dans la chambre d'amis ou… tu préfères voir comment c'est dans la mienne ? me demande-t-il d'un air malicieux.

Je m'arrête net, rougissant légèrement, et Héléna lui donne une petite tape sur le bras.

— Nicholas !

— Et voilà, il recommence. Toujours obligé d'essayer d'impressionner les filles, ajoute Tim en riant.

— Impressionner ? Non. Je propose simplement des options. Ella a le droit de choisir, non ?

— Eh bien, je choisis de rester où je suis. Merci, lui réponds-je.

— Très bien. Mais ne viens pas te plaindre si tu changes d'avis.

— Nick, tu es incorrigible. Ella, ne l'écoute pas, il adore jouer les grands seigneurs, dit sa mère amusée.

— Oh, ça, j'avais remarqué.

Nick sourit largement, visiblement satisfait d'avoir réussi à me déstabiliser un peu. Tim se met à parler d'un prochain projet pour détourner l'attention, mais je sens encore le regard de Nick posé sur moi, taquin, tandis que je bois une gorgée d'eau pour cacher mon malaise.

Le dîner se termine dans une douce tranquillité, et je m'occupe de débarrasser la table. Héléna, toujours aussi calme et bienveillante, m'accompagne dans cette tâche, et en silence, nous commençons à ranger les assiettes et les couverts.

Les deux hommes de la maison, quant à eux, décident de sortir un moment prendre l'air. Je les observe, leurs voix se dissipant à mesure qu'ils s'éloignent, puis je me tourne vers Héléna, l'esprit encore un peu distrait par la soirée.

C'est alors qu'elle prend la parole, sa voix douce, presque comme un murmure, bien que son regard soit fixé sur la fenêtre.

— Tu sais, son père t'aime beaucoup.

Je sursaute légèrement, surprise par ses paroles, et me tourne vers elle. Elle repose les verres avec une lenteur inhabituelle, comme si elle cherchait ses mots, cherchant à peser chaque syllabe avant de continuer.

— Il est tellement plus détendu, depuis que tu es là. Plus... ouvert. Et tu sais, Nick, il n'est pas du genre à laisser quelqu'un entrer dans sa vie. Ni même à en parler. Mais avec toi, c'est différent. Il a l'air plus... heureux. Ça se voit, même s'il essaie de le cacher.

Je la regarde, mon cœur s'emballe un peu, et je me demande si elle est vraiment en train de me dire ce que je crois entendre. Je sais que Nick peut être difficile à cerner, qu'il aime garder ses distances, mais l'idée qu'il puisse avoir changé à cause de moi me perturbe. C'est difficile à accepter.

— Tu es la première qu'il nous présente, tu sais. La première qu'il autorise à entrer dans son monde. C'est… significatif. Nick n'est pas un garçon facile à approcher, pas vraiment quelqu'un qui s'attache. Il préfère les relations sans engagement, les histoires légères. Mais toi… tu es différente. Il a l'air de vouloir quelque chose de plus. C'est rare, Ella.

Je sens un nœud se former dans ma gorge. Quelque chose entre la surprise et la crainte. Nick, ce garçon qui joue si bien à la façade de l'insouciant et de l'indépendant, aurait-il vraiment trouvé quelque chose en moi ? Quelque chose qui l'oblige à baisser ses défenses ? Est-ce moi, vraiment ? J'essaie de digérer ses mots, mais c'est comme si tout s'embrouillait dans mon esprit.

Je détourne le regard, regardant un instant par la fenêtre. Les silhouettes des deux hommes sont désormais des ombres dans la lumière tamisée du jardin. Un vent léger fait frissonner les feuilles des arbres. Je me sens envahie par une foule de questions sans réponses.

Héléna semble lire mon trouble, et son ton devient plus doux, presque protecteur.

— Je sais que ça peut paraître étrange, tout ça. Mais tu es spéciale, Ella. Il ne laisse personne entrer comme ça, dans son cœur. Je suis heureuse qu'il t'ait rencontrée. C'est peut-être la première fois qu'il se permet de ressentir quelque chose d'authentique, tu sais ?

Je me sens chamboulée, presque noyée par ses révélations. C'est comme si j'étais prise dans un tourbillon, où chaque mot de Héléna m'embarque un peu plus loin dans des émotions que je n'avais pas anticipées. Mon cœur bat plus fort, un mélange de confusion et d'excitation.

J'essaie de cacher mon trouble, mais il est évident. Je cherche un moyen d'échapper à cette conversation, d'échapper à cette vérité qui me secoue de l'intérieur. Mon esprit court dans toutes les directions, mais il y a une chose dont je suis sûre : Nick a ce pouvoir étrange de perturber mon calme, de bousculer ma réalité. Et Héléna vient de me dire qu'il avait changé. À cause de moi.

Je prends une grande inspiration, presque pour me calmer, et, sans un mot de plus, je décide de m'éclipser. Je prétexte un besoin de me doucher, mais c'est plus un besoin de fuir, de me retrouver seule pour digérer tout ce qu'Héléna vient de me dire.

Sous l'eau chaude, je ferme les yeux. La vapeur m'entoure, et je me laisse submerger par la sensation de l'eau qui me caresse la peau. Les paroles d'Héléna résonnent dans ma tête, et je me demande si je suis prête à accepter ce que tout cela signifie. Nick… cette énigme. Que suis-je censée faire avec tout ça ?

En revenant dans ma chambre, ma serviette encore mouillée autour du corps, je trouve un cadeau posé sur mon lit. L'inscription me fait sourire, un frisson me parcourant.

« Je ne te vois plus avec ton calepin. Tu es tellement sexy quand tu dessines. Nick. »

Je suis touchée par son geste, mais aussi piquée par la provocation qu'il laisse dans ses mots. Sans réfléchir, je laisse la serviette glisser un peu plus bas, me retrouvant presque nue, avant de me rendre dans sa chambre, un défi silencieux dans les yeux.

Je frappe une fois à la porte et l'ouvre, mon cœur battant fort contre ma poitrine.

— Nick, je voulais te remercier pour ton cadeau, dis-je, ma voix tremblante d'une tension que je ne peux plus ignorer.

Il se tourne lentement vers moi, son regard se faisant lourd de désir dès qu'il me voit. Il ne prend même pas la peine de cacher son appréciation.

— Tu viens dans ma chambre presque à poil et tu crois vraiment que je vais te laisser repartir comme ça ? murmure-t-il d'une voix rauque, la chaleur de son regard me perçant.

Je suis prête à lui répondre, mais il s'avance déjà vers moi, ses yeux brillants d'une lueur insatiable.

— Je suis juste venue te remercier, répète-je d'une voix plus basse, plus excitée que je ne le voudrais.

Il ne répond pas tout de suite, son regard dévorant chaque centimètre de peau visible. Il se rapproche encore, réduisant l'espace entre nous jusqu'à ce qu'il n'en reste plus. À quelques centimètres de moi, il s'arrête, puis, lentement, glisse une main sur mon épaule, avant de faire glisser ses doigts sur ma peau nue. Le frisson qui m'envahit me trahit.

— Tu as un don pour m'exciter, Ella, dit-il dans un souffle, ses lèvres frôlant les miennes, mais ne les touchant pas.

Je me sens prête à céder, mais je me retiens, le défi brillant dans mes yeux.

— Tu sais très bien ce que tu fais, Nick. Ne viens pas jouer la victime. C'est toi qui me touches.

Il rit doucement, un rire chaud qui résonne contre mes lèvres.

— Oh, je sais exactement ce que je fais, mais toi aussi. Regarde-toi... Presque nue, dans ma chambre. Tu ne veux pas juste me remercier, tu veux plus. Et moi aussi.

Il s'approche encore, maintenant à une distance où je peux sentir la chaleur de son corps contre le mien. La tension devient insupportable. Il me frôle du bout des doigts, me poussant doucement contre le mur, m'empêchant de reculer. Puis il plonge son regard dans le mien, une lueur de défi et de désir allumée dans ses yeux.

Sans prévenir, il presse ses lèvres contre les miennes, d'abord doucement, puis de plus en plus avidement. Ses mains se glissent sur ma taille, m'attirant contre lui, presque violemment. Le baiser devient un feu incontrôlable, une fusion de désir où il ne me laisse aucune place pour respirer.

Je réagis instantanément, répondant avec la même passion, mes mains glissant dans ses cheveux, tirant sa tête vers la mienne, accentuant la profondeur du baiser. Il grogne sous l'intensité de l'instant, et je le sens se tendre sous mon contact. Puis, d'un geste brusque, il mord légèrement ma lèvre inférieure. Un mélange de douleur et de plaisir me traverse, et un frisson de désir s'empare de moi.

— Tu veux jouer à ça, hein ? murmure-t-il, les yeux pleins de défi.

Je n'ai plus de mots. Mon corps réagit à chaque mouvement qu'il fait.

Je le repousse légèrement, mais sans vraiment vouloir m'éloigner, et je me hisse sur la pointe des pieds pour l'embrasser plus profondément. Ses mains glissent sur mes hanches, ses doigts mordant ma peau, me marquant d'une manière que je n'avais pas anticipée. Mais j'aime ça.

Je me retire enfin, à bout de souffle, et murmure contre ses lèvres.

— Merci, dis-je d'une voix rauque, le regard intense, presque brûlant de tout ce qui s'est passé entre nous en quelques secondes.

Il me fixe un instant, son souffle saccadé. Un sourire en coin naît sur ses lèvres, mais il ne dit rien, comme si les mots ne pouvaient pas décrire ce qui vient de se passer. Tout est dit dans son regard.

Je me précipite dans ma chambre, les pensées confuses, mon cœur battant trop fort. Je me jette sur le lit, me sentant complètement perdue. Une partie de moi veut lui hurler de partir, de s'éloigner de moi, mais l'autre me crie de l'attirer encore plus près. C'est une lutte intérieure sans fin.

Je fais glisser la serviette de mes épaules, la laissant tomber. Mais la porte s'ouvre délicatement. Je n'ai même pas le temps de réagir.

Nick est là. Ses yeux parcourent mon corps avec une intensité qui me fait frissonner.

Aucune gêne, aucune hésitation. Ses pupilles se dilatent, et son regard devient encore plus perçant. Il est là, simplement là, à me fixer comme si j'étais sa proie.

Je me précipite pour ramasser ma serviette et me couvrir. Mais avant même que je puisse bouger, il s'avance d'un pas, un sourire malicieux aux lèvres.

— Alors, tu m'invites ? dit-il, sa voix rauque, chaque mot accentuant le désir dans l'air.

Je le fixe, la respiration haletante. Il n'y a plus de retour possible. Ses yeux brillent d'une lueur provocante, il sait exactement ce qu'il fait. Il me fait basculer dans une zone dangereuse, où chaque geste, chaque parole, me fait douter de moi-même.

Sans un mot, il s'approche, et son regard ne me quitte pas une seconde. Il est si proche que je peux sentir sa chaleur, son parfum. C'est comme si l'air entre nous était saturé de cette tension irrésistible. Je tente de reculer, mais il me bloque, m'empêchant de m'échapper.

— T'es belle quand tu fuis, tu sais, me murmure-t-il, son souffle chaud effleurant ma peau. Mais tu n'es pas prête à me fuir, pas cette fois.

Mes mains tremblent de colère et de désir, mais je n'arrive pas à bouger. Tout mon corps semble réagir à sa présence, à ses mots. Et ça me déstabilise.

Je tente de lui répondre, mais ma voix me trahit.

— Je te déteste, Nick, je souffle, mais même moi, je n'y crois pas.

Il me fixe intensément, un sourire en coin, presque amusé par ma tentative de résistance. Il me touche alors, d'un doigt, effleurant ma joue avec une lenteur calculée.

— T'es loin de me détester, Ella. T'as cette lueur dans les yeux qui dit tout, me dit-il d'une voix basse, sensuelle. T'es juste en colère parce que tu sais que je te veux. Et tu veux ça aussi.

Je ferme les yeux, honteuse de l'aveu silencieux qui se glisse dans mes pensées. Je le hais. Je le veux. Les deux en même temps.

Il s'approche encore plus, ses lèvres effleurant mes oreilles, m'envahissant de sa présence. Je suis paralysée, incapable de bouger, de le repousser. Ses mains se posent sur mes hanches, mais au lieu de me faire reculer, il me pousse doucement contre le mur, son corps tout contre le mien. Il se retire légèrement, me scrutant de haut en bas, une lueur de défi dans les yeux.

— Tu veux me repousser, mais tout ton corps me supplie de rester, me dit-il, un sourire arrogant sur les lèvres.

Je respire difficilement, mon cœur s'emballe, mais je ne trouve pas les mots. Tout ce que je ressens, c'est une chaleur insupportable qui me consume, qui me rend vulnérable. Une partie de moi veut le repousser, lui hurler qu'il n'a pas le droit de me traiter comme ça, mais l'autre… l'autre me crie de le laisser faire, de me laisser aller à cette attraction magnétique.

Il pose une main sur mon cou, avec une douceur effrayante, son pouce caressant ma peau, me forçant à lever les yeux vers lui. Et, dans un murmure si bas que j'ai du mal à l'entendre, il dit :

— Tu veux que je m'éloigne, ou tu veux que je reste, Ella ?

Je n'ai aucune réponse. Aucune. Et pourtant, je le vois dans ses yeux : il sait que je suis à sa merci. Il me regarde, un sourire suffisant se formant sur ses lèvres. Il a tout sous contrôle.

Avant que je ne puisse réagir, un bruit provenant du couloir me fait sursauter. La porte s'ouvre brusquement, coupant net la scène.

— Nick ! j'ai besoin de toi.

La voix de sa mère, ferme, brise le moment. Il se fige instantanément, mais son regard ne se détourne pas de moi. Pas un mot. Pas un geste. Il sait, tout comme moi, que cette tension n'est pas encore finie.

Nick lâche un dernier soupir, se redresse légèrement et, sans un mot, se dirige vers la porte. Il me lance un dernier regard, lourd de promesses non dites.

— Ce n'est pas terminé, Ella, souffle-t-il avant de quitter la pièce, me laissant seule, le corps encore brûlant de désir, le cœur battant trop fort.

Chapitre 22

———————— ✦ ————————

Je suis la dernière à me lever ce matin. Le soleil filtre à travers les rideaux de ma chambre, éclatant en faisceaux dorés sur le parquet. La maison est silencieuse, trop calme.

En descendant les escaliers, l'odeur du café me parvient, ainsi que celle des croissants fraîchement cuits. Sur la table, tout est déjà prêt. Je m'installe, en silence, pour prendre mon petit déjeuner, mes pensées encore brouillées par la veille.

À peine ai-je commencé à manger que je remarque un petit mot posé sur la table, sous un coin de ma tasse de café. Il est écrit d'une main soignée, presque formelle, et la lecture de chaque mot me fait sourire malgré moi.

"Nous sommes absents jusqu'à demain, profitez bien et soyez sages les enfants. Bisous, Héléna."

Un frisson d'excitation m'envahit. Ils sont partis. Nous voilà donc seuls, Nick et moi, dans cette grande maison isolée, au milieu de la nature. Mon regard se pose sur le mot un instant. Et soudain, une pensée traverse mon esprit : Nick est à moi.

Un sourire satisfait se dessine sur mes lèvres. Le calme de cet endroit me fait presque oublier où je suis. La solitude, le silence, tout semble appartenir à ce moment, à cet instant avec lui. Il n'y a que nous deux, et je n'ai pas l'intention de le laisser m'échapper aujourd'hui. Je me demande s'il a prévu de rester à l'écart ou s'il attend le moment propice. Mais une chose est sûre, je n'ai aucune envie de rester seule dans cette grande maison vide.

Je me lève précipitamment et m'empresse de récupérer le cahier que Nick m'a offert la veille. Le lieu est trop beau pour que je ne le capture pas dans mes dessins, pour que je ne le garde pas pour moi. Ce paysage, ces couleurs, ces ombres, tout ici semble irréel, comme un tableau vivant.

Je glisse ma nuisette sur ma peau encore chaude du matin et m'échappe à l'extérieur. L'air frais caresse mon visage, me réveillant totalement.

Je marche jusqu'au ponton, mes pieds nus frôlant le bois rugueux, tandis que je m'installe sur le bord, la brise jouant dans mes cheveux. Le calme est presque parfait, si ce n'est ce silence lourd qui pèse entre moi et ce que j'espère.

Je prends mes crayons, mon carnet de croquis, et je me plonge dans mon dessin. Mais je n'ai pas l'esprit totalement concentré sur ce que je fais. L'endroit est magnifique, mais je n'arrête pas de penser à lui. Où est-il ? Pourquoi ne l'ai-je pas encore vu ?

Soudain, des bruits de pas lourds viennent briser le silence. Le bruit sec du bois du ponton qui grince sous des pas lourds. Je me retourne et je le vois, apparaissant dans la lumière du matin, aussi imposant que le paysage qui nous entoure.

Nick, appareil photo en main, me regarde un instant avant de déclencher l'appareil furtivement. Son regard se fait pénétrant, mais une pointe d'amusement se lit sur son visage.

— Nick, supprime ça ! Je suis à peine habillée ! lui dis-je, me redressant brusquement, embarrassée.

Il éclate de rire, un rire franc, mais il ne s'arrête pas de me regarder. Ce n'est pas un rire moqueur, mais plutôt amusé, comme s'il aimait me voir dans cet état.

— T'es vraiment trop mignonne quand tu t'énerves, me lance-t-il, tout en continuant de prendre des photos. Il me regarde un instant, un éclair d'admiration dans ses yeux.

— Tu es bien plus belle que tu ne le crois, Ella.

Je roule des yeux, tout en baissant les bras. Il aime me rendre nerveuse, et il le fait si bien. Mais je n'arrive pas à m'empêcher de rougir, même un peu. J'essaie de ne pas le laisser voir l'effet qu'il me fait, et je détourne le regard.

Nick s'avance alors vers moi, posant son appareil photo sur le banc du ponton. Son sourire se fait encore plus narquois.

— Tu portes quelque chose, ce matin ? me demande-t-il, un ton de défi dans sa voix.

Il m'observe, ses yeux scrutant chaque recoin de ma silhouette, comme s'il attendait ma réaction.

Je me redresse lentement, en me rapprochant de lui. Chaque mouvement est calculé, comme si je me préparais à le confronter. Je me suis décidée. Il n'a pas l'intention de me laisser tranquille, alors je vais lui répondre à ma manière.

Je m'avance encore, mes pieds effleurant le sol, mes jambes dénudées effleurant le bois du ponton. L'air entre nous est lourd, chargé de cette tension palpable. Nous sommes à quelques centimètres l'un de l'autre maintenant.

— Déçu ? lui demande-je d'une voix douce, mais déterminée. Mon regard se fait provocant alors que je plonge mes yeux dans les siens.

Il ne répond pas tout de suite. Son regard est intense, presque implacable. Il scrute mes yeux, mes lèvres, et finalement, un sourire narquois s'étend sur ses lèvres.

Je jette un coup d'œil à l'eau derrière lui. Une idée folle me traverse l'esprit. Et si je le poussais dans l'eau ? Non, juste pour le défier, juste pour briser ce silence entre nous.

Sans réfléchir, je le pousse brusquement. Mais au lieu de tomber seul dans l'eau comme je l'avais prévu, il anticipe mon mouvement avec une rapidité déconcertante. Dans un geste fluide, il me tire avec lui, me forçant à plonger dans l'eau glacée à ses côtés. Un choc immédiat, la froideur de l'eau me coupe le souffle, mais je ne peux retenir un éclat de rire.

Nous remontons à la surface, éclatant tous les deux de rire, nos corps frémissant sous la fraîcheur de l'eau. L'adrénaline court dans mes veines alors que je lutte pour reprendre ma respiration, mais en même temps, une étrange chaleur s'installe entre nous, une complicité que je n'avais pas vu venir.

Je lutte pour sortir de l'eau, mais alors qu'il m'aide, ses mains se posent sur mes hanches, me maintenant fermement contre lui, et je sens ses doigts effleurer ma peau nue. Une chaleur intense m'envahit à cet instant précis, bien plus brûlante que l'eau froide qui nous entoure.

Mes jambes s'entrelacent involontairement avec les siennes, et il me fixe avec une intensité qui me fait perdre mes moyens. Il m'attire plus près de lui, presque sans y penser. L'attraction est évidente, palpable, et il me plonge soudainement sous l'eau, comme pour me rappeler sa maîtrise, mais surtout pour raviver la flamme de cette tension inouïe.

Je me débats, riant tout en cherchant à respirer. Quand je refais surface, mes poumons cherchent désespérément de l'air, et je lui jure, le regard furieux mais amusé, qu'il va le regretter.

— Alors là, tu vas le regretter, Nick Miller !

— Des menaces, encore ? Il rigole, amusé, mais son regard n'est plus aussi léger. Il le soutient, ce regard, comme s'il savait que ce n'était pas qu'un jeu.

Je lui réponds d'un sourire en coin, mes lèvres à peine visibles sous le froid. Le silence entre nous est chargé de cette énergie qu'on n'arrive plus à ignorer.

Nous sortons enfin de l'eau, trempés et frigorifiés. La brise froide semble mordre chaque parcelle de ma peau. Je grelotte malgré moi, mes lèvres prenant une teinte violette sous l'effet du froid glacial. Mon souffle se fait court, la chaleur de mon corps engloutie par la fraîcheur de l'air. Je regarde Nick qui, tout comme moi, se débat contre le froid.

Sans dire un mot, nous nous précipitons vers la maison, à la recherche d'un abri contre cette eau glacée qui nous a envahis. Nos pas résonnent sur le ponton alors que nous courons à toute vitesse, mais l'urgence de nous réchauffer fait battre nos cœurs plus vite que la course elle-même.

À peine franchissons-nous la porte, je me jette sur le canapé, tout en tremblant. Le bruit de la porte qui claque résonne dans la grande pièce vide. Nick, lui, reste debout un instant, ses bras croisés, comme pour contenir l'agitation qui l'envahit. Il me fixe un instant, les cheveux dégoulinants d'eau, son regard presque… intense. Il fronce les sourcils, mais ce n'est pas de colère. Plutôt une sorte de mélange entre la confusion et l'amusement, comme s'il était à la fois surpris par notre propre comportement et intrigué par la tension palpable qui demeure entre nous.

Je ne peux m'empêcher de sourire malgré moi. Comment avons-nous pu en arriver là ? Dans l'eau glacée, tous deux en train de rire.

Nick se dirige vers la cheminé sans dire un mot, me laissant là, sur le canapé, à lutter contre les frissons. Les doigts de mes mains sont gelés, tout comme mes orteils. Mes yeux suivent son mouvement, fascinée par la façon dont il se déshabille rapidement, enlevant ses vêtements trempés sans la moindre gêne. Son corps, tout aussi marqué par l'eau froide, se dévoile sous mon regard, comme une silhouette imposante dans la pièce désormais silencieuse.

Il attrape une serviette et la passe autour de sa taille, puis il se tourne enfin vers moi, comme s'il venait seulement de se rendre compte que je le fixais.

— T'es trempée, Ella. Tu ne veux pas venir près du feu ? me demande-t-il, le regard un peu plus doux, mais toujours imprégné de cette tension qui n'a pas disparu.

Je hoche la tête, encore un peu sonnée par ce qui vient de se passer, mais incapable de détacher mes yeux de lui.

Lentement, je me lève et m'approche de lui, mon corps tremblant légèrement sous l'effet du froid et de l'adrénaline qui ne m'a pas quittée. Je m'arrête un instant à quelques mètres de lui, comme pour marquer la distance entre nous, mais mon regard le cherche malgré moi, attirée par son énergie, par sa présence magnétique.

Nick se tourne légèrement, pour que je puisse m'approcher de lui. Le feu crachote doucement, réchauffant l'air autour de nous. C'est comme si tout devenait flou, sauf lui. Il est si proche, mais à la fois si lointain. Je sens une chaleur me monter au visage, mais je n'arrive pas à détourner les yeux.

Après avoir pris un moment pour nous sécher et nous changer, nous décidons de sortir explorer les alentours. Le vent frais de la matinée caresse ma peau alors que je prends une profonde inspiration, ravie de l'idée de m'éloigner un peu de la maison. Nick, toujours son appareil photo en main, se transforme peu à peu en mon photographe personnel. À chaque sentier que nous empruntons, il capture des instants de nature qui semblent lui parler autant qu'à moi. Ses gestes deviennent plus naturels, presque comme si le monde autour de nous était devenu son terrain de jeu. J'admire cette manière qu'il a d'être dans l'instant, d'immortaliser ce qui est beau sans effort.

Il me regarde à travers l'objectif, souriant à chaque cliché, et je me rends compte qu'il n'est plus seulement ce garçon arrogant de l'université que je connaissais. Il y a quelque chose de plus en lui aujourd'hui, quelque chose qui le rend presque mystérieux. Je ne peux m'empêcher de le voir sous un jour nouveau, une sorte de vulnérabilité que je n'avais jamais remarquée auparavant.

Nous continuons à marcher, me perdant dans le dédale des sentiers et des paysages, mais il ne tarde pas à m'arrêter. Nous arrivons au creux de deux grands arbres, leurs branches formant un toit presque parfait au-dessus de nos têtes. Le silence est apaisant, mais Nick semble plus proche, sa présence se fait encore plus intense.

Je sens immédiatement l'atmosphère changer, se densifier. Son regard sur moi est plus lourd, plus déterminé. Avant même que je n'aie le temps de réagir, il s'avance et, dans un geste délicat mais sûr de lui, il glisse une mèche de cheveux derrière mon oreille. Ses doigts frôlent ma peau avec une telle tendresse que je frissonne, un frisson que je tente de maîtriser, mais qui finit par me trahir. Je sens mon cœur s'emballer alors qu'il ne me quitte pas des yeux, comme s'il cherchait à me sonder, à découvrir tout ce qui se cache derrière mes barrières.

— T'es magnifique, tu sais ça ? me dit-il, sa voix profonde, presque un murmure, me parvenant comme une caresse.

Je baisse un instant les yeux, consciente du désir qui flotte entre nous. Ce n'est pas un simple compliment. Il est plus lourd que ça, plus chargé d'une intention que je peine à comprendre. Je sens mon souffle se couper, mon corps tout entier tendu sous son regard. Un sentiment de tension s'installe, mêlé d'un désir naissant et inavoué. Je me force à détourner les yeux, cherchant à fuir cette connexion qui se crée si rapidement.

— Tu n'as pas le droit de me regarder comme ça, dis-je, presque pour me convaincre moi-même.

Il s'approche un peu plus, et je sens ses pas contre le sol, chaque mouvement de son corps me rapprochant un peu plus de l'instant où je serai irrémédiablement prise dans son emprise. Il s'arrête tout juste devant moi, trop près, mais pas encore assez pour que l'on se touche. Il reste là, observant ma réaction.

— T'as raison… je n'ai pas le droit de te regarder comme ça, mais je ne peux pas m'en empêcher. Tu es trop belle, Ella. Beaucoup trop belle.

Son souffle se fait plus court, ses yeux brillant d'une intensité nouvelle. Le monde autour de nous disparaît, comme figé dans cet instant suspendu. Je veux fuir, je veux partir, mais il y a cette force invisible entre nous qui me retient, m'ancre au sol.

Je détourne la tête, mais il n'attend pas. D'un mouvement fluide, il se penche vers moi et, cette fois, je ne me dérobe pas. Il effleure mes lèvres, un baiser léger mais enflammé, un premier contact qui fait exploser une vague de désir en moi. Il m'embrasse lentement, comme s'il voulait goûter chaque fraction de seconde. Ses lèvres se posent sur les miennes avec une telle douceur que je me perds dedans, mais tout à coup, je me sens déstabilisée. Je me retiens de lui rendre ce baiser avec la même intensité.

Je me retire soudainement, secouant la tête pour tenter de remettre de l'ordre dans mes pensées.

— On devrait rentrer, la nuit approche, dis-je en brisant enfin ce silence, presque gênée par le chaos qui fait rage en moi.

Le regard de Nick ne me quitte pas. Je peux sentir la déception et la confusion dans ses yeux. Il ne dit rien pendant quelques secondes, mais son regard me brûle, comme si chaque mot qu'il aurait voulu prononcer se bloquait dans sa gorge. Finalement, il répond, la voix plus grave qu'avant :

— Si tu veux… me répond-il, je perçois une once de déception dans sa voix.

Nous faisons demi-tour, chacun perdu dans ses pensées. Mais à chaque pas que je fais, je sens la chaleur de son regard me suivre, me peser. Le chemin du retour semble plus long, plus lourd, comme si chaque seconde qui nous sépare de la maison est une éternité.

Lorsque nous arrivons enfin à la maison, le ciel se teint de nuances d'orange et de violet, comme si le soleil lui-même avait jeté un dernier regard attendri sur la journée qui s'achève. Le vent frais apporte une odeur de terre mouillée, et j'éprouve une douce mélancolie en pensant à la fin d'une belle aventure.

Ayant un petit creux après cette longue marche, je propose à Nick de préparer rapidement la seule pizza qui traîne dans le congélateur.

Installés confortablement sur le vieux sofa en cuir, les coussins décolorés par le temps, il se met à me raconter les histoires de cette maison, une légende tissée de souvenirs d'enfance avec ses parents et la tendre complicité qu'il partageait avec son père. Je peux presque le voir, un enfant rieur courant dans le jardin, un appareil photo à la main, capturant les flocons de neige dans un hiver paisible. C'est ici, dit-il, que sa passion pour la photographie est née, lorsque son père lui a offert son premier appareil.

Ses journées étaient remplies de joie et de moments familiaux volés. Pendant ce temps, moi, je dessinais ma peine sur le papier, remplissant des pages de mes frustrations et de mes peurs. Nos enfances, si éloignées l'une de l'autre, semblent pourtant se croiser dans ce moment de partage.

Après des heures à discuter, à échanger nos rêves et nos blessures, nous décidons d'aller nous coucher.

Cependant, dans la nuit, un besoin irrésistible de sentir ses bras autour de moi m'envahit. L'envie de son contact, de me blottir contre lui pour me sentir protégée, devient une pulsion qui m'entraîne. Je me faufile silencieusement dans sa chambre.

Plongé dans ses pensées, il ne semble toujours pas dormir. L'heure sur son réveil affiche 03h11 du matin.

— Ella ? dit-il d'une voix basse surprenante, émergeant de ses réflexions.

— Je peux dormir avec toi ce soir ?

Sans attendre sa réponse, je me blottis contre lui, ma tête trouvant refuge sur son torse nu. La chaleur de son corps irradie contre moi, et je sens son souffle régulier, apaisant mes angoisses. Comme s'il comprenait que j'avais simplement besoin de cette connexion, il commence à me caresser doucement les cheveux. Sa douceur est enivrante, et je me laisse porter par cette sérénité, m'immergeant dans le sommeil.

Chapitre 23

---◆---

Le lendemain matin, je me réveille lentement, mes yeux s'ouvrant à la lumière douce de l'aube. Un silence paisible règne autour de nous, presque magique. Mes bras sont enveloppés autour de Nick, qui dort profondément, son souffle régulier réchauffant ma peau. Un sentiment étrange de sérénité m'envahit alors que je reste là, immobile, à observer les contours de son visage détendu, presque vulnérable dans son sommeil.

Mes doigts glissent doucement sur son torse encore tuméfié, frôlant sa peau avec une tendresse que je n'avais pas prévue.

Un frisson me parcourt alors que je me penche lentement pour déposer un baiser léger sur son épaule, puis sur son cou. Je n'ose pas trop le réveiller, mais mon corps semble réagir d'une manière incontrôlable à la proximité du sien. Une vague de désir me submerge, inconsciente, brûlante, mais aussi terriblement douce, comme si chaque fibre de mon être était en attente d'un geste, d'un mot.

Je me redresse alors, me retrouvant au-dessus de lui, mes lèvres étirées en un sourire malicieux, un peu tremblant, comme si je me lançais dans un territoire inconnu. Nick, à peine réveillé, ouvre lentement les yeux, captant mon regard. Il fronce légèrement les sourcils, puis ses mains viennent se poser sur mes cuisses, sa prise est ferme mais douce, comme s'il voulait m'empêcher de fuir tout en me laissant libre.

Il m'attire à lui, ses doigts glissant dans mes cheveux, un mouvement possessif mais tendre, presque protecteur. La tension entre nous se fait palpable, une force invisible qui semble nous unir d'une manière que je n'avais pas anticipée. Son souffle se fait plus rapide, plus lourd, et je sens mon propre corps réagir à cet appel silencieux.

Je ne peux plus reculer. La tentation est trop grande, trop évidente. Je me rapproche de lui, chaque mouvement plus sensuel que le précédent, et je le regarde intensément, comme pour lui signifier que tout a changé entre nous. La distance, autrefois confortable, n'existe plus. Il y a un abandon dans son regard, une forme de soumission à ce qui va arriver, mais aussi une certitude.

Il se redresse soudain, et dans un geste fluide, il prend mon visage entre ses mains, ses yeux plongés dans les miens. Il semble hésiter, un instant, puis il murmure, la voix rauque, faible, presque brisée :

— Tu es sûre ?

Les mots me frappent, non pas parce qu'ils me surprennent, mais parce qu'ils montrent l'incertitude, la fragilité qui se cachent derrière son apparente assurance. Un léger frisson me parcourt, et je sens une bouffée de chaleur envahir mes joues. Je prends une inspiration profonde. C'est la première fois pour moi. Une appréhension douce, presque excitante, monte en moi, mêlée à une envie qui ne faiblit pas. Mais je suis prête. Plus que prête. Je veux que ce moment soit à nous, sans plus de détour, sans plus de barrières.

— J'ai envie de toi. Je suis prête, Nick.

Je le dis avec une assurance que je ne me connaissais pas, mes mots portant tout le poids de ma décision. Je prends son regard pour moi, pour nous deux. Il répond par un sourire, un petit sourire, qui me rassure et m'électrise à la fois. Il prend un préservatif dans le tiroir de sa table de nuit et, avec une délicatesse qui me surprend, l'enfile, le tout dans un silence lourd de significations.

Il commence par caresser mon corps avec une lenteur presque exquise, ses mains explorant chaque courbe, chaque frisson de ma peau. Ses lèvres suivent bientôt, traçant un chemin de baisers sur ma clavicule, sur ma poitrine, éveillant en moi des sensations nouvelles et délicieusement intenses.

Mes mains, timides d'abord, trouvent bientôt leur propre chemin, apprenant à le découvrir, à répondre à ses gestes. Chaque soupir de

Nick devient une musique à mes oreilles, et son regard, brillant de plaisir, me fait comprendre que je le rends fou, que je le mène dans un état qu'il n'a jamais connu.

Quand il entre enfin en moi, c'est avec une douceur infinie, ses yeux cherchant les miens pour s'assurer que tout va bien.

La douleur initiale est vite remplacée par une chaleur profonde, une onde de plaisir qui grandit à chaque mouvement, à chaque respiration partagée. Ses gestes sont à la fois tendres et passionnés, un équilibre parfait entre la maîtrise et l'abandon. Nick est en extase, ses gémissements rauques et son souffle haletant trahissant l'intensité de ce qu'il ressent.

— Ella... murmure-t-il, presque dans un souffle, comme si prononcer mon nom lui permettait de garder un lien avec la réalité. Tu me rends fou.

Nous bougeons ensemble, unis par un rythme qui semble naturel, presque instinctif. Nick accélère peu à peu, emporté par une passion irrépressible, et je sens l'intensité monter en moi à chaque mouvement. Chaque poussée, chaque soupir, chaque gémissement amplifie l'intensité de ce moment, et je me sens submergée, emportée dans un tourbillon de sensations. Nick me regarde avec une intensité brûlante, comme si j'étais la seule chose qui existait dans cet instant. Ses mains explorent mon corps avec une passion désespérée, et je comprends que ce n'est pas seulement moi qui vis cette première fois comme une révélation : c'est aussi un nouveau monde pour lui.

Et puis, tout explose. Nick va de plus en plus vite, ses mouvements devenant presque incontrôlables, et je découvre l'extase pour la première fois, un plaisir si intense qu'il me submerge entièrement.

Mes gémissements s'accordent aux siens, mon corps entier tremble sous l'intensité de ce que je ressens. Une chaleur profonde et électrisante se répand en moi, et lorsque l'extase me submerge enfin, c'est comme si le temps lui-même s'arrêtait. Chaque fibre de mon être semble vibrer à l'unisson avec lui.

Nick, submergé par l'intensité de l'instant, jouit en moi, son cri rauque résonnant dans la pièce, exprimant toute la profondeur de son extase. La sensation de plénitude et de fusion m'envahit, jusqu'à ce que tout se termine dans une douce apesanteur. Nick laisse échapper un murmure rauque, presque incrédule, alors qu'il s'abandonne totalement à cette extase nouvelle.

Il se laisse tomber à côté de moi, son souffle court, son regard un peu perdu mais doux. Il prend ma main dans la sienne, et nous restons là, dans un silence apaisé, simplement à nous toucher, à nous redécouvrir dans une intimité nouvelle.

Le matin s'étire autour de nous, et pour la première fois depuis longtemps, je me sens calme, sereine, comme si ce qui venait de se passer était un début. Un début d'une nouvelle réalité entre nous, une réalité que je suis prête à explorer à son rythme.

Mais la réalité me rattrape rapidement : ses parents ne devraient pas tarder. L'angoisse de leur arrivée imminente s'installe insidieusement, troublant la sérénité qui flottait dans la pièce. Je me redresse doucement, les draps glissant sur ma peau, et pose un regard insistant sur Nick, qui dort encore paisiblement. Son expression détendue, presque enfantine, me désarme un instant, mais je secoue cette faiblesse.

— Lève-toi, fainéant ! File t'habiller, tes parents ne vont pas tarder, dis-je, ma voix teintée d'une fausse exaspération.

Nick ouvre lentement les yeux, son sourire paresseux illuminant son visage comme un rayon de soleil filtrant à travers les rideaux. Ses cheveux en désordre et son allure décontractée lui donnent un charme désinvolte auquel il m'est difficile de résister.

— Un câlin ne serait pas de refus ! lance-t-il avec une lueur espiègle dans le regard.

Je roule des yeux, mais avant que je puisse protester, il tend les bras et m'attire doucement à lui. Malgré ma détermination vacillante, je me laisse faire. La chaleur de son étreinte et l'odeur familière de son parfum, un mélange réconfortant m'encercle, brouillant mes pensées rationnelles.

— On ne peut pas juste rester là toute la journée ? murmure-t-il d'une voix douce, son souffle chatouillant ma peau.

Son ton est presque suppliant, comme si ce moment volé dans le temps n'était qu'à nous et qu'il refusait de le laisser s'échapper.

Je ferme les yeux un instant, bercée par l'apaisante cadence de son cœur contre ma joue.

Ce matin, le poids de ma résolution vacille. Mon désir de préserver mes défenses s'effondre face à l'évidence écrasante de ce que je ressens.

Je m'étais juré de ne pas flancher, de ne pas me laisser happer par ce tourbillon d'émotions que Nick semblait provoquer si facilement. Pourtant, là, dans cette bulle hors du monde, ses bras autour de moi, j'abandonne, ne serait-ce que pour quelques instants.

— Nick, soupire-je doucement, tu sais qu'on ne peut pas. Tes parents…

Mais il resserre son étreinte, un sourire amusé se dessinant sur ses lèvres. Ses mains glissent lentement le long de mon dos, et ses yeux pétillent d'une malice tendre qui fait éclater mes dernières résistances.

— Mes parents peuvent bien attendre, non ? me taquine-t-il, comme s'il s'agissait d'une simple évidence.

Je ris malgré moi, et il profite de cet instant de faiblesse pour m'embrasser. C'est un baiser lent, profond, empli d'une tendresse sincère, presque désarmante. Je sens mon cœur s'emballer, et une vague de bonheur me submerge, aussi douce qu'inattendue.

Mais alors qu'il se détache enfin, un sentiment de panique m'envahit. Une question persiste dans mon esprit, imprégnée d'une peur sourde.

— Et si tes parents nous découvrent ? murmure-je, une pointe d'anxiété dans la voix. Que vont-ils penser ?

Nick éclate de rire, un rire léger et désinvolte. Il s'étire avant de me regarder avec un sourire confiant, comme s'il n'y avait aucune raison de s'inquiéter.

— Tu sais, ils savent très bien qu'on ne fait pas que se chamailler, on est majeur me dit-il en plaisantant, avec un clin d'œil. Ils ont toujours été assez ouverts, tu sais.

Je le regarde, un peu surprise par sa tranquillité, et un petit rire m'échappe malgré moi. Il a cette capacité à rendre les choses plus simples, à les dédramatiser, même quand l'anxiété me submerge.

— Tu as l'air tellement sûr de toi, je souffle, un peu rassurée mais toujours un peu nerveuse.

— Et je le suis ! Me répond-il en haussant les épaules. On vit notre moment, c'est tout ce qui compte.

Malgré ma réticence, je me sens apaisée par ses mots. Il a ce don de rendre les choses légères, et moi, je me laisse emporter, malgré cette petite voix qui me dit de me protéger. Mais, à cet instant, je choisis de vivre le moment présent avec lui. Ce bonheur fragile, aussi éphémère soit-il, mérite d'être vécu pleinement.

La fin de notre escapade approche, et cet au revoir s'annonce redoutable. En une semaine, j'ai vécu des instants d'une intensité rare à ses côtés. Jamais je n'avais ressenti autant de vie, autant d'épanouissement.

Nous avons passé nos journées à explorer un coin perdu au milieu de la nature, loin du tumulte du monde.

Nous avons marché pendant des heures dans des forêts épaisses, respirant l'air frais, l'odeur de la terre humide et des pins, découvrant des sentiers isolés où seule la nature semblait régner. Nous avons trouvé un petit lac secret, calme et tranquille, où nous avons nagé sous un soleil éclatant, nos rires résonnant dans l'air, effleurant la surface de l'eau. Le soir, nous nous sommes perdus dans des paysages vallonnés, admirant les teintes dorées du crépuscule se fondre dans les montagnes lointaines.

Les parents de Nick étaient également là, mais leur présence ne m'a pas dérangée. Ils semblaient apprécier ce havre de paix autant que nous. Le père de Nick, toujours souriant et un peu taquin, me mettait à l'aise avec ses anecdotes amusantes, tandis que sa mère, plus discrète mais chaleureuse, me faisait découvrir des recettes locales que nous cuisinions ensemble le soir. Ces moments en famille, bien que simples, étaient empreints d'une douceur que je n'avais pas l'habitude de connaître.

J'observais Nick avec tendresse pendant que ses parents le taquinaient, un sourire complice entre eux. C'était une version de lui que je n'avais jamais vue, plus détendue, plus ouverte.

Nos soirées étaient tout aussi magiques. Nous nous asseyions tous autour du feu, écoutant le crépitement des flammes, échangeant des histoires et des rires. Parfois, Nick me jetait un regard furtif, ses yeux brillant d'une malice douce, et je sentais une tension délicieuse naître entre nous, comme un secret partagé dans l'intimité de la nuit.

C'était là, sous la lueur des étoiles, que les discussions devenaient profondes, et que nous pouvions nous confier l'un à l'autre, dans une intimité partagée, malgré la présence des autres. Parfois, il n'y avait pas de mots, seulement la chaleur de nos corps rapprochés, une simple caresse, une main dans l'autre, et l'univers semblait se réduire à ces instants-là.

Et puis, il y avait ces moments plus intimes, lorsque nous retrouvions la chambre, quand le monde extérieur disparaissait complètement. Il m'a explorée de manière douce et respectueuse, m'ouvrant à des sensations nouvelles et des émotions que je n'avais jamais vécues. Chaque nuit, à ses côtés, j'ai appris à me perdre et à me retrouver, à accepter des parts de moi que je n'avais jamais osé affronter. C'était un voyage à la fois extérieur et intérieur, une aventure aussi bien physique qu'émotionnelle. Il m'a appris à savourer chaque moment, à ralentir, à respirer profondément et à écouter mon cœur.

Le retour à la réalité s'annonce cruel. Je me suis habituée à la chaleur de ses bras, à la douceur de sa voix, à sa présence constante. Et maintenant, tout cela semble s'effacer, comme une illusion fragile. Je sais que bientôt, Nick retrouvera ses amis, et plus encore, Noah. L'angoisse de la séparation me serre la gorge, me rendant presque incapable de respirer. Comment revenir à la routine après une semaine pareille ? Comment accepter que tout redevienne comme avant, que l'intensité de ce que nous avons vécu s'éteigne au contact de la réalité ?

Chapitre 24

───────────◆───────────

Nous y voilà, ce matin c'est le jour de vérité, je croise Lexy dans les couloirs. Nos regards se croisent, et un sourire complice se dessine sur nos visages. Rapidement, nous nous plongeons dans nos récits de vacances. Lexy me raconte son séjour chez ses grands-parents, une aventure teintée d'ennui, qu'elle décrit avec sa verve habituelle.

— Franchement, c'était l'enfer chez mes grands-parents, Ella. Entre le jardinage et les tartes aux pommes de mamie, je pensais que j'allais devenir folle. Tu vois le genre ?

Je rigole doucement, sachant exactement ce qu'elle veut dire. Puis, un peu plus nerveuse, je me lance dans mon récit.

— Pour ma part, c'était un peu plus… mouvementé.

Elle me fixe, les yeux brillant d'excitation, prête à tout entendre.

— Mouvementé ? répète-t-elle avec un sourire malicieux, levant un sourcil. Attends, tu veux dire que tu as ENFIN couché avec Nick ? Le Bad boy de l'université ?

Je sens mon cœur s'emballer à l'évocation de son nom, mais je ne peux pas m'empêcher de sourire, la nervosité m'envahissant.

— Oui… C'était… wow, Lexy. Je n'arrive même pas à décrire, c'était… incroyable. Je laisse échapper un petit rire nerveux. C'est comme si tout avait été tellement… intense. Il était tellement doux et attentionné. Je n'aurais jamais imaginé ça de sa part.

Lexy éclate de rire, un regard brillant de malice sur le visage.

— Tu l'as fait ! Je suis trop fière de toi, Ella ! Tu as couché avec le Bad boy, celui qui fait battre le cœur de toutes les filles du campus ! Elle me regarde avec des yeux rieurs, mais aussi avec une certaine admiration. Alors, comment c'était, hein ? Il t'a fait fondre ?

Je baisse légèrement les yeux, mais je ne peux pas cacher mon excitation, même si une petite part de moi se sent un peu perdue par tout ça.

— Oui, c'était… incroyable. Ses gestes étaient tellement doux, mais aussi, il y avait cette intensité, tu vois ? C'était comme un rêve, mais… un rêve vraiment intense.

Lexy secoue la tête, une expression de joie sur son visage.

— Mon dieu, je suis trop excitée pour toi ! Je savais que tu craquerais ! Nick, le Bad boy, celui qui a toutes les filles à ses pieds… et toi, tu es celle qu'il a choisie ! C'est genre, le moment de ta vie, non ? Elle rit, mais son regard est à la fois taquin et admiratif.

Je rigole, un peu gênée par tout l'enthousiasme qu'elle déploie, mais je suis contente de partager ce moment avec elle.

— C'était fou, je te jure, mais… je ne sais pas trop. Ce matin, il m'a à peine regardée, comme si… tout ça n'avait aucune importance pour lui. C'est comme s'il avait oublié ce qu'il s'est passé.

Lexy plisse les yeux, un air un peu plus sérieux sur son visage.

— Attends, quoi ? Il t'a ignorée ? Elle semble choquée. Non, mais il est sérieusement un idiot ! Après ce que vous avez partagé ?! Non mais franchement, quel con… Elle soupire, exaspérée. Ce mec ne sait même pas ce qu'il a entre les mains.

Je souris tristement, un peu réconfortée par la réaction de Lexy. Elle a ce talent pour rendre les choses moins compliquées.

— Tu as raison, il ne sait pas ce qu'il veut, c'est sûr…

Lexy secoue la tête en grognant, l'air agacée.

— Non, non, non ! Ce mec est un idiot ! Tu mérites beaucoup mieux que ça, Ella.

Je souris légèrement, me sentant un peu plus forte grâce à ses mots. Lexy a une façon de voir les choses qui me redonne un peu de confiance.

— Et Caleb ? ajoute-t-elle.

— Nick s'en ai chargé. Il ne me posera plus de problèmes.

281

— Ouf ! dit-t-elle d'un ton rassurer. Il est vraiment aller trop loin.

— Lex…Je me retourne vers elle, mon ton devenant plus sérieux. Je n'ai pas pu te remercier pour l'autre soir et je ne t'ai jamais demandée comment tu as su que Nick rejoignait Caleb ce soir-là ?

— Je l'ai croisé furieux alors qu'il montait dans sa voiture en sortant de chez toi, je suis alors empressée de lui demander ce qu'il n'allait pas. Il avait ce regard noir, je savais que c'était grave et il a gronder le nom de Caleb. Avant de le laisser partir je l'ai vu entrer l'adresse des vieux entrepôts et j'ai su qu'il fallait que je te prévienne.

— Merci Lexy, lui dit-je en la prenant dans mes bras. Il a vraiment évité le pire grâce à toi.

La sonnerie retendit annonçant le début des cours nous sortant de notre ensalade.

Durant une pause entre deux cours, je cherche un endroit tranquille et m'assois sur le rebord d'une fenêtre. Mon calepin à la main, je commence à esquisser un croquis. Je tente de capturer Nick, torse nu, son regard intense, son sourire charmeur, tout ce qui fait de lui ce mélange déstabilisant de danger et de douceur.

Je me mords la lèvre, perdue dans mes pensées, espérant qu'il soit bien en face de moi, lui et ses promesses à peine murmurées la nuit dernière.

Soudain, une voix familière brise ma concentration, me surprenant dans mes réflexions.

— Mon corps te manque à ce point ?

Je me retourne brusquement, et mon cœur s'emballe. Il est là, à quelques centimètres de moi, son visage si proche que je peux sentir sa chaleur, entendre la douceur de sa voix. Son regard est taquin, un sourire en coin, et pourtant je lis quelque chose de plus profond dans ses yeux, une lueur que je peine à décrypter.

— Nick ! Tu m'as fait peur ! Je pose une main sur ma poitrine, réalisant la proximité de son visage, tout en m'efforçant de calmer les battements précipités de mon cœur.

Il sourit davantage, un air de défi dans son regard, ses yeux ne quittant pas les miens.

— Tu me manquais, princesse, murmure-t-il, comme une confession, mais en même temps, il y a cette pointe de jeu, cette touche de mystère qui me trouble.

Je le regarde un instant, ma tête pleine de questions. Pourquoi m'a-t-il ignorée toute la matinée ? Pourquoi ce silence ? J'essaie de cacher mon inquiétude, mais l'angoisse me ronge. Ce comportement me perturbe, me fait douter. Est-ce que quelque chose a changé ? Après tout ce qu'on a partagé pendant la semaine, je ne comprends pas pourquoi il semble aussi distant aujourd'hui.

Je prends une inspiration, nerveuse, et lève les yeux vers lui.

— Pourquoi m'as-tu ignorée toute la matinée ? Mon ton est plus faible que je ne l'aurais voulu, mais il porte toute la frustration et la confusion que je ressens. Qu'est-ce qui se passe, Nick ?

Il fronce les sourcils, comme si ma question le surprenait.

Il y a un instant de silence avant qu'il ne réponde, mais la réponse qu'il m'apporte est loin d'être claire.

— Je ne t'ai pas ignorée, dit-il, son regard fuyant légèrement. Mais je vois dans ses yeux que quelque chose ne va pas.

— C'est juste… compliqué.

Je me rapproche légèrement de lui, une pointe de colère dans la voix, l'impatience perçant derrière mes mots.

— Compliqué ? répète-je. Tu es sérieux ? On passe des jours à se voir, à se parler, à être ensemble, et tout d'un coup, tu deviens distant sans explication ? Je secoue la tête, sentant ma frustration monter. Tu as honte de moi, Nick ? De nous ? D'être vu en public avec moi ?

Mes mots s'échappent avant que je puisse les retenir, et je sens mon cœur se serrer dans ma poitrine. Je veux des réponses, mais je redoute la vérité.

Il me fixe longuement, un silence lourd entre nous, ses yeux brillants d'une lueur d'hésitation. Je vois qu'il veut dire quelque chose, mais il semble hésiter, pesant ses mots.

— Non, Ella, finit-il par dire, d'une voix presque inaudible. Ce n'est pas ça.

Je le scrute intensément, ne sachant pas quoi penser. Ses yeux, qui avant semblaient pleins de certitudes, sont maintenant troublés. Je le vois déglutir, une fraction de seconde, avant qu'il ne se tourne soudainement, un cri lointain résonnant dans le couloir.

L'entraîneur de Nick l'appelle, lui demandant de se préparer. Le match commence bientôt, et toute l'effervescence de l'équipe est palpable. Nick me jette un dernier regard, ses lèvres à peine ouvertes comme s'il voulait ajouter quelque chose. Il fait un pas en arrière, puis s'arrête.

— Ella, je… commence-t-il, mais ses mots sont suspendus dans l'air, inachevés.

Je le fixe, le cœur battant, un mélange de frustration et d'espoir. Mais il n'achève pas sa phrase. Et avant que je puisse réagir, il s'éloigne rapidement, rejoignant les vestiaires, laissant derrière lui une mer de questions sans réponses.

Je reste là, immobile, les doigts tremblants, me demandant ce qu'il voulait vraiment me dire. Est-ce que cette incertitude entre nous va durer ? Est-ce qu'il va finir par me donner des explications, ou vais-je rester avec ce doute, à essayer de comprendre ce qui se cache derrière ses silences et ses regards fuyants ?

Je le regarde s'éloigner, frustrée, mes émotions en feu. Cette scène entre nous, cette incompréhension, m'agace plus que je ne veuille bien l'admettre.

Mes pensées tourbillonnent, s'entrechoquent dans ma tête, mais une seule chose est claire : je suis en colère. En colère contre lui, contre moi, contre cette situation qui me fait me sentir aussi vulnérable et perdue.

Je saisis violemment mon calepin, mes mains tremblantes de frustration, et je regarde le dessin que j'avais commencé plus tôt. Mon crayon, mes gestes, tout était centré sur lui. Ses traits, son regard... Je m'étais laissée emporter dans un moment de douce nostalgie, espérant peut-être qu'il pourrait voir à travers mes yeux ce qu'il représentait pour moi. Mais tout ça, tout ce que j'avais créé pour lui, me semble soudainement dérisoire, comme une illusion fragile.

Sans réfléchir davantage, je déchire le dessin d'un coup sec. Le bruit du papier se déchirant résonne dans mes oreilles, amplifiant ma colère. Je jette les morceaux sur le sol, les laissant s'éparpiller autour de moi comme des éclats de tout ce que j'avais espéré, mais qui s'effondre devant moi. Ma poitrine se serre alors que je fixe les morceaux de papier. Pourquoi est-ce que je m'acharne à vouloir comprendre un garçon qui semble aussi indifférent à mes sentiments ?

Après notre confrontation je me retrouve là, assise dans les gradins, les yeux fixés sur le terrain, mais mon esprit erre ailleurs.

Autour de moi, l'excitation est palpable. Les supporters hurlent, les chants résonnent, les battements de mains se font écho, mais tout me semble distant, comme un écho lointain que je ne peux attraper. Mon cœur pèse lourd, comme une ancre qui m'empêche de respirer pleinement. Nick, de l'autre côté du terrain, semble tout aussi hors de son élément. Il rate des passes faciles, ses gestes sont tendus, ses mouvements hésitants. À chaque erreur, son entraîneur le réprimande sèchement, sa voix dure résonnant jusqu'à moi, pleine de frustration. Je le vois s'agacer, se refermer sur lui-même, comme si chaque mot prononcé par l'entraîneur le frappait plus fort qu'un coup.

À la pause, mes yeux cherchent automatiquement Nick. Quand son regard croise le mien, quelque chose se brise en moi. Un silence s'installe entre nous, une tension palpable. Je veux lui offrir un peu de réconfort, lui montrer que je suis là, mais je ne peux pas. Mon sourire est faible, mes lèvres figées dans un rictus maladroit. Je suis fatiguée de faire semblant, de cacher l'angoisse qui me ronge. Je le vois, il le sait. Il n'a pas besoin de mes fausses consolations. Je détourne le regard, me sentant vide, à côté de la scène, comme une spectatrice passive de ma propre vie.

Mais ce match, je le sais, est important. Il ne peut pas échouer, pas maintenant. Alors, malgré la lourdeur de mes pensées, je puise dans mes dernières réserves d'énergie et lui adresse un sourire, un sourire brisé, sincère mais dénué de toute force. Je n'ai pas le droit de lui montrer à quel point je suis perdue, à quel point cette distance entre nous me tue à petit feu.

Le coup de sifflet retentit, et la seconde mi-temps commence. Les encouragements des supporters montent en puissance, l'air se charge d'adrénaline. Je sens l'agitation dans les gradins, la frénésie collective, mais elle m'échappe. Mes yeux sont rivés sur lui, malgré tout. Et, petit à petit, je vois la transformation. Nick se reprend, retrouve sa concentration, sa détermination. Chaque geste devient plus précis, plus assuré. Il lutte, il se bat, il n'abandonne pas. C'est tout ce qu'il a, tout ce qu'il peut offrir, et ça suffit. Il est plus fort que ses erreurs, plus fort que l'incertitude.

Puis, dans un élan de pure puissance, Nick prend le ballon, filant à toute allure à travers la défense, fendant l'air comme une flèche. Je retiens mon souffle alors qu'il dépasse un, deux, trois joueurs.

Le chronomètre file, chaque seconde devient plus précieuse que la précédente. Et là, dans un dernier effort, il marque l'essai décisif, celui qui fait basculer le match.

L'arbitre siffle la fin du jeu, et le stade explose de joie. Les cris de victoire emplissent l'air, les applaudissements résonnent comme un tambour battant. C'est la gloire. Mais au lieu de courir vers ses coéquipiers, célébrant ce moment avec eux, Nick se dirige droit vers moi.

Je suis figée, choquée. Il retire son casque, son visage illuminé par un sourire que je n'ai jamais vu. Un sourire pur, sans aucune retenue, comme s'il était fier de quelque chose d'autre que de son propre exploit. Avant même que je puisse réagir, il est là, juste devant moi, et il m'embrasse.

Le monde autour de nous semble se suspendre. Les cris des supporters, les chants, tout devient flou. L'univers entier se rétrécit à cet instant précis, à sa bouche sur la mienne. Un baiser empli de cette euphorie sauvage, un baiser qui me prend au dépourvu. Les regards des spectateurs se tournent vers nous, certains surpris, d'autres visiblement curieux, et quelques-uns admiratifs. Nick, ce garçon distant, réservé, celui qui ne laisse jamais voir ses sentiments en public, vient de briser toutes ses règles. Et moi, je me sens à la fois exaltée et perdue dans ce geste effréné. Que signifie ce baiser ? Que signifie sa décision de me montrer ainsi au monde ?

Je ne sais pas. Je ne sais plus. Et pourtant, je n'arrive pas à détourner les yeux de lui.

Mais alors que je savoure ce moment exquis, une ombre se glisse sur ma joie. Mon regard se repose instinctivement sur le groupe de spectateurs en face de moi, et là, je l'aperçois.

Aaron. Son regard scrutateur me transperce comme une flèche, et je sens une boule se former dans mon ventre. Ses yeux, emplis d'une détermination froide, sont rivés sur moi, l'intention de vengeance se lisant clairement sur son visage. La peur m'envahit, me laissant sans voix, et je me recule instinctivement, me détachant de l'étreinte chaleureuse de Nick.

— Aaron ? Ma voix tremble, et le mot sort de mes lèvres comme une supplication. Comment m'a-t-il retrouvée ? L'angoisse m'étreint, et dans un coin reculé de mon esprit, je réalise que ce bonheur fragile est sur le point d'être piétiné par une réalité que je redoutais tant.

Chapitre 25

———————————◆———————————

Aaron m'interpelle, sa voix perçant l'agitation du stade à la fin du match. La foule se déverse dans les allées, bruyante, désordonnée, mais tout ce que j'entends, c'est son appel, un son aigu qui me foudroie sur place. Mon corps se fige un instant, mon cœur rate un battement, puis un autre.

La panique m'envahit comme une vague froide. Je fais mine de ne pas l'entendre, mais mes entrailles me hurlent de fuir, de disparaître dans cette mer humaine qui se disloque autour de moi.

Je me mets à avancer à toute vitesse, mon corps guidé par une impulsion frénétique. Le bruit des conversations, des pas, des éclats de voix se mêle dans ma tête, un vacarme assourdissant, mais je me concentre uniquement sur une chose : échapper à Aaron.

Chaque seconde passée à le savoir derrière moi me pèse, chaque bruit de ses pas semble se rapprocher. Je ne peux pas le laisser me rattraper, il faut que je me cache, que je disparaisse. Je me faufile entre les gens, mes mains effleurant les épaules, les bras des spectateurs, mais je n'arrive pas à m'échapper complètement. La peur me ronge, un serpent qui se tord et s'enroule autour de mon cœur.

Je jette un regard furtif par-dessus mon épaule, et là, mon estomac se serre : il est toujours là, son visage déterminé, se frayant un chemin à travers la foule, me suivant. L'angoisse est presque palpable, une brume glacée qui m'étouffe. Je dois m'éloigner de lui. Je dois fuir.

Puis, au détour d'un groupe de spectateurs, une silhouette se profile. Et cette silhouette, je la reconnais immédiatement. C'est Nick. La lumière autour de lui semble s'adoucir, comme si sa simple présence pouvait apaiser la tempête qui fait rage en moi. Je n'hésite même pas une seconde. Mes jambes se lancent d'elles-mêmes dans sa direction. Chaque pas résonne sur la terre, mes pieds frappant le sol avec une intensité que je ne savais pas posséder. Je cours, je cours comme si ma vie en dépendait. La foule autour de moi devient floue, floutée par la peur et l'urgence de m'échapper. Tout ce que je vois, c'est lui, tout ce que je veux, c'est qu'il me protège.

En un instant, j'atteins Nick. Sans réfléchir, je me jette dans ses bras, m'accrochant à lui comme si ma survie en dépendait. Son torse solide, son odeur, sa chaleur, tout en lui me donne un répit instantané.

Je ferme les yeux, un souffle lourd de soulagement m'échappant. Mais, malgré cette sensation de sécurité, les larmes me montent aux yeux, submergeant mon contrôle.

Elles coulent, sans prévenir, chaudes et amères.

— Qu'est-ce qui se passe, Ella ?! me demande-t-il, sa voix emplie de confusion et d'inquiétude.

Il me regarde, ses yeux pleins de questions non posées, son corps tendu, prêt à me protéger de ce qui m'effraie.

Je n'arrive pas à lui répondre tout de suite. Le simple fait de savoir qu'il est là me donne un peu de réconfort, mais la terreur qui me ronge encore est trop forte. Mes mains agrippent son T-shirt, et je sens mon souffle se couper.

— Aide-moi, Nick, je t'en supplie…

Je ne peux pas respirer correctement. Les mots se heurtent dans ma gorge, s'écrasant dans un souffle désespéré. Ma voix tremble, un mélange de peur et de soulagement. Ce n'est pas juste une crise passagère. C'est Aaron, sa menace, sa présence oppressante.

Il me serre davantage contre lui, ses bras me réconfortent d'une manière que je n'aurais jamais cru possible. Je me sens fragile, brisée par la peur, mais aussi infiniment en sécurité en étant avec lui. Et pourtant, la peur reste, prête à surgir de l'ombre à chaque instant.

— Je te ramène chez toi, Ella.

Sans hésitation, il m'attrape par le bras et me guide, comme si son énergie pouvait dissiper toute la mienne, comme s'il avait le pouvoir de m'emmener loin de cette menace qui me suit.

Son regard est déterminé, inébranlable, mais je le vois aussi inquiet. Il sent la fragilité dans mon corps, la peur dans mes gestes. Et je sais qu'il ne me lâchera pas tant que je ne serai pas en sécurité. Mais une nouvelle vague d'angoisse me traverse à l'idée de rentrer seule, de me retrouver face à mes peurs sans lui.

— Est-ce que je peux passer la nuit chez toi ? Ma voix est presque inaudible, tremblante.

C'est une question simple, mais elle révèle toute l'ampleur de ma vulnérabilité. J'ai besoin de lui ce soir, plus que jamais. Je n'ai nulle part où aller, nulle part où me cacher.

Il acquiesce immédiatement, sans la moindre hésitation, comme si c'était la chose la plus naturelle du monde.

Ses yeux brillent d'empathie, de cette bienveillance que je n'ai jamais su chercher mais que je trouve soudainement dans chaque mouvement, chaque geste qu'il fait. Il me prend par la main, et sans un mot, il m'entraîne à travers la foule. Nos pas se mêlent au brouhaha de la sortie, mais tout ce que je perçois, c'est lui et la promesse qu'il m'offre de me protéger, de m'emmener dans un lieu sûr, loin de tout ça.

Arrivés chez lui, le tumulte extérieur se dissipe immédiatement, emporté par la porte qui se ferme derrière nous. Un calme presque irréel prend place, brisant la cacophonie du match et du monde extérieur. Je ferme les yeux un instant, me laissant envelopper par la douceur de cette quiétude. Le stress accumulé tout au long de la journée semble se défaire, mais l'angoisse, elle, persiste encore un peu, juste sous la surface.

Je me dirige vers la chambre de Nick presque instinctivement, comme si ce lieu était un refuge. Une fois dedans, je me laisse tomber sur son lit, mes jambes tremblantes de fatigue, mes pensées en vrac. Le monde autour de moi devient flou, et je ferme les yeux, cherchant à apaiser mon esprit.

Nick entre quelques secondes après moi. Il reste silencieux un moment, ne posant aucune question, ne faisant aucun geste. Il sait que je suis épuisée, et que j'ai besoin de ce temps pour respirer.

Il s'assoit près de moi, assez proche pour que je ressente sa chaleur, mais sans me forcer à parler. Son regard se pose sur moi, attentif, comme s'il attendait que je sois prête à lui dire ce qui ne va pas.

Je ne sais pas si je suis prête, ni même si j'ai envie de lui parler. Je ne sais pas par où commencer.

Au bout de quelques minutes, il brise enfin le silence.

— Qu'est-ce qui s'est passé, Ella ? Sa voix est douce, mais l'inquiétude y est palpable.

Il semble sincèrement vouloir comprendre, mais il ne pousse pas davantage. Il ne m'accable pas de questions, ne me presse pas. Il attend, patient, le regard posé sur moi, comme s'il savait que le moment où je lui répondrais viendrait naturellement. Mais je ne dis rien. Pas tout de suite. Un poids s'est installé dans ma gorge, m'empêchant de trouver les mots. L'anxiété de la journée, l'angoisse de fuir Aaron, tout ça s'entremêle dans ma tête et je n'arrive pas à tout mettre en ordre pour le lui expliquer.

Il ne me force pas à répondre. Il attend simplement, une lueur de compréhension dans ses yeux. Mais quelque part, je sens qu'il aimerait que je lui dise tout, qu'il aimerait que je lui livre ce qui me ronge, ce que je garde enfoui au fond de moi. Mais pour l'instant, je n'en suis pas capable. Peut-être que je n'arriverai jamais à lui dire. Peut-être que certaines choses sont trop lourdes pour être partagées.

Je sens la pression de ses yeux sur moi, mais il ne brise pas le silence plus que nécessaire. Il attend. Il se contente de me regarder, de me laisser respirer dans la sécurité qu'il m'offre. Le temps passe, et je suis toujours là, silencieuse, le regard fixé devant moi. J'ignore combien de minutes s'écoulent avant que mes pensées ne se calment un peu, que la tempête dans ma tête se calme.

Il se couche doucement à mes côtés, sans un mot de plus. Sa présence suffit. Pas de questions insistantes. Pas de pression. Juste son corps proche du mien, son souffle apaisant. Et même si je n'ai pas répondu, même si j'ai gardé tout cela pour moi, j'ai l'impression que, d'une certaine manière, il comprend.

Peu à peu, mon corps se détend. L'épuisement me gagne, mes yeux se ferment lentement. Je me sens en sécurité dans ses bras.

Je me réveille lentement, mes paupières encore lourdes de sommeil, pour découvrir que Nick est déjà debout. Un léger sentiment de culpabilité m'envahit alors que je réalise qu'il est bien plus tard que je ne l'avais imaginé.

En vérifiant l'heure sur mon téléphone, une vague d'inquiétude me traverse : les cours ont déjà commencé. Il n'a pas dû oser me réveiller ce matin, préférant me laisser me reposer.

Au bout de quelques minutes, j'entends le bruit de la porte qui s'ouvre doucement. Nick entre dans la chambre, un plateau en équilibre dans ses mains, son sourire éclatant illuminant la pièce.

Il m'apporte le petit déjeuner au lit, des pancakes moelleux, des tranches de fruits frais et un café chaud. Cette délicate attention me touche profondément, et un sourire radieux illumine mon visage, lui intimant de me rejoindre. S'il n'avait pas su me briser de cette manière, j'aurais voulu rester emprisonnée dans cette bulle de douceur, loin des horreurs de mon passé.

Mais bientôt, je lis l'inquiétude dans ses yeux. Il se tient là, hésitant, comme s'il pesait chacun de ses mots. Je sais que ce qui s'est passé à la fin du match le tracasse, et il finit par se lancer, prenant courage à deux mains pour me questionner. Je dépose le plateau sur la table de chevet, le cœur lourd, alors que je réalise que je dois lui parler.

En m'asseyant sur le lit, je commence à lui raconter l'histoire d'Aaron, ce garçon qui a marqué ma vie d'une manière tellement douloureuse. J'essaie de rester succincte, de lui donner une compréhension globale de mes souffrances, sans plonger trop profondément dans les détails. Mais la douleur se ravive inévitablement avec les souvenirs. Je me revoie cette journée terrible où, dans ma chambre d'étudiante, Aaron m'a projetée violemment contre le mur. La sensation de l'impact brutal me revient, le bruit sourd résonne dans ma tête. Je ressens encore la douleur de ses coups, me laissant au sol, dans un mélange terrifiant de sang et de larmes, la vie s'échappant lentement de moi.

Quand je me suis enfin relevée, encore engourdie, j'ai eu tant de mal à franchir le seuil de ma porte. Mes pas étaient lourds de douleur, chaque mouvement me rappelant la violence qu'il m'avait infligée. Je me dirigeai vers la chambre en face, mais lorsque la porte s'est ouverte, je me suis écroulée, le monde autour de moi disparaissant dans un tourbillon de noir.

À mon réveil dans cet hôpital froid, j'ai compris que j'étais passée par un enfer avant ça. Deux jours dans le coma, mes côtes meurtris, une hémorragie interne, et je savais que je devais garder le silence. Je n'avais pas osé prévenir mes parents, convaincue qu'ils ne comprendraient pas et me jugeaient, préférant souffrir seule. J'ai dû surmonter cette épreuve dans la solitude, porter plainte contre Aaron tout en traînant le poids de ma honte, de ma peur, et d'une douleur qui semblait sans fin. La nuit, le sommeil me fuyait, remplacé par un terrorisant sentiment d'angoisse à l'idée qu'il revienne me chercher. Les cauchemars peuplaient mes nuits, me confrontant à son visage hanteur. Comment pouvait-il être encore libre après tout ce qu'il m'avait fait ?

Lorsque l'affaire a éclaté au grand jour, le lycée l'a renvoyé, ses amis l'ont abandonné, ses parents l'ont renié, et lui, plutôt que de se repentir, a juré de me tuer. J'ai donc fui, retournant chez mes parents avec une réticence immense, mais c'était ma seule chance de sécurité.

Aujourd'hui, les marques psychologiques de ce traumatisme demeurent, pesant comme une chaine autour de mon cou.

La peur m'accompagne encore, et l'affliction d'avoir aimé un homme qui m'a brisée me consume. Nick, quant à lui, est le seul à qui j'ai osé dévoiler une partie de cette histoire. Mes parents et Lexy n'ont jamais été au courant. J'étais si honteuse, persuadée que je méritais cette douleur. Aaron avait planté dans mon esprit cette idée que tout était de ma faute, un poison que j'ai porté en silence pendant des mois. Parler à Nick, même si c'était pénible, est un soulagement que je n'avais pas anticipé.

Mais alors qu'il laisse échapper sa colère en renversant la table de chevet, je me sens gagner par l'inquiétude. Le plateau s'écrase au sol, les morceaux de céramique se dispersant comme les fragments de ma vie passée. Je m'approche de lui pour le rassurer, pour lui faire comprendre que, malgré tout, je vais bien, que ce n'est plus qu'un souvenir lointain. Mais juste au moment où ma main s'approche de la sienne, il fait un geste brusque. Par réflexe, je me protège le visage, un geste ancré dans ma chair, une réaction conditionnée par la violence passée.

Nick, voyant ma réaction, se transforme alors en une tempête de rage, mais ce n'est pas seulement de la colère que je vois dans ses yeux : il y a une tristesse profonde, un désespoir accablant. Je ne l'ai jamais vu dans cet état, et cela me fait mal de savoir à quel point il est touché par mes blessures.

— Je suis tellement désolé, Ella, je ne voulais pas te faire peur, jamais je ne lèverais la main sur toi !

Je lui réponds de ma voix la plus douce, presque un murmure.

— Je sais que tu ne me feras jamais de mal, Nick.

Sa colère s'enfle à nouveau à la mention d'Aaron, entrecoupée de jurons et de promesses violentes.

— Putain, Ella, comment a-t-il pu te faire ça ? Comment a-t-il pu te faire du mal ? Je vais le tuer ! Je te jure qu'il va regretter tout ce qu'il t'a fait !

Je m'approche de lui, franchissant le fossé de sa rage. Je prends son visage entre mes mains, cherchant à ancrer nos regards, à lui transmettre la sérénité que je veux qu'il ressente.

— Je vais bien, Nick, tout va bien. Il n'a plus d'emprise sur moi.

Sous mes mots, je sens qu'il commence à se calmer, que la tempête intérieure qui le déchire se dissipe lentement.

— Je ne le laisserai plus jamais te toucher, Ella, je te le promets !

L'atmosphère dans la chambre s'apaise lentement alors que je sens Nick reprendre ses esprits. Je lui souris, non pas de façon courageuse, mais avec une vulnérabilité sincère qui semble glisser entre nous comme un fil fragile. Je lâche délicatement son visage, réalisant que chaque geste compte, que chaque mot partagé nous rapproche un peu plus de cette réalité que je tente désespérément de construire.

Nick s'assoit sur le bord du lit, et moi, je me blottis contre lui. J'apprécie la chaleur de son corps, un contraste apaisant aux souvenirs glacés de mon passé. Je dépose ma tête sur son épaule, profitant du réconfort qu'il m'offre sans même y penser. Ses bras m'entourent instinctivement, et je ferme les yeux, me laissant porter par cet instant de sérénité.

Nous restons silencieux un moment, profitant de cette paix fragile avant que la réalité ne vienne frapper à notre porte.

La radio grésille doucement dans la chambre. Une chanson commence, emplissant l'espace de sa mélodie reconnaissable. " Love and War. " Les premières notes glissent dans l'air, pesantes et pleines de mélancolie. Mon cœur se serre. Cette chanson… elle transporte quelque chose que je ne peux pas nommer, quelque chose d'écrasant et de réconfortant à la fois.

Nick, assis sur le bord du lit, reste immobile. Ses yeux sont fixés sur la radio, mais il est clairement ailleurs. Je vois ses épaules s'affaisser légèrement, comme s'il portait un poids invisible. Puis, sans prévenir, il se lève.

Il me regarde, son expression grave mais empreinte de douceur.

— Viens, murmure-t-il.

— Où ? je demande, hésitante.

— Danser.

— Danser ? Nick, non… c'est ridicule, je commence à protester, mais il m'interrompt d'un geste simple et calme. Il tend la main vers moi, ses yeux ancrés dans les miens.

— Juste une danse, Ella. Pas pour fuir. Pas pour oublier. Juste pour nous.

Sa voix, basse et rauque, me frappe directement au cœur. Je reste figée un instant, mais il attend, immobile, patient, sa main tendue vers moi. Lentement, presque contre ma volonté, je glisse ma main dans la sienne. Sa prise est ferme mais rassurante. Il m'aide à me lever, et avant que je ne comprenne ce qui se passe, il m'attire doucement contre lui.

Nick pose une main sur ma taille, sa chaleur traversant le tissu de mon t-shirt. Je pose la mienne sur son épaule, hésitante, presque tremblante. Nos corps s'ajustent maladroitement au début, puis la musique nous guide, lentement, avec douceur.

Les paroles commencent à résonner dans la pièce, et chaque mot s'infiltre dans mon esprit comme une vérité que je ne peux plus ignorer.

"Lover, hunter, friend and enemy."

Nick inspire profondément, et à ma grande surprise, il commence à fredonner. Sa voix est grave, légèrement tremblante, mais chaque mot semble porter une émotion brute, une douleur qu'il ne cache pas. Je ferme les yeux, me laissant porter par sa voix et par cette chanson qui semble parler directement de nous. Et puis, presque sans réfléchir, je commence à chanter avec lui.

"You will always be every one of these."

Ma voix est faible, hésitante, mais Nick me tient plus fermement, comme pour me dire qu'il est là, qu'il me soutient. Il continue de chanter, et je sens sa voix vibrer dans son torse, résonnant contre ma main posée sur son épaule.

"Lover, hunter, friend and enemy."

Alors que nous continuons à chanter ensemble, Nick ralentit le mouvement de la danse. Puis, soudain, il s'arrête et baisse légèrement la tête, jusqu'à ce que son front touche le mien. Nos voix s'éteignent doucement, remplacées par le simple son de nos respirations qui s'entrelacent.

Je ferme les yeux, mes paupières lourdes de larmes que je retiens à peine. Le contact de son front contre le mien est si intime, si sincère, qu'il semble parler plus fort que n'importe quel mot. Je sens sa respiration irrégulière, et ses doigts s'enfoncent légèrement dans ma taille, comme s'il craignait que je m'échappe.

— Ella… murmure-t-il, sa voix brisée.

— Je suis là, Nick, je réponds, ma voix à peine audible.

Il reste immobile, son front toujours pressé contre le mien. Ses yeux se ferment, et je sens une larme chaude tomber sur ma joue, mais ce n'est pas la mienne. Je relève légèrement la tête, et je le vois. Ses joues sont mouillées, et il ne cherche pas à cacher ses larmes. C'est la première fois que je vois Nick pleurer, et cela me brise autant que cela me répare.

" Nothing's fair in love and war," murmure-t-il, à peine un souffle.

Je continue la mélodie dans ma tête, incapable de chanter davantage. Nous restons ainsi, nos fronts pressés l'un contre l'autre, nos respirations s'accordant peu à peu. C'est un instant suspendu, un moment hors du temps où le monde extérieur semble ne plus exister. Je n'ai jamais ressenti une connexion aussi forte, aussi brute.

Quand la musique s'éteint enfin, le silence retombe dans la pièce, mais il est chargé de tout ce que nous venons de vivre. Nick recule légèrement, juste assez pour plonger son regard dans le mien. Ses mains remontent doucement pour encadrer mon visage, et il me fixe comme si j'étais la seule chose qui comptait à cet instant.

— Tu es ma raison, murmure-t-il.

Je sens mes larmes couler librement maintenant, mais je ne les cache pas. Je ne peux qu'hocher la tête, incapable de parler, incapable de répondre autrement que par le regard. Je me blottis contre lui, posant ma tête sur son épaule, et il resserre son étreinte.

Après notre danse, un silence doux s'installe. Nick me tient toujours près de lui, ses bras encore autour de ma taille. Mon souffle s'est calmé, mais une pointe d'inquiétude reste accrochée à mon esprit. Il me regarde intensément, comme s'il cherchait à percer quelque chose en moi que je ne suis pas prête à lui montrer.

Je prends une grande inspiration et murmure :

— Nick… Je dois y aller.

Il fronce les sourcils, me dévisageant.

— Où ça ? demande-t-il, comme s'il espérait que ma réponse soit tout sauf celle qu'il redoute.

— En cours, dis-je, en me détachant doucement de son étreinte.

— Non, réplique-t-il immédiatement, son ton sec trahissant sa nervosité.

— Nick, commence-je avec douceur. Je vais bien. Je dois juste… reprendre le contrôle de ma vie, d'accord ? Je ne peux pas rester enfermée dans la peur.

Il secoue la tête, croisant les bras, comme s'il essayait de contenir une vague d'émotions.

— Je ne te laisserai pas y aller seule. Pas aujourd'hui. Pas après ce matin.

— Je vais bien, je te le promets, insiste-je, tentant de garder ma voix calme et convaincante. Aaron n'est pas partout, et… il faut que je continue à avancer

Il fixe le sol, comme s'il cherchait une réponse qu'il ne veut pas me donner. Finalement, il soupire et relève les yeux vers moi.

— Je te raccompagne chez toi pour que tu te changes, dit-il fermement. Et je viens te chercher après les cours. Pas de discussion.

Je souris légèrement, sachant que c'est le mieux que je puisse obtenir de lui.

— D'accord.

Nick gare la voiture devant ma maison et coupe le moteur. Il ne fait aucun geste pour descendre, mais ses yeux scrutent attentivement les alentours. Je déboucle ma ceinture et attrape mon sac. Avant de sortir, il pose une main sur mon poignet.

— Promets-moi que tu m'appelles si quelque chose ne va pas. Tout de suite.

Je hoche la tête, touchée par son insistance, mais aussi un peu amusée.

— Promis, Nick. Je vais bien. Détends-toi.

Il me fixe un moment, comme s'il cherchait une faille dans mes mots, puis relâche doucement ma main. Je sors de la voiture, sentant son regard sur moi alors que je monte les marches de l'entrée. Une fois à l'intérieur, je m'appuie un instant contre la porte, laissant échapper un soupir. Sa protection est parfois étouffante, mais elle me réconforte d'une manière que je n'ose pas encore admettre.

Quand je sors du bâtiment, épuisée mais fière d'avoir traversé la journée, je le vois immédiatement. Nick est adossé à sa voiture, les bras croisés, ses lunettes de soleil cachant son regard. Mais je sais qu'il m'observe. Il a cette posture décontractée qui ne trompe pas : il attendait là depuis un moment.

Je m'approche, un sourire amusé aux lèvres.

— Tu as attendu longtemps ?

— Pas du tout, ment-il avec un petit sourire. Tu es prête ?

— Pour quoi ? demandé-je en fronçant les sourcils.

Il ouvre la portière passager, un sourire malicieux se dessinant sur son visage.

— Une sortie.

Je le regarde, méfiante mais curieuse.

— Nick, sérieusement, où est-ce qu'on va ?

— Fais-moi confiance, Ella. Monte.

Je roule des yeux, mais je finis par céder. Avec Nick, je sais que les surprises sont inévitables.

Nous roulons en silence, la musique de la radio en fond, et je commence à deviner notre destination lorsque l'air devient plus frais, plus salé. Puis je vois l'océan à l'horizon, scintillant sous la lumière du soleil déclinant.

Nick gare la voiture près d'un chemin de sable et descend en premier. Il contourne la voiture pour ouvrir ma portière, son sourire éclatant illuminant son visage.

— La plage ? demande-je, surprise.

— Oui, répond-il simplement. Tu avais besoin d'un moment pour souffler, alors… voilà.

Nous descendons jusqu'à la plage, nos pas ralentis par le sable. La mer s'étend à perte de vue, ses vagues venant lécher le rivage dans un rythme apaisant. Il n'y a presque personne, juste le bruit du vent et de l'eau

Nick s'arrête soudain et se tourne vers moi.

— Enlève tes chaussures.

— Pardon ? demande-je, interloquée.

— Allez, fais-moi confiance. Le sable est meilleur pieds nus, dit-il en retirant ses baskets et en roulant le bas de son jean.

Je ris doucement, secouant la tête, mais je le suis. Je sens immédiatement le sable frais sous mes pieds, et une sensation inattendue de liberté m'envahit.

Nous marchons près de l'eau, le silence entre nous confortable. Nick ramasse un morceau de bois flotté et le lance dans les vagues. Il me regarde avec un sourire joueur, et une idée traverse son esprit.

— Tu veux courir ? demande-t-il soudain.

Je le dévisage.

— Courir ? Nick, tu es fou.

— Peut-être, mais je parie que je peux te battre jusqu'à ces rochers là-bas, dit-il en pointant une formation rocheuse au loin.

Je ris malgré moi.

— Très bien. Mais si je gagne, tu m'achètes un chocolat chaud après.

— Ok, répond-il, déjà prêt à partir.

— À trois. Un… deux…

Et il s'élance avant même de dire « trois ».

— Hé ! crie-je, outrée, avant de me lancer à sa poursuite.

Le sable ralentit nos pas, mais je refuse de le laisser gagner aussi facilement. Le vent souffle contre mon visage, et malgré moi, je ris. Cette légèreté, cette course sans importance, c'est exactement ce dont j'avais besoin.

Nick est juste devant moi, mais je sens que je gagne du terrain. Je suis presque à sa hauteur quand soudain, il ralentit brusquement et s'effondre dans le sable avec un grognement.

— Merde ! s'écrie-t-il, sa main sur son genou.

Je m'arrête immédiatement, mon cœur battant à tout rompre.

— Nick ! Ça va ?! crie-je en me précipitant vers lui.

Il est allongé sur le côté, le visage crispé de douleur. Je m'accroupis rapidement à ses côtés, inquiète.

— Qu'est-ce qui s'est passé ? Tu t'es fait mal ? Ton genou ? demande-je, essoufflée.

Il grogne faiblement, évitant mon regard.

— Ouais… J'ai dû me tordre quelque chose.

Je fronce les sourcils, examinant son genou. Au moment où je m'approche, il attrape ma main et me tire doucement vers lui, un sourire naissant sur ses lèvres.

— Je t'ai eu, murmure-t-il, amusé.

Avant que je ne puisse réagir, je bascule en avant, tombant sur le sable à côté de lui. Un souffle surpris m'échappe, et je tourne la tête vers lui, incrédule.

— Nick ! siffle-je. Sérieusement ?!

Il éclate de rire, un rire léger et sincère qui brise la tension. Il se redresse légèrement, appuyé sur un coude, me regardant avec cet air espiègle qui lui est propre.

— Tu aurais dû voir ta tête, dit-il entre deux éclats de rire. Tu étais tellement inquiète.

— Tu es… impossible, dis-je, secouant la tête, mais incapable de retenir un sourire.

Je tente de me relever, mais il attrape ma main à nouveau, cette fois avec plus de douceur. Il m'attire doucement contre lui, nos visages proches, et son regard change. Son sourire s'adoucit, et il murmure :

— Désolé. Je voulais juste te faire rire. Ça faisait longtemps que je ne t'avais pas vue sourire comme ça.

Je reste figée un instant, touchée par la sincérité de ses mots. Puis je roule des yeux, essayant de briser la tension qui monte.

— Tu aurais pu choisir une méthode moins dramatique.

— Oui, mais où aurait été le fun ? réplique-t-il, son sourire revenant.

Je me redresse enfin, essuyant le sable de mes vêtements, tandis qu'il fait de même. Nous reprenons notre marche tranquillement, un silence confortable s'installant entre nous. Mais je sens quelque chose de différent. Plus léger. Plus facile.

Alors que le soleil commence à se coucher, je murmure doucement :

— Merci, Nick.

— Pour quoi ? demande-t-il, me jetant un coup d'œil.

— Pour ça. Pour… ce moment.

Il hoche la tête, son expression redevenant douce.

— Toujours, Ella.

Et nous continuons, côte à côte, avec le bruit des vagues en toile de
fond. Pour la première fois depuis longtemps, je sens que je peux respirer.

Nick s'arrête soudain et, sans dire un mot, s'assoit sur le sable, ses
genoux pliés et ses bras posés négligemment dessus. Je le regarde, un
peu surprise, avant de m'asseoir à côté de lui. Le sable est encore tiède
sous mes doigts, et un léger vent fait voler une mèche de mes cheveux
que je repousse distraitement.

— Tu t'es bien débrouillée, dit-il finalement, brisant le silence, son
ton amusé. Pour quelqu'un qui n'était pas censé aimer courir.

Je lui lance un regard exaspéré.

— C'est facile à dire quand on triche.

Il rit doucement, son rire grave et léger à la fois, et je ne peux m'empêcher de sourire aussi. Ce genre de moment avec Nick me désarme
toujours. Même quand il m'agace, il trouve une façon de rendre tout
plus… simple.

Nous restons un instant en silence, le regard perdu dans l'horizon devant nous, sans vraiment parler. C'est apaisant, ce genre de calme. Pas lourd, juste… confortable.

— Tu penses à quoi ? demande-je doucement.

Il hausse les épaules, toujours les yeux fixés devant lui.

— À toi.

Je cligne des yeux, prise au dépourvu par sa réponse directe.

— À moi ?

Il tourne légèrement la tête pour me regarder, et son expression n'a rien de taquin, cette fois. Elle est sincère, presque tendre.

— Oui. Je pense à toi et à ce que tu traverses. Et à quel point tu es plus forte que tu ne le crois.

Je baisse les yeux vers mes mains, mal à l'aise face à cette déclaration. Pas parce qu'elle me dérange, mais parce qu'elle touche un endroit en moi que je préfère éviter.

— Je ne sais pas si je suis si forte que ça, murmure-je.

Nick se tourne complètement vers moi, pliant une jambe pour s'asseoir plus confortablement.

— Tu es ici, Ella. Après tout ce qui t'est arrivé, tu es toujours là. Ça, c'est être forte.

Je lève les yeux vers lui, cherchant une trace de moquerie ou d'exagération, mais tout ce que je trouve, c'est cette honnêteté brute qui le caractérise. Je ne sais pas quoi dire, alors je me contente de hocher la tête, un faible sourire aux lèvres.

Après un moment, il se redresse et croise les bras derrière sa tête, fixant le ciel qui commence à changer de couleur.

— Tu sais ce que j'aime dans ce genre de moment ? demande-t-il soudain.

— Quoi ? dis-je, curieuse.

Il baisse légèrement les yeux vers moi, son sourire revenant doucement.

— Rien n'a besoin d'être compliqué. Pas besoin de parler. Juste… être là.

Je souris légèrement.

— Et te donner l'opportunité de tricher pendant une course ?

Il éclate de rire, un rire franc qui me fait oublier, ne serait-ce qu'un instant, tout ce qui pèse sur mes épaules.

— Toujours, dit-il en secouant la tête. Toujours.

Nous restons là un moment, à rire et à partager ce calme. Et même si le monde extérieur est toujours là, avec tout ce qu'il implique, je me sens étrangement en paix. Juste pour cet instant, rien d'autre ne compte.

Chapitre 26

———————— ✦ ————————

Les jours passent et plus de nouvelles d'Aaron, je suis rassurée. Nick est constamment avec moi, ne voulant pas me laisser seule, il est tellement attentionné et protecteur.

Je ne peux pas m'empêcher de le regarder, même s'il m'agace profondément. Il a ce sourire qui me fait fondre malgré moi, et ses yeux pétillants me captivent à chaque fois.

Chaque fois qu'il me parle, je sens mon cœur battre un peu plus fort. Ses paroles me touchent d'une manière que je ne saurais expliquer, et je me surprends à chercher des excuses pour prolonger nos conversations.

Je me rends compte que sa présence me manque quand il n'est pas là, et que je me surprends à espérer le voir à chaque instant.

Peu à peu, je me rends compte que mes sentiments envers lui ont changé et que ce n'est plus seulement du désir ou une envie de vengeance. Ce garçon que je détestais autrefois est devenu la source de mes pensées incessantes, de mes rêveries les plus folles. Je me surprends à désirer sa compagnie, à vouloir être près de lui, à chercher son regard.

Je ne peux plus nier l'évidence : je suis tombée amoureuse de Nick, le garçon que je déteste mais que je désire plus que tout. Et je ne sais pas comment gérer ces sentiments contradictoires, mais une chose est sûre : je suis prête à tout pour lui.

Nous passons le plus clair de notre temps ensemble.

A l'université, je fais maintenant partie de son cercle d'amis avec Lexy, ce qui déplait fortement à Noah et elle me le fait savoir, comme aujourd'hui.

— Tu n'as rien à faire ici à cette table. Tu n'es rien d'autre qu'une nouvelle proie pour Nick. Il se débarrassera de toi quand il en aura fini, me lance-t-elle, le regard noir comme une tempête imminente.

Mon cœur bat plus vite, partagé entre la colère et une peur sourde. Mais une voix intérieure me pousse à répliquer.

— Je suis bien plus pour lui que tu ne le seras jamais, lui rétorque-je, défiant son regard.

Noah, prise de rage, se jette sur moi, ses yeux brûlant d'une jalousie inextinguible.

Avant que je ne réalise pleinement ce qui se passe, Nick intervient, nous séparant d'un geste rapide, mais non sans que j'aie eu le temps de lui asséner un dernier coup de poing, telle une furie.

Je suis emportée par l'adrénaline, l'envie de défendre ma place dans la vie de Nick étant plus forte que le bon sens.

Nick me prend par la taille, sa prise ferme mais réconfortante, et m'éloigne tandis que Nathan s'occupe de Noah avec une fermeté similaire, l'éloignant de nous.

— Qu'est-ce qui te prend Noah ! l'interroge Nick d'un ton qui laisse peu de place au débat.

Noah, toujours aussi indignée, rétorque :

— Cette poufiasse méritait une correction !

Ses mots sont comme des épines, mais je ressens plutôt de la pitié que de la colère à son égard. Je ne l'ai jamais vue aussi désespérée.

— Tu as été trop loin, Noah ! Je ne veux plus te voir et ne t'avise plus de venir chez moi sans permission, ajoute-t-il, la voix glaciale, tranchante comme du cristal.

Elle me lance un dernier regard noir, plein de haine et de promesses de représailles, avant de quitter la pièce, sa silhouette se découpant sur le seuil comme un orage qui s'éloigne, mais dont les éclairs continuent d'illuminer le ciel.

— Tu me le paieras, Ella Davis, murmure-t-elle avant de disparaître, sa voix résonnant comme une menace.

Je reste là, tremblante, avec une mélancolie naissante dans le ventre.

Nick s'approche de moi, l'adrénaline s'atténuant lentement, remplacée par une tension insidieuse. Je sens encore le battement rapide de mon cœur, résonnant dans le silence lourd qui suit la tempête.

— Nick, je… balbutie-je, cherchant les mots justes alors que mes pensées s'embrouillent.

Son regard, chargé de tension, me rappelle que tout ne peut pas se résoudre par de simples mots. La proximité de son corps, l'odeur musquée de sa peau, tout en lui semble m'attirer irrésistiblement. Je sens mon cœur s'emballer à mesure qu'il se rapproche.

— Tu ne dois pas t'inquiéter pour Noah, dit-il doucement, mais avec une intensité qui me coupe le souffle. Je te protège. Elle ne te fera pas de mal tant que je suis là.

Sa promesse résonne en moi comme un baume apaisant, mais une part de moi hésite à laisser mes défenses tomber.

Je suis trop consciente des dangers potentiels qui se cachent derrière les belles promesses. Que se passe-t-il si cette tension entre nous, ce jeu de désirs et de haine, finit par se retourner contre moi ?

— Et si c'était moi qui te nuisais ? réponde-je, ma voix presque un murmure, brisée par l'incertitude.

Il fronce les sourcils, visiblement perplexe par ma question.

— Qu'est-ce que tu veux dire ?

Je souffle un léger rire amer. Comment pourrait-il comprendre ?

— Je veux dire que... tout ça est compliqué, Nick. Je ne suis pas une fille comme les autres.

À ces mots, il s'approche un peu plus, la lueur de ses yeux ne me quittant pas.

— Crois-moi, tu es quelqu'un de forte. Je suis fasciné par ta détermination, ta manière de défendre ce en quoi tu crois.

Je ne veux pas jouer avec toi, Ella. Je veux connaître toute l'ampleur de ce que nous sommes en train de devenir.

Ses mots, chargés d'une promesse de sincérité, mettent un coup de pied à mes appréhensions.

— Nick... je ne veux pas que tu sois déçu.

Il éclate d'un rire chaud, une sonorité qui parvient à se frayer un chemin au milieu de ma tempête émotionnelle.

— Je ne suis pas celui qui pourrait être déçu ici. Nous avons tous deux nos cicatrices. Peut-être que nous avons tous les deux besoins de quelqu'un pour les panser.

La journée s'étire lentement, et malgré mes efforts pour me concentrer, mes pensées restent hantées par les événements avec Noah.

Nick ne me quitte pas d'une semelle, veillant sur moi comme s'il craignait que je disparaisse à la première occasion.

Quand la dernière cloche retentit, marquant la fin des cours, il est déjà là, m'attendant à la sortie. Adossé contre un mur, les bras croisés, il a l'air détendu en surface, mais je vois bien que quelque chose le préoccupe.

— Prête ? demande-t-il en me voyant arriver.

Je hoche la tête, un peu hésitante.

— Prête.

Le trajet se fait dans un silence pesant. Nick garde les yeux fixés sur la route, ses doigts tapotant nerveusement le volant. De mon côté, je fixe le paysage qui défile à travers la fenêtre, mais mon esprit est ailleurs.

— Tu veux en parler ? finit-il par demander, brisant le silence.

Je tourne la tête vers lui, surprise.

— De quoi ?

— De Noah. De ce qu'elle a dit.

Je pousse un soupir, secouant la tête.

— Je n'ai rien à dire. Elle pense que je ne suis qu'une passade pour toi. Peut-être qu'elle a raison, après tout.

Il freine brusquement, et je me retrouve projetée en avant, avant que ma ceinture ne me ramène contre mon siège.

— Mais qu'est-ce que tu fais ? proteste-je, paniquée.

Il arrête la voiture sur le bas-côté et se tourne vers moi, son regard brûlant planté dans le mien.

— Elle a tort, Ella. Complètement tort. Et toi aussi, si tu penses ça.

Ses mots me frappent de plein fouet, me laissant sans voix. Il reste là, à me fixer avec cette intensité troublante, et je sens mon cœur s'emballer.

— Pourquoi ? murmure-je, ma voix à peine audible.

— Pourquoi quoi ?

— Pourquoi tu fais ça ? Pourquoi tu te soucies autant de moi ?

Il esquisse un sourire, mais il est chargé d'une émotion que je ne parviens pas à définir.

— Parce que tu comptes pour moi, Ella. Et je ne laisserai personne te faire croire le contraire.

Je détourne le regard, sentant mes joues s'embraser. Je ne sais pas quoi répondre. Tout en moi hurle que je devrais me méfier, que je ne devrais pas le laisser s'approcher autant. Mais une autre partie, plus profonde, plus irrépressible, me pousse à baisser mes défenses.

Il redémarre sans un mot, et nous continuons le trajet jusqu'à chez lui.

Quand nous arrivons, la maison est plongée dans un calme absolu. Il ouvre la porte et me laisse entrer en premier.

— Mes parents ne sont pas là. On est tranquilles, lance-t-il en posant ses clés sur la table de l'entrée.

Je m'avance dans le salon, mal à l'aise, mes pensées encore brouillées par notre conversation. Je sens sa présence derrière moi, forte, envahissante, et mon cœur bat plus vite.

— Tu es tendue, remarque-t-il.

Je me retourne vers lui, croisant mes bras contre ma poitrine.

— Tu crois ? dis-je, sarcastique.

Il esquisse un sourire amusé, mais ses yeux restent fixés sur moi, comme s'il cherchait à lire mes pensées.

— Tu es sexy quand tu te bats, lâche-t-il soudain, un éclat malicieux dans le regard.

Je lève les yeux au ciel, mais je sens mes joues rougir malgré moi.

— Très drôle, Nick.

— Je suis sérieux, Ella. Tu as cette fougue… cette passion. C'est captivant.

Il s'approche de moi, lentement, et je sens l'atmosphère changer. L'air entre nous devient plus lourd, chargé d'une tension électrique. Je recule instinctivement, jusqu'à ce que mes jambes heurtent le bord du canapé.

— Nick…

— Quoi ? demande-t-il, sa voix grave, presque un murmure.

Je n'ai pas le temps de réfléchir. Mon corps bouge avant que mon esprit ne puisse intervenir. Je fais un pas en avant, comblant l'espace entre nous, et mes lèvres trouvent les siennes.

C'est brutal, urgent, presque désespéré. Je sens ses bras se refermer autour de ma taille, m'attirant contre lui avec une force qui me coupe le souffle. Mes mains glissent sur son torse, agrippant son t-shirt comme si je craignais qu'il me glisse entre les doigts.

Il répond avec la même intensité, ses doigts se perdant dans mes cheveux, ses lèvres traçant une ligne brûlante le long de ma mâchoire. Mon cœur bat à tout rompre, et je me perds dans la chaleur de son corps, dans le tourbillon de sensations qui m'envahit.

Mes lèvres glissent le long de son cou, sentant sa peau brûlante sous mes baisers. Nick bascule légèrement en arrière, ses mains caressant mes hanches, m'attirant plus près de lui. Le désir qui bouillonne entre nous devient presque insupportable, comme un feu qui menace de nous consumer.

Je déboutonne son pantalon, mes doigts tremblants d'impatience et d'adrénaline. Nick, les yeux mi-clos, laisse échapper un souffle rauque, ses mains glissant sous mon haut. Je sens chaque contact comme une décharge électrique, chaque mouvement comme une invitation à aller plus loin.

— Ella... murmure-t-il, sa voix rauque et envoûtante.

Mais à cet instant précis, le bruit sec de la porte d'entrée qui s'ouvre résonne dans la maison.

— Pas maintenant... souffle-t-il, passant une main dans ses cheveux en bataille.

Je me fige, mes mains toujours posées sur son pantalon, tandis que Nick grogne.

Et avant que je ne puisse me ressaisir, Tim apparait dans l'encadrement de la porte.

— Oh, ne soyez pas gênés, les jeunes, nous avons fait des folies nous aussi, avec Héléna, étant plus jeunes, a-t-il lancé en ricanant, une lueur malicieuse dans les yeux.

Un sourire nerveux traverse mes lèvres, et je me mets à imaginer son père et Héléna, jeunes et épris d'une passion insouciante. C'est une image amusante, mais la gêne me prend à la gorge.

Nick, visiblement mal à l'aise, se penche rapidement pour ramasser son t-shirt, sa mâchoire serrée, trahissant son embarrassement à ce moment inattendu.

— Vous êtes déjà rentrés ? Vous ne deviez pas revenir demain ? demande-t-il avec une tonalité surprise, le regard fuyant.

— Effectivement, nous avons avancé notre retour, mais il semblerait que nous t'ayons surpris dans un moment… particulier, répond son père avec un sourire amusé.

Héléna, franche et enjouée comme toujours, perçoit immédiatement la tension dans l'air et, avec un sourire lumineux, vient briser le malaise ambiant. Elle s'avance vers moi, pleine d'énergie, et je n'ai pas le temps de réagir qu'elle me prend déjà par le bras.

— Ella, je suis tellement heureuse de te revoir ! s'écrie-t-elle, ses yeux brillants de joie, en me guidant vers le canapé d'un geste vif.

D'un mouvement fluide, elle fouille dans son sac en toile et en sort une grande boîte, décorée de papier brillant, éclatant sous les lumières tamisées du salon. Le simple fait de la voir si enthousiaste me fait sourire, et je sens une vague d'excitation m'envahir, bien que je ne sache pas encore ce qu'il y a à l'intérieur.

— Quand je l'ai vue, j'ai su qu'elle était faite pour toi, me confie-t-elle, le regard pétillant d'anticipation.

Je la regarde, intriguée, alors qu'elle dépose la boîte devant moi avec soin. Il y a quelque chose de particulier dans son sourire, une confiance pleine de plaisir à l'idée de me surprendre.

— Allez, ouvre-la ! m'encourage-t-elle, impatiente, comme une enfant qui attend la réaction de quelqu'un face à un cadeau parfait.

Mes mains tremblent légèrement alors que je déchire doucement le papier brillant, un frisson d'impatience m'envahissant. Une fois le papier enlevé, mes yeux se posent sur l'objet soigneusement plié à l'intérieur. C'est une robe, d'un rouge éclatant, sa texture riche et luxueuse capturant instantanément la lumière. Un éclat mystérieux semble émaner d'elle, comme si la robe elle-même avait une aura. Elle est somptueuse, plus belle que tout ce que j'aurais pu imaginer.

Je reste un instant figé, sans voix, émerveillée par la perfection de la robe. Elle semble incarner l'élégance pure, l'exquise délicatesse d'un rêve devenu réalité.

— Elle est… magnifique, Héléna. Je n'ai jamais rien vu de pareil. Elle… elle brille presque, murmure-je, la voix brisée par l'émotion.

Héléna éclate d'un rire léger, ravie de ma réaction.

— Ça me fait tellement plaisir que tu l'aimes ! Tu seras absolument sublime dedans, je te le promets, répond-elle, son sourire s'élargissant encore.

Elle semble être dans son élément, heureuse de pouvoir partager ce moment avec moi.

— Tu pourrais la porter lors de la soirée de bienfaisance que nous organisons chaque année, ajoute-t-elle d'un air complice, ses yeux brillants d'une excitation palpable. C'est l'occasion idéale.

Je la regarde, touchée, submergée par un sentiment de gratitude profonde. En un instant, je me sens un peu comme une étrangère dans ce monde de luxe et de raffinement, mais en même temps, une chaleur douce m'envahit, me rappelant à quel point j'ai eu de la chance de croiser leur chemin. Cette famille m'a accueillie sans jugement, sans arrière-pensée, et m'a fait sentir à ma place, comme si, malgré toutes les différences sociales, l'affection sincère et l'amitié se bâtissaient sur des bases solides.

— Merci mille fois, Héléna, dis-je en la prenant dans mes bras, la voix pleine de reconnaissance. Ce cadeau, il est… il est parfait.

Je me sens tellement privilégiée de recevoir quelque chose d'aussi magnifique.

Elle me serre dans ses bras avec une chaleur touchante.

— Tu es plus que digne de ce cadeau, Ella. Cette robe te correspond parfaitement. Tu fais partie de cette famille, et on est heureux que tu sois là.

Chapitre 27

────────────── ✦ ──────────────

Plus tard dans la soirée, la nuit est tombée. Les lumières colorées de la fête foraine scintillent dans l'obscurité, créant une ambiance mystérieuse et envoûtante. Je me sens excitée à l'idée de me rendre à cet événement annuel avec Nick.

Nous marchons main dans la main, absorbés par l'atmosphère festive qui règne autour de nous. Les odeurs de barbe à papa et de popcorn flottent dans l'air, nous faisant saliver d'avance. Les manèges tournoient dans un mouvement incessant, lançant des éclats de rires et de cris dans la nuit.

Nick me prend la main et m'entraîne vers le premier manège à sensation. Mes yeux pétillent d'excitation et de peur mêlées. La nuit est fraîche mais je me sens brûler de désir en sentant ses doigts entrelacés aux miens. Nous nous installons dans le wagon, serrés l'un contre l'autre. Le manège démarre et nous voilà propulsés dans les airs, tournoyant à toute vitesse.

Le vent fouette nos visages, nos cheveux volent dans tous les sens. Je crispe ma main sur la sienne, ressentant à la fois l'adrénaline et une vague de vertige. Nick se penche vers moi, son regard sombre transperçant le mien. Il me susurre des mots à l'oreille, des mots doux et brûlants qui me font frissonner.

Le manège s'arrête enfin et nous descendons, encore troublés par l'effet de cette attraction. Mais Nick ne semble pas vouloir s'arrêter là. Il me tire vers un autre manège, encore plus vertigineux, encore plus effrayant. Je le suis, transportée par cet élan de passion dévorante.

Nous montons à bord, le manège démarre et je sens mon cœur battre la chamade. Nous sommes propulsés dans des loopings vertigineux, dans des vrilles effrayantes. Je hurle, riant et pleurant en même temps. Nick me regarde, ses yeux étincelant d'intensité.

Je me sens vibrer à son contact, vibrer de peur et d'excitation. La nuit s'étire et je sens que ce moment restera à jamais gravé dans ma mémoire.

Nous descendons enfin du manège, les jambes tremblantes mais les sourires complices.

Nous nous dirigeons vers le photomaton, curieux de voir ce qu'il a à nous offrir. Nous entrons dans la cabine étroite, nos cœurs battant la chamade. Je sens une bouffée d'excitation monter en moi alors que les flashs explosent, capturant nos sourires complices et nos regards amoureux.

Après avoir récupéré nos photos nous les regardons avec amusement, riant des grimaces que nous avons involontairement faites.

Après avoir récupéré nos photos, nous décidons de continuer notre exploration de la fête foraine. Nous passons devant les stands de jeux où des gens s'amusent à essayer de gagner des peluches géantes ou des prix mystérieux.

Soudain, quelque chose attire mon attention. Une mystérieuse voyante invite les passants à entrer dans sa tente pour découvrir leur destin. Intriguée, je propose à Nick d'essayer. Il hoche la tête, un sourire amusé aux lèvres.

Nous entrons dans la tente sombre, sentant une atmosphère chargée d'énergie mystique. La voyante, une femme aux yeux perçants et à la voix douce, nous accueille et nous invite à tirer une carte du tarot. Nick et moi échangeons un regard complice avant de choisir chacun une carte. La voyante examine attentivement nos cartes, son visage impassible. Puis, elle lève les yeux et nous regarde intensément.

— Votre destin est lié, mais vous devrez surmonter des épreuves pour rester ensemble. Méfiez-vous des apparences et écoutez votre cœur, déclare-t-elle d'une voix grave.

Nous tirons chacun une deuxième carte, la voyante reste muette quelques secondes avant d'ajouter :

— Le passé va refaire surface, et une fin tragique sera inévitable.

Nous échangeons un regard perplexe, sentant une étrange tension dans l'air. Avant que nous ayons le temps de poser des questions, la voyante nous tend un petit sac contenant des cristaux et nous invite à partir.

Nous sortons de la tente, nos esprits tourbillonnants de questions. Sans un mot, nous continuons notre exploration de la fête foraine, nos mains toujours liées, prêts à affronter notre destin ensemble.

Nick me prend par la main et me guide vers la grande roue. Nous montons à bord, nous installant dans l'une des nacelles suspendues au-dessus de la ville endormie. Alors que nous commençons à monter lentement, Nick passe son bras autour de mes épaules, me rapprochant de lui.

Le vent souffle doucement dans nos cheveux, nos yeux fixés sur le panorama qui s'étend à perte de vue. Je sens Nick se rapprocher de moi, son souffle chaud caressant ma peau. Nos lèvres se frôlent dans un baiser tendre et passionné. Notre amour s'intensifiant au fur et à mesure que la grande roue nous emmène plus haut dans le ciel étoilé.

Une fois redescendus sur terre, nous flânons dans les allées sombres de la fête foraine, nos mains toujours entrelacées. Je sens une con-nexion profonde se former entre nous, une attirance magnétique qui nous pousse l'un vers l'autre. Nick me regarde avec intensité, ses yeux sombres reflétant sa passion pour moi.

Alors que la nuit avance, nous trouvons un endroit tranquille à l'écart de la foule. Nick me prend dans ses bras, m'embrassant avec ardeur et désir. Je me sens emportée par la passion qui brûle entre nous, nos corps se mouvant ensemble dans une danse sensuelle et envoûtante.

Nous savons que notre amour est inattendu, que nos chemins ne sont pas destinés à se croiser. Mais dans cet instant précieux, rien d'autre ne compte que notre lien indéniable.

Nous décidons de rentrer plus complices que jamais.

Je passe encore la nuit chez Nick. Cela fait des jours que je n'ai pas mis les pieds chez moi.

Je suis réveillée par un bruit sourd. Une vibration légère, presque imperceptible, provenant du garage. Curieuse, je descends. L'odeur familière d'essence m'enveloppe dès que j'ouvre la porte. Là, sous une lumière vacillante, se trouve Nick. Penché sur une voiture que je n'ai jamais vue, il travaille, concentré, comme si rien d'autre n'existait.

Sa silhouette est magnétique. Ses bras, tendus par l'effort, glissent sur le métal comme s'il le domptait. La lumière joue sur les gouttes de sueur qui perlent sur sa peau, accentuant chaque courbe, chaque muscle. Je reste immobile, fascinée.

Il relève enfin la tête, et son regard croise le mien. Son sourire s'étire lentement, un mélange de défi et de quelque chose de plus sombre, plus profond.

— Tu ne dors pas ? demande-t-il, sa voix rauque brisant le silence.

Je secoue la tête, incapable de parler. Il essuie ses mains pleines d'huile sur un chiffon, ses yeux fixés sur moi, perçant.

— Approche, Ella, murmure-t-il.

Je m'avance, hésitante, comme attirée par une force invisible. Il tend la main, ses doigts effleurant les miens. Le contact, simple mais chargé d'électricité, me fait frissonner.

— Je vais te montrer quelque chose, dit-il, son souffle chaud contre ma peau.

Il me guide jusqu'au moteur ouvert. Ses mains saisissent les miennes, les plaçant sur des pièces que je ne reconnais pas. Ses doigts, rugueux mais précis, tracent des mouvements sur les miens.

— Sens ça, continue-t-il, sa voix plus basse, presque un murmure. C'est là que tout commence. Le cœur de la bête.

Sa proximité me trouble. L'odeur d'essence, mêlée à celle de sa peau, est enivrante. Ses mains restent sur les miennes, et chaque mot qu'il prononce semble vibrer dans l'air, dans mon corps.

Je tourne légèrement la tête, et nos regards se croisent. Son visage est à quelques centimètres du mien. Je peux sentir son souffle, chaud, irrégulier. Pendant un instant, le monde entier disparaît.

Puis, brusquement, il se recule, rompant la tension, mais son sourire en coin me trouble encore davantage.

— Viens, dit-il simplement.

Il se dirige vers la voiture et ouvre la portière côté passager.

— Monte.

— Pourquoi ? demande-je, mon cœur battant plus vite.

Il sourit, ce sourire à la fois provocateur et irrésistible.

— Ce soir, c'est toi qui conduis, me dit-il avec un grand sourire qui dévoile ses dents blanches.

Je m'installe dans cette magnifique voiture, un véritable chef-d'œuvre de design et de puissance. Les sièges en cuir noir sont élégants et épousent parfaitement la forme de mon corps.

Je règle le siège, m'assurant que je suis à l'aise, puis ajuste le rétro-viseur intérieur. Je sens une montée d'adrénaline, c'est parti !

Nick me guide à travers les ruelles faiblement éclairées de la ville. La nuit semble vivante autour de nous, les lumières scintillantes des néons ajoutant une touche de mystère à notre aventure.

— Ce soir, tu vas me montrer de quoi tu es capable.

Son ton est sérieux, presque provocateur, et je suis intriguée par ses mots.

— Comment ça ?

— Nous arrivons, prends la première à droite.

Je reconnais cette route. Mon cœur fait un bond en me remémorant notre dernière escapade ici. Nous arrivons à la fameuse piste de course illégale.

— Tu concours ce soir ? lui demande-je, étonnée, la nervosité palpable dans ma voix.

— Non, pas ce soir, me dit-il en me regardant droit dans les yeux,
plongeant son regard dans le mien avec une intensité qui me
fait frissonner.

L'énigme s'éclaircit alors. Ce soir, c'est moi qui ai le volant, et je
sens un mélange d'excitation et de peur étreindre mon cœur. Nick me
confie sa voiture, un acte de confiance qui me réchauffe le cœur tout
en accentuant mes craintes.

— Tu te sens prête, Ella ? me demande-t-il, ses yeux plantés dans
les miens, cherchant une once d'hésitation.

— Plus que jamais, lui dis-je, mes mains se crispant sur le volant,
mes yeux fixés sur la ligne de départ lumineuse, comme si
c'était la seule chose qui comptait.

Je me dirige vers celle-ci, la part la plus intense de la nuit qui approche. Nick reste à mes côtés sur le siège passager, la tension palpable
entre nous, l'odeur de l'essence et du cuir se mêlant dans l'habitacle.
Je peux sentir son regard sur moi, une évaluation silencieuse, tandis
que l'adrénaline monte en flèche.

— Prends une profonde inspiration, me murmure-t-il, et con-
centre-toi.

Je suis déterminée. Je vérifie une dernière fois les rétroviseurs,
ajuste mes mains sur le volant, et relâche lentement ma respiration.

La course n'attend pas, et sous les étoiles brillantes, je suis prête à retrouver le frisson de la vitesse.

Le coup de feu retentit, les pneus crissent sur la terre battue, je maîtrise l'embrayage et l'accélérateur, enclenche les vitesses sous le regard surpris et fier de Nick.

Il dépose sa main sur ma cuisse, mais cela ne me déconcentre pas. Je suis à fond dans ma course. J'arrive sur le dernier virage à 90°, je ralenti et une fois sorti du virage, j'accélère, devançant tous mes concurrents. Nick presse un peu plus sa main sur ma cuisse, ce virage lui a fait de l'effet.

Je vois au loin la ligne d'arrivée, je regarde Nick, il me caresse l'intérieur de la cuisse avec désir.

— Tu peux le faire Ella !

Je franchis la ligne.

— J'ai gagné Nick ! Je l'ai fait ! lui dis-je toute excitée.

Je sors de la voiture, Nick se dirige vers moi.

— Tu m'étonneras toujours Ella Davis. Me murmure-t-il à l'oreille.

La douceur du moment est rapidement brisée. Un des autres pilotes, visiblement vexé, s'avance vers moi. Son regard est chargé de mépris, et sa posture dégage une arrogance insupportable.

— La place d'une femme, c'est dans une cuisine ou dans mon lit, pas sur une ligne de départ, balance-t-il, sa voix traînante pleine de venin.

Je le fixe, stupéfaite par son audace, mais la surprise laisse rapidement place à une colère froide.

— La preuve que non, je t'ai dépassé ce soir. C'est ça qui te dérange ? Une femme t'a humilié devant tout le monde ? lance-je, ma voix volontairement glaciale.

Son visage se crispe, et je vois la colère monter en lui. Il fait un pas de plus, réduisant la distance entre nous. Mais avant qu'il ne puisse aller plus loin, Nick surgit.

Il s'interpose sans un mot, ses épaules larges me masquant entièrement. Sa présence seule est une menace.

— Tu veux répéter ça ? demande Nick d'une voix basse, presque un grondement.

L'homme recule légèrement, mais refuse de perdre la face.

— Ta copine devrait savoir tenir sa langue. Elle n'a rien à faire ici. Elle n'est pas légitime, grogne-t-il.

Nick hausse un sourcil, un sourire dangereux étirant lentement ses lèvres.

— Elle t'a battu. Elle est bien plus légitime que toi. Alors pourquoi tu ne rentres pas chez toi, avant que tu ne te ridiculises davantage ?

Le pilote s'agite, bouillonnant, mais l'intensité du regard de Nick suffit à le faire hésiter.

— Je n'ai pas peur de toi, finit-il par dire, tentant de sauver ce qu'il reste de son ego.

Nick s'avance d'un pas, sa voix tombante encore plus bas, presque un murmure.

— Alors essaie. Mais je te garantis que tu regretteras.

Un silence tendu s'installe. L'homme finit par tourner les talons, marmonnant quelque chose d'incompréhensible avant de disparaître dans la foule.

Nick se retourne vers moi, et je vois dans ses yeux une lueur dangereuse qui ne s'est pas encore éteinte.

— Tu vas bien ? demande-t-il doucement, son ton contrastant avec la froideur qu'il avait quelques instants plus tôt.

Je hoche la tête, mais mon cœur bat à tout rompre.

— Merci, murmure-je.

Il passe une main sur mon bras, son geste protecteur et rassurant.

— Avec plaisir. Mais la prochaine fois, on mettra deux raclées : une sur la piste et une en dehors, dit-il avec un sourire en coin.

Un éclat de rire m'échappe malgré moi.

Pour détendre l'atmosphère, je l'entraîne vers le bar improvisé où les pilotes se rassemblent. Les conversations reprennent autour de nous, mais je sens constamment le regard de Nick sur moi. Chaque fois que quelqu'un s'approche un peu trop près ou me parle avec trop d'enthousiasme, il se rapproche, son corps frôlant le mien, son message clair : elle est avec moi.

Il finit par m'enlacer doucement, son souffle effleurant ma peau.

— Tu veux rentrer ? me murmure-t-il à l'oreille, sa voix douce mais chargée de sous-entendus.

Je sens mon cœur s'emballer, mais une pointe de curiosité m'envahit. Je m'éloigne un peu, le regardant dans les yeux, défiant presque son désir sans le dire.

— Pourquoi es-tu si pressé, Nick ? demande-je, ma voix basse, un sourire en coin, comme si je l'examinais sous un autre angle.

Il fronce les sourcils, un éclat de désir traversant son regard. Il se rapproche de moi d'un pas, sans répondre tout de suite. Il m'observe intensément, ses lèvres se frôlant presque des miennes, et sa réponse me fait frissonner.

— Parce que je meurs d'envie de t'emmener, Ella. De te faire l'amour. Maintenant.

Sa voix est un mélange d'urgence et de désir, chaque mot chargé de promesses brûlantes. La tension dans l'air entre nous s'intensifie, et je me sens prise dans ce tourbillon de désir incontrôlable. Ses mots résonnent dans ma tête et dans tout mon corps, électrisant chaque fibre de mon être.

Nous nous installons dans sa voiture, et après avoir attaché ma ceinture, je l'embrasse langoureusement, ma passion pour lui brûlant comme une flamme vive. Une bouffée de joie m'envahit, je suis tellement heureuse à ses côtés. Ce sentiment est étrange, presque déroutant, surtout lorsque je pense à toutes les fois où je le détestais, à toutes les haines silencieuses que j'ai ressenties. Mais maintenant, il est l'un des seuls avec Lexy à me comprendre vraiment, à me soutenir sans jamais me juger.

Nous roulons tranquillement après ma victoire éclatante sur la piste de course. Les phares de la voiture percent la nuit ténébreuse, éclairant la route déserte devant nous. Les étoiles s'entrelacent dans le ciel comme des diamants éparpillés, contrastant avec l'obscurité qui nous entoure. Nick, le regard perdu dans le lointain, garde un sourire satisfait sur ses lèvres, mais une question semble brûler sur son esprit.

— Ella, comment sais-tu conduire comme ça ? Ce n'est pas juste une question de talent naturel. Il t'est arrivé de piloter avant, non ?

Encore euphorique de ma performance, je me mords la lèvre inférieure, hésitant à révéler une partie de mon passé que j'avais soigneusement cachée. Mes souvenirs débordent, à la fois douloureux et éclairants.

— C'est une longue histoire, Nick, commence-je en jetant un rapide coup d'œil vers lui, plissant légèrement les yeux pour scruter ses réactions.

— On a le temps, insiste-t-il, une lueur curieuse dans ses yeux clairs. J'aimerais savoir d'où vient cette passion et cette maîtrise impressionnante.

Je prends une profonde inspiration pour calmer le tumulte dans mon cœur et décide de me confier. Je sais que Nick mérite la vérité, même si celle-ci est empreinte de nostalgie.

— C'est à cause d'Aaron. Quand nous étions ensemble, il m'entraînait pour des courses clandestines, me mettant en danger.

Je frémis en prononçant son nom, la douleur du passé refaisant surface. À l'époque, ça semblait excitant, presque comme une aventure, une façon de m'évader de la vie monotone qui m'étouffait.

Nick serre doucement le volant à l'évocation du nom d'Aaron, les muscles de son corps se tendent, une ombre de colère obscurcissant son regard. C'est un homme qu'il a appris à mépriser à travers les bribes d'histoires que je lui ai confiées.

— Aaron, murmure-t-il, une pointe de colère dans sa voix qui résonne comme un écho de mes ressentiments. Cet enfoiré t'a impliquée dans ses courses. Est-ce que ça lui est encore trop difficile de respecter les règles dans aucun domaine de sa vie ?

— Oui, acquiesce-je en soupirant, ma voix tremblante légèrement. Au début, ça semblait juste amusant, une sorte de jeu dangereux. L'adrénaline coulait dans mes veines comme une drogue, masquant les signes avant-coureurs. Mais rapidement, c'est devenu toxique. À chaque course perdue, il devenait de plus en plus dur et exigeant. Je me suis retrouvée piégée, enfermée dans ses attentes dévorantes et sa soif de contrôle insatiable.

Nick pose une main réconfortante sur ma cuisse, sa chaleur me réconfortant alors que je laisse une nouvelle vague de souvenirs triste s'installer.

— Tu sais, dit-il doucement, tu mérites mieux que ça. Tu es forte, plus forte que tu ne le penses.

Nous arrivons enfin à destination, et l'excitation dans le visage de Nick est palpable. Il se précipite vers moi, les bras grands ouverts, puis me soulève avec une facilité déconcertante, comme un sac à patates, et me porte jusqu'à sa chambre. Un éclat de rire échappe à mes lèvres, mêlé à un soupçon d'incrédulité.

— Tu es vraiment fou, Nick ! m'écrie-je, amusée.

Il me jette délicatement sur son lit, un sourire malicieux aux lèvres. Soudain, il se fige et me lance un regard intense, presque sérieux.

— Oui, de toi, Ella, répond-il avec une voix pleine de promesses.

Mon cœur bat la chamade alors que je lui rétorque avec un sourire en coin :

— Je crois que je suis un peu folle de toi aussi, Nick.

À cet instant, son visage s'illumine comme un rayon de soleil qui perce les nuages. Il s'approche, m'embrasse doucement le cou, puis descend le long de ma clavicule, caressant ma peau avec une tendresse infinie. Sa main glisse sous ma robe, provoquant un frisson qui parcourt tout mon corps. Ses gestes deviennent plus audacieux alors qu'il décuple les sensations, et bientôt, il retire son pantalon avant de s'avancer en moi, ses mouvements rythmiques m'emportant rapidement dans un tourbillon d'extase.

Après cet instant magique, nous restons allongés, enlacés dans un silence complice. Nos regards se croisent, et nos sourires échangent tout ce que les mots n'auraient pas pu exprimer. Je me sens en sécurité, comme si rien d'autre n'existait en dehors de nous.

Nous nous endormons paisiblement.

Chapitre 28

━━━━━━━━━━━━━ ✦ ━━━━━━━━━━━━━

Au réveil, après cette douce nuit je suis réveillée par un rayon de lumière matinale qui s'infiltre à travers les rideaux, caressant doucement mon visage et me tirant de mon sommeil. J'ouvre les yeux, encore engourdie, puis me redresse brusquement en sentant un vide à mes côtés. Un frisson d'angoisse me traverse. Nick n'est pas là.

Mon regard balaye la pièce, et c'est alors que je remarque une enveloppe scellée posée délicatement sur la table de nuit, juste à côté d'un trousseau de clés dont le métal scintille sous la lumière. Mon cœur s'emballe. Intriguée, je tends la main pour attraper l'enveloppe.

Sur le papier, griffonnée à l'encre noire, une phrase me coupe le souffle :

« Elles sont à toi. »

Une vague de compréhension m'envahit aussitôt. Il n'y a aucun doute possible : il me cède cette voiture sur laquelle il bricolait avec passion la veille. Mon cœur rate un battement. Le flot d'émotions est presque écrasant. Excitation. Gratitude. Et une pointe de culpabilité.

Je saute hors du lit, pieds nus sur le parquet froid, ma tête en ébullition. C'est le plus beau cadeau qu'on m'ait jamais offert, mais… est-ce trop ? Une voiture ? Cela semble si démesuré, presque irréel. Je ne peux attendre une seconde de plus pour l'affronter.

Dévalant les escaliers, je sens déjà les premières effluves sucrées qui émanent de la cuisine. L'odeur familière de pancakes dorés et de café fraîchement moulu envahit mes narines, m'apaisant presque. Mais mon esprit reste focalisé. Je bifurque dans la pièce, et là, je le trouve. Nick est debout, concentré sur sa tâche, une spatule à la main. Son tee-shirt légèrement froissé épouse son dos musclé, et ses cheveux en bataille témoignent qu'il n'a pas pris beaucoup plus de repos que moi.

— Mon Dieu, Nick ! m'écrie-je, la voix presque tremblante d'émotion, tandis que je lui saute au cou. C'est vraiment… ma voiture ?

Il rit doucement, le genre de rire qui réchauffe tout mon être. Lorsqu'il se tourne vers moi, une lueur de fierté illumine ses yeux sombres.

— Bien sûr que c'est la tienne, princesse. Tu le mérites, répond-il, sa voix grave et apaisante me faisant frissonner.

Avant que je puisse formuler une réponse cohérente, il m'attire à lui, ses lèvres trouvant les miennes dans un baiser à la fois langoureux et rassurant, comme s'il voulait effacer mes doutes.

Quelques instants plus tard, je me retrouve dans la chambre, toujours un peu chamboulée, à me préparer pour la journée. Nick entre derrière moi, un sourire tranquille flottant sur ses lèvres. Il fouille dans la penderie, attrapant un jean et une chemise.

— Tu es encore sous le choc, hein ? me taquine-t-il en enfilant son pantalon.

Je ris doucement, tentant de calmer mon excitation. En tirant un tee-shirt hors du tiroir, je le regarde du coin de l'œil. Il boutonne sa chemise avec un naturel déconcertant, ses mouvements précis et rapides, mais je détecte cette petite fierté dans son expression.

— Tu sais que tu n'aurais pas dû... Cette voiture, c'est... c'est trop, Nick, dis-je en ajustant mon haut.

Il se retourne, son regard perçant attrapant le mien.

— Arrête de te poser des questions. Tu mérites le meilleur, Ella, et je voulais te montrer à quel point tu comptes pour moi.

Je reste silencieuse, touchée par ses mots. Alors qu'il enfile ses chaussures, je glisse dans un jean et attrape une veste légère. Nous échangeons un sourire complice, et il tend la main vers moi.

— Allez, princesse, on a une voiture à tester.

Toujours portée par une énergie nouvelle, je me précipite ensuite vers le garage. Mes pieds résonnent sur le béton, et là, devant moi, la voiture. Mon cœur s'emballe à nouveau. Elle est encore plus belle que dans mes souvenirs. La carrosserie lisse reflète un éclat parfait, et les courbes audacieuses du véhicule parlent de vitesse et de liberté.

Nous arrivons à destination, et je me gare avec une certaine fierté, savourant l'instant. Nick à mes côtés, le regard rivé sur moi, esquisse un sourire mi-amusé, mi-admiratif.

— T'as assuré, princesse, dit-il en décrochant sa ceinture.

— Bien sûr que j'ai assuré, répondis-je, un brin taquine.

Mais la légèreté de l'instant est rapidement rattrapée par le poids du moment à venir. Nick attrape son sac d'entraînement, prêt à descendre, et je sens un pincement au cœur. C'est ridicule, on ne sera séparés que pour quelques heures, mais je n'aime pas le voir partir.

Avant qu'il n'ouvre la portière, je tends la main et attrape son bras.

— Attends, dis-je doucement.

Il se retourne, surpris, et son regard croise le mien. Il ne dit rien, mais je vois la tendresse dans ses yeux. Un sourire étire ses lèvres, et avant même que je ne le réalise, il se penche vers moi.

Je passe mes mains autour de son cou et l'attire pour un baiser, lent et chargé de tout ce que je ressens. Ses lèvres sont douces, mais la manière dont il me répond est plus intense, presque possessive. Il finit par s'éloigner légèrement, un sourire en coin sur le visage.

— Si tu continues comme ça, je vais vraiment être en retard, murmure-t-il, sa voix grave et légèrement rauque.

Je ris doucement, mes doigts relâchant à contrecœur leur prise.

— Va-t'en, dis-je finalement. Mais je t'attends à la sortie.

Il hoche la tête, son sourire toujours présent, et descend de la voiture.

Je le regarde s'éloigner, ses mouvements décontractés et pleins d'assurance. Mais avant de disparaître complètement, il se retourne une dernière fois, ses yeux brillant d'une chaleur qui me fait presque rougir.

Le campus est animé comme à son habitude. J'inspire profondément, tentant de calmer la montée d'excitation qui m'a suivie toute la matinée.

Lorsque je claque la portière de la voiture quelques têtes se tournent vers moi, intriguées par la voiture flambant neuve, et je ne peux m'empêcher de rougir légèrement sous leur regard curieux.

Je referme le coffre d'un geste assuré, mon sac sur l'épaule, et prends la direction de la bibliothèque où Lexy et moi avons prévu de réviser pour un exposé. Mais à peine ai-je fermer mon casier dans le hall principal que je la vois. Noah.

Elle est plantée là, adossée au mur juste en face, comme si elle m'attendait. Ses bras sont croisés sur sa poitrine, et son regard, noir et perçant, est fixé sur moi. Une étincelle de défi brille dans ses yeux, et immédiatement, je sens mon corps se raidir.

Je sais qu'une confrontation est inévitable. Depuis que Nick et moi étions devenus plus proches, Noah ne se cachait même plus pour montrer son hostilité. Mais cette fois, il y a quelque chose de différent. Elle semble… prête à exploser.

Prenant une inspiration, je me dirige vers elle, mes pas résonnant légèrement sur le carrelage.

— Noah, dis-je d'un ton neutre, essayant de masquer mon appréhension.

Elle esquisse un sourire froid.

— Ella. Toujours rayonnante, hein ? dit-elle d'une voix tranchante.

Je fronce les sourcils, tentant de rester calme.

— Si tu as quelque chose à dire, dis-le.

Elle s'éloigne du mur, réduisant la distance entre nous, ses mouvements fluides mais chargés d'une tension visible.

— Oh, j'ai des tas de choses à dire, lâche-t-elle, son ton devenant plus dur. Mais je vais faire simple. Profite bien de ton petit conte de fées avec Nick pendant que ça dure.

Je croise les bras, refusant de me laisser intimider.

— Qu'est-ce que tu veux dire ?

Elle rit, un son amer qui résonne dans le couloir presque vide.

— Je veux dire que Nick n'est pas le genre de mec à se poser, Ella. Il aime les frissons, les sensations fortes. Et crois-moi, il en a eu des frissons avec moi.

Ses mots sont comme des coups de poignard, mais je sais déjà tout cela.

— Je sais ce qu'il y avait entre vous, répond-je fermement. Et je sais aussi que ça appartient au passé.

Son expression change légèrement, une lueur de douleur traversant son regard avant de disparaître, remplacée par une colère sourde.

— Le passé, hein ? murmure-t-elle. Tu crois qu'on peut effacer ce genre de connexion comme ça ?

Je hausse les épaules, tentant de garder un air détaché.

— Si tu veux vraiment savoir, oui. Parce que ce que vous aviez, ce n'était qu'un jeu pour lui. Mais avec moi, c'est différent.

Noah serre les poings, son masque de contrôle se fissurant.

— Différent ? Tu crois vraiment qu'il t'aime ? Qu'il ne reviendra pas vers moi ? Tu n'as aucune idée de ce que je lui procure.

Sa voix vacille légèrement sur la fin, trahissant une douleur qu'elle n'arrive plus à cacher.

— Noah, dis-je plus doucement cette fois, je comprends que ça soit difficile pour toi. Mais Nick et moi, c'est sérieux. Tu dois accepter ça.

Elle recule légèrement, comme si mes mots l'avaient frappée. Pendant un instant, j'ai l'impression qu'elle va céder, que la tension va s'apaiser. Mais ses yeux se durcissent à nouveau, et elle se penche légèrement vers moi, son visage à quelques centimètres du mien.

— Tu ne comprends rien, souffle-t-elle. Tu n'as aucune idée de ce que c'est que d'être la seconde option. De donner tout ce que tu as à quelqu'un, pour qu'il choisisse une autre fille finalement. Mais c'est bientôt ton tour de connaitre ce rejet, ajoute-t-elle.

Je reste silencieuse, incapable de trouver les mots.

— Tu penses avoir gagné, reprit-elle, sa voix tremblante légèrement. Mais crois-moi, Ella, ce n'est pas fini. Nick est à moi et je ne vais pas juste… disparaître.

Avant que je puisse répondre, elle tourne les talons et s'éloigne rapidement, ses pas résonnant lourdement dans le couloir.

Je reste là, figée, mon cœur battant à tout rompre. Ses mots tournent en boucle dans ma tête, mêlés à une colère et une tristesse que je ne sais pas où ranger.

Je prends un instant pour me ressaisir avant de quitter le hall. Je n'ai pas le temps de me perdre dans des pensées négatives. Je dois rejoindre Lexy à la bibliothèque pour notre exposé en binôme. Ce travail de fin de semestre a pris plus de temps que prévu, et je sais qu'elle m'attend.

Je traverse le campus à un rythme rapide, cherchant à calmer les palpitations de mon cœur. La bibliothèque est un lieu calme, propice à la concentration. Quand j'y entre, je repère Lexy immédiatement. Elle est assise à une table près des fenêtres, entourée de livres et de notes éparpillées. Elle lève les yeux et me sourit.

— Enfin, tu arrives ! J'ai cru que tu m'avais oubliée, me dit-elle, un sourire taquin aux lèvres.

Je m'assois en face d'elle, posant mes affaires sur la table.

— Désolée, j'avais un peu de... boulot à régler, réponds-je, essayant de masquer la tension qui est encore en moi.

Lexy fronce les sourcils, me jaugeant un instant.

— Tu veux en parler ? demande-t-elle, une lueur de compréhension dans son regard.

Je secoue la tête, ne voulant pas m'attarder sur mes conflits avec Noah.

— Non, ça ira. Concentrons-nous sur cet exposé, d'accord ? On doit être prêtes pour la présentation.

Elle hoche la tête en silence, et nous plongeons dans notre travail. Le sujet de notre exposé, une analyse des différents mouvements littéraires au XXe siècle, est complexe et demande de la rigueur. La pile de livres devant nous témoigne de l'ampleur de la recherche que nous avons dû effectuer.

Je feuillette mon carnet de notes. À côté de moi, Lexy est concentrée, griffonnant frénétiquement sur une feuille, son stylo glissant sur le papier avec une rapidité impressionnante. Elle a toujours été celle qui va droit au but, tandis que moi, je suis plus dans les détails. C'est cette complémentarité qui rend notre collaboration efficace, même si parfois, j'ai du mal à suivre son rythme effréné.

— Alors, tu veux attaquer par quelle période ? me demande-t-elle, le regard brillant d'énergie.

Je réfléchis un instant.

— Je pense qu'on devrait commencer par le modernisme. C'est la période la plus dense, et on peut facilement la lier à la transition entre les deux guerres mondiales, non ? Ensuite, on passe au postmodernisme, et on finit par les nouvelles tendances littéraires du XXIe siècle. Ça devrait créer un fil conducteur.

Lexy fait une moue approbatrice.

— Bien vu. Et on pourrait mentionner les auteurs phares dans chaque mouvement. Si tu t'occupes des citations, je vais essayer de finaliser la conclusion. On pourrait terminer par une ouverture sur l'impact des mouvements littéraires sur la société contemporaine, ce serait un bon moyen de lier tout ça à des événements actuels.

— Je suis d'accord.

Nous avons beaucoup à faire, mais nos cerveaux sont en mode "productivité". Chaque fois qu'une idée surgit, elle est aussitôt notée et discutée. C'est toujours comme ça avec Lexy : un tourbillon d'idées qui nous emmène loin.

Mon téléphone vibre me sortant de ma concentration. C'est Nick.

Je finis l'entraînement dans 15 minutes. Je t'attendrais à la voiture.

— C'est Nick n'est-ce pas ? me demande Lexy le sourire aux lèvres.

— Oui, il veut que je le rejoigne, d'ici 15 minutes.

— Aller file, on a assez travaillé pour aujourd'hui, dit-elle en s'étirant.

— T'es la meilleure, dis-je en rangeant mes notes.

J'agrippe mon sac et accoure rejoindre Nick.

Chapitre 29

Le soleil se lève à peine, baignant la ville d'une douce lumière dorée. Les oiseaux chantent leur réveil, et une brise fraîche transporte l'odeur des fleurs de cerisier. C'est un matin parfait.

J'émerge doucement de mon sommeil, sentant la chaleur du soleil se faufiler à travers les rideaux. Je m'étire paresseusement avant de réaliser que Nick m'a laissé une note sur la table de nuit.

"Habille-toi confortablement et retrouve-moi dehors. J'ai une surprise pour toi."

Intriguée et excitée, j'enfile une tenue légère et décontractée avant de me diriger vers l'extérieur.

Là, je découvre Nick, appuyé contre sa voiture, un panier en osier à ses pieds.

— Un pique-nique ? demande-je, mes yeux pétillant de curiosité.

Nick se redresse et me tend la main avec un sourire énigmatique.

— C'est une surprise, dit-il en m'aidant à monter dans la voiture. Tu verras.

Durant le trajet, on discute de tout et de rien, nos rires se mêlant au vrombissement du moteur. Nick conduit jusqu'à la lisière d'une forêt, où un sentier serpentant disparaît entre les arbres imposants.

— Nous y sommes, dit-il en sortant du véhicule et en prenant le panier.

On emprunte ensemble le sentier, marchant main dans la main.

La forêt semble enchantée, ses arbres majestueux filtrant la lumière du matin en une myriade de rayons scintillants.

Après une petite marche, on débouche sur une clairière où un petit lac miroite sous le soleil.

Nick étend une couverture à carreaux sur l'herbe tendre et dispose soigneusement le contenu du panier. Des fruits frais, du fromage, du pain croustillant et une bouteille de vin complètent ce tableau idyllique.

— C'est magnifique, murmure-je, touchée par l'attention de Nick.

On s'installe sur la couverture, dégustant le repas en savourant la tranquillité et la beauté du lieu. Nos conversations sont ponctuées de moments de silence confortable, où on se contentent d'apprécier la compagnie l'un de l'autre.

— J'avais besoin de ce moment avec toi, avoue Nick, son regard fixé sur le lac. Tous les deux, loin de tout.

Je pose délicatement ma main sur la sienne, entrelaçant nos doigts.

— Moi aussi, Nick. Parfois, j'aimerais que le temps s'arrête quand nous sommes ensemble.

Nous restons ainsi, parmi la nature et la quiétude, jusqu'à ce que le soleil atteigne son zénith. Nick se lève alors, secouant quelques miettes de pain de sa chemise.

— Prête pour une petite aventure ?

Je le regarde, intriguée.

— Quelle aventure ?

Nick me tend un bouquet de marguerites sauvages qu'il vient de cueillir.

— Viens, je vais te montrer.

Il me conduit au bord du lac où une vieille barque repose, oscillant doucement sur l'eau claire. Je ris en voyant le rafiot, mais monte résolument à bord aux côtés de Nick.

On pagaie ensemble, nos éclats de rire fusant quand la barque tangue légèrement.

On rejoint un petit îlot au centre du lac.

En débarquant, je m'émerveille devant les fleurs sauvages qui tapissent le sol et les papillons qui virevoltent autour de nous. C'est un petit paradis perdu, un monde à part.

Les heures passent, le soleil commence à décliner, et on décide de retourner sur terre.

De retour sur la berge, Nick allume un petit feu de camp.

Assis côte à côte, la chaleur du feu contrebalançant la fraîcheur de la soirée, je regarde Nick avec une tendresse infinie.

— Merci pour cette journée, Nick. Elle était parfaite.

Nick me regarde, son visage adouci par la lumière des flammes.

— La perfection n'existe pas, Ella. Mais quand je suis avec toi, je m'en rapproche.

On s'embrasse doucement, sans précipitation, savourant chaque instant.

Alors que la nuit nous enveloppe de son voile étoilé, nous nous allongeons ensemble sur la couverture, les yeux rivés sur le ciel parsemé de constellations.

— Fais un vœu, murmure Nick, ses doigts jouant avec une mèche de mes cheveux.

Je ferme les yeux un instant, formulant un souhait. Quand je les rouvre, Nick est toujours là, son sourire rassurant et plein de promesses.

— C'est fait, dis-je doucement.

— Regarde ! Dis-je en pointant du doigt après un moment de silence. C'est Sirius ! elle est tellement belle.

Nick sourit, tournant légèrement la tête pour m'observer.

— Les étoiles sont si anciennes, pourtant elles continuent de briller, indifférentes à tout ce qui se passe ici-bas. C'est comme si elles renfermaient une sagesse que nous ne comprendrons jamais totalement, ajoute-je pensive.

Nick me regarde le sourire aux lèvres.

— Tout ce que je sais c'est que tu brilles bien plus qu'elle, me dit-il en me chatouillant.

Mon rire éclate, pur et cristallin, rompant la quiétude de la forêt nocturne. Nick, toujours espiègle, profite de l'instant pour prolonger ses chatouilles. Les étoiles au-dessus de nous semblent scintiller plus intensément, comme si elles assistaient, complices, à ce moment de joie partagée.

Alors que je lutte pour reprendre mon souffle entre deux éclats de rire, je parviens à murmurer :

— Arrête, Nick ! Je vais finir par mourir de rire !

Il se penche vers moi, ses yeux pétillants d'amusement.

— Il y a pire façon de quitter ce monde, répond-t-il avec un clin d'œil avant de céder et de s'allonger à mes côtés.

Nous restons là, côte à côte, savourant la quiétude retrouvée. Les sons de la nuit nous entourent : le croassement lointain d'une grenouille, le froissement des feuilles agitées par une brise légère, le hululement mélodieux d'un hibou.

— Ella... il y a quelque chose que j'ai envie de te dire depuis un moment.

Mon cœur se met à battre plus fort, une légère appréhension accompagnant l'excitation.

— Qu'est-ce que c'est ?

Il prend une profonde inspiration, semblant chercher ses mots.

— Depuis que je te connais, tu as apporté tellement de lumière dans ma vie. Tu as cette capacité incroyable à voir le beau dans les petites choses, à infuser de la magie dans les moments les plus banals. Et je me rends compte que... tu m'as sauvé.

Je sens mes yeux se remplir de larmes, émue par ses paroles.

— Nick, murmure-je, la voix tremblante. Tu as aussi été mon sauveur...

Chapitre 30

———————————— ✦ ————————————

Aujourd'hui alors que je les fuis depuis plusieurs semaines je dois confronter mes parents, c'est inévitable. Une conversation à cœur ouvert est devenue une nécessité qui me ronge de l'intérieur.

Ce matin, je prends donc mon courage à deux mains. L'angoisse s'entrelace avec mes pensées, mais je sais que je ne peux plus vivre dans cette ombre sourde, cette pesanteur qui m'étouffe. Je ne peux plus garder tout cela en moi.

Je me tiens devant la porte d'entrée, pétrifiée. Les battements de mon cœur résonnent comme un tambour dans le silence de l'instant. Une partie de moi hésite, désire ardemment faire demi-tour, mais une autre, plus forte, sait qu'il est temps d'affronter mes démons.

C'est décidé. Je prends une grande inspiration, ma main tremble légèrement alors que je pose mes doigts sur la poignée froide. Ce moment me semble être une éternité, chaque seconde s'étire indéfiniment.

Puis, je presse la poignée. La porte s'ouvre lentement, dévoilant le monde derrière. Mon cœur bat la chamade, mais d'un pas résolu, je franchis le seuil.

À l'intérieur, mes parents sont absorbés dans leurs occupations habituellement routinières.

Ma mère s'affaire à la cuisine, les effluves des plats qu'elle prépare flottant dans l'air, un parfum qui me rappelle mon enfance, un contraste saisissant avec la tension qui bouillonne en moi.

Mon père, de l'autre côté de la maison, est plongé dans son bureau, son visage plissé par la concentration. À l'instant où la porte se referme derrière moi, ma mère lève la tête, surprise.

— Ella ! s'écrie-t-elle en se précipitant vers moi.

Elle me prend dans ses bras, son étreinte est forte et réconfortante, une bulle de chaleur me rappelant toutes les fois où sa présence m'a rassurée. Ses bras, qui autrefois me protégeaient, sont un réconfort dont j'avais tant besoin, comme les bras d'un port d'attache dans une mer agitée. Chaque souvenir de ses câlins et des matins où elle tressait mes cheveux refait surface, illuminant un instant ma mélancolie.

Mon père, quant à lui, se lève doucement de sa chaise, mais il ne dit rien, son hésitation parle davantage qu'un flot de mots. À travers son visage, je discerne une tristesse qui semble envelopper son regard.

— Je suis tellement désolé, ma chérie, murmure-t-il

Cela fait tellement longtemps que je ne me suis pas senti près de lui. La rude texture de sa chemise est familière, mais la sensation de son étreinte est troublante, mélangée à l'amour et à l'inquiétude. Cela fait si longtemps que j'attends ce moment.

Mais dans cette douceur, quelque chose d'amer émerge.

Je leur demande de s'asseoir ; il est impératif que j'énonce mes vérités. Avec une voix tremblante mais ferme, je leur fais part de ce que j'ai sur le cœur. Je leur raconte combien les mots de mon père m'ont blessé toutes ces années, combien j'ai ressenti l'indifférence de ma mère comme une profonde déception. J'ose parler de la fragilité sur laquelle j'ai bâti ma vie, d'un manque de confiance en moi qui a gangrené chaque aspect de mon existence.

Mais ce doux geste de réconciliation, cet instant d'intimité, n'était qu'un leurre. Dans un éclair de rage et de frustration, mon père se lève subitement, renversant la table basse sur son passage.

Les objets tombent au sol dans un fracas assourdissant, résonnant comme un écho de la violence de nos dernières confrontations. Ma mère, stoïque comme d'habitude, conserve son silence, mais je sens la rage monter en moi. Cette fois-ci, je lui fais face.

— Plus jamais tu ne me toucheras !

Ma voix est ferme, déterminée. Je saisis un couteau sur le plan de travail, brandissant la lame devant moi comme un symbole de mon refus de me soumettre.

Il s'immobilise, et dans son regard, je crois percevoir une lueur de compréhension, ce moment où il comprend que je ne me laisserai plus faire.

La pièce est plongée dans un silence pesant, chaque souffle résonne comme une proclamation de ma volonté.

Je jette un dernier coup d'œil à ma mère, cherchant une réponse dans son regard, comme si j'espérais qu'enfin elle choisirait de se libérer de l'emprise cruelle de mon père. Mais elle reste figée, et mon cœur se serre à cette pensée.

Écoutant le tumulte assourdissant des émotions en moi, je réalise que ma liberté ne dépend pas d'elle.

Je fuis cette maison pour de bon, le cœur lourd mais aussi soulagé, brandissant ce sentiment de résilience. J'avais tant mis d'espoir dans cette confrontation, imaginant des mots qui auraient pu réparer les fissures de mon passé. Mais maintenant, tout semble flou, comme un brouillard épais qui enveloppe l'horizon de mes aspirations. Les promesses d'une réconciliation se dissipent, et je me retrouve face à une réalité plus sombre. Cependant, au milieu de cette tempête, je me sens enfin prête à embrasser ma propre vérité, à tracer mon propre chemin loin des ombres oppressantes de mon passé.

Je divague dans les rues, mes pensées tourbillonnent comme les feuilles mortes dans le vent d'automne. J'ai besoin de vider ma tête, de chasser cette mélancolie qui m'accable.

Mes pas me guident vers la plage, un lieu que j'ai toujours considéré comme un havre de paix. Cela fait déjà plusieurs heures que je marche, et la nuit a étendu son manteau étoilé sur la ville.

Le vent se lève, me fouettant le visage, apportant avec lui l'odeur salée de l'océan.

Je me pose là, sur le sable frais, mes jambes étendues devant moi, et je plonge le regard vers les vagues qui dansent au rythme de la lune.

L'océan est apaisant et envoûtant. Tandis que je m'absorbe dans ce spectacle naturel, un message de Nick me tire de mes pensées :

Ça se passe bien avec tes parents ? Tu me manques princesse. 😍

Un pincement au cœur. Je ne lui réponds pas. Je ne souhaite pas lui infliger une nouvelle fois le poids de mes soucis.

Demain, c'est le grand bal de charité organisé par ses parents, un événement crucial pour eux, et il est déjà assez stressé. Je ne veux pas l'inquiéter avec mes problèmes, pas maintenant.

Je ne suis pas prête à replonger dans cette atmosphère familiale compliquée, je prends une grande inspiration. Je suis décidée à dissimuler ma tristesse pour ne pas apparaître fragile devant Nick. « Cacher ma tristesse et ne pas craquer, » me répète-je dans ma tête. C'est une routine que j'ai intégrée dans mon quotidien depuis si longtemps que ça ne devrait pas être trop difficile de dissimuler mes émotions.

Je pénètre dans la maison, où Tim et Helena s'affairent. Des rires et des éclats de voix résonnent alors qu'ils préparent le bal.

Les ouvriers s'activent pour peaufiner la décoration, créant un véritable spectacle qui prend forme sous mes yeux.

Soudain, Nick surgit, me tirant dans la buanderie comme un enfant malicieux.

Il a ce don pour ramener le sourire sur mon visage et faire oublier mes soucis.

— Tu es enfin là, princesse ! s'exclame-t-il, m'attirant vers lui et m'embrassant tendrement.

— Comment ça s'est passée avec tes parents ? demande-t-il, ses mains chaleureuses autour de ma taille.

— Tout est réglé, ne t'inquiète pas, dis-je en m'efforçant de croire à mes propres mots.

Il m'embrasse à nouveau, semblant apaisé par ma réponse.

— Mais toi, que fais-tu dans cette buanderie ? Te cacherais-tu de tes parents ?

Il ricane à ma question.

— Je n'en peux plus de mes parents, ils me stressent tellement que j'ai dû me cacher pour qu'ils me laissent tranquille. C'est comme ça depuis quinze ans, je hais ce bal !

— Mais cette année, ce bal sera spécial, je serai là. Je ponctue ma phrase d'un ton malicieux.

Son regard s'intensifie, et il répond :

— Tellement spécial.

Ces mots résonnent en moi comme une douce chanson. Cela me réconforte de me sentir aimée, surtout en ce jour si éprouvant.

À cet instant, Helena ouvre la porte de la buanderie avec enthousiasme.

— Ah ! Tu es caché là ! s'écrie-t-elle.

— Ella ! Tu es rentrée ! ajoute-elle.

Elle me tire hors de la buanderie, visiblement ravie de ma présence. Elle m'entraîne dans la salle de réception, un endroit où je n'ai jamais mis les pieds.

Les magnifiques voiles blanches flottent au-dessus de notre tête, et un immense lustre en cristal brille comme un phare, inondant la pièce de lumière. Des tables s'étendent à perte de vue.

Chaque année, l'université entière est conviée, ainsi que des personnes influentes du monde de la finance, de la santé et même de la politique. C'est un véritable rassemblement d'êtres prestigieux.

Je sens une pointe de stresse monter en moi à l'idée de devoir affronter autant de monde. Pourtant, je me rappelle que Nick et Lexy seront à mes côtés pour me rassurer.

— N'est-ce pas grandiose ? s'enquiert Helena, me sortant de mes pensées.

— Je n'ai jamais vu un endroit aussi somptueux ! lui rétorque-je, les yeux écarquillés par l'émerveillement.

Nous sommes entourés de vitres laissant entrevoir l'extérieur majestueux. La lune se reflète sur chaque vitre, et une magie palpable imprègne l'atmosphère.

Alors qu'un frisson d'excitation m'envahit, j'aperçois un banc à l'extérieur. Je m'y rends et m'assois, m'émerveillant devant l'immensité du ciel étoilé. J'ai toujours été fascinée par ces étoiles, ces petites larmes de lumière qui dessinent des histoires lointaines dans l'obscurité. Elles semblent si proches, et pourtant si inaccessibles. L'immensité de l'espace m'évoque un sentiment de crainte, mais aussi d'espoir.

Nick me rejoint sur le banc, et nous contemplons le ciel en silence, un silence apaisant chargé de promesses.

Mes yeux se ferment lentement, bercés par le doux parfum du moment, et je m'endors dans ses bras, retrouvant un peu de chaleur et de réconfort au milieu de mes doutes.

Ce matin, je me suis réveillée dans notre lit, encore enveloppée par le doux parfum de Nick, qui a dû me porter jusqu' ici hier soir.

Assez étrange, mais j'ai passé une nuit remarquable, apaisée par sa présence. Heureusement, car je vais passer la journée avec Lexy avant le bal tant attendu de ce soir.

Nick est déjà debout, affairé à finaliser quelques bricoles demandées par sa mère. En m'étirant paresseusement, je me prépare pour rejoindre Lexy en centre-ville.

Au fil des minutes, je réorganise mes pensées, me rappelant à quel point il est essentiel de m'accorder ce moment entre filles.

Une fois en route, l'excitation commence à m'envahir.

Nous nous retrouvons enfin en terrasse d'un charmant café, entourées d'un halo de lumière douce filtrée par les feuilles des arbres.

Le temps semble suspendu.

Ça fait un petit moment que nous n'avons pas partagé un tel instant. L'atmosphère légère nous permet de parler de tout et de rien, mais surtout de Nick.

Lexy, la curiosité piquée, veut tout savoir sur notre relation si improbable. Je sens en moi le besoin de me confier, et je lui raconte ce qui s'est passé avec mes parents, chaque détail. Elle reste sans voix, le choc perceptible sur son visage. Elle connaît mon père et sait à quel point il peut être exigeant, mais de là à croire qu'il pouvait aller aussi loin…

— Mon dieu, Ella, je suis tellement désolée pour ce que tu endures, mais sache que tu seras toujours la bienvenue chez moi, dit-elle avec sincérité, une main sur mon épaule.

Sa gentillesse me touche.

— Merci, Lexy, tu es vraiment une amie, lui dis-je avec gratitude en terminant ma tasse de café.

Une fois nos cafés achevés, Lexy me dépose devant un magnifique hôtel quatre étoiles dont l'architecture moderne contraste avec le charme ancien de la ville.

Le personnel attentif nous attend déjà. Une hôtesse nous ôte gracieusement nos sacs et nous explique le dérouler de la matinée, avec cette aisance qui tranche avec ma nervosité palpable.

En entrant, une odeur de fleurs fraîches et de parfum subtil m'enveloppe. Je jette un regard émerveillé à Lexy, excitée comme une enfant. C'est la première fois que je mets les pieds dans un endroit aussi prestigieux.

Nous nous changeons dans les vestiaires, découvrant des peignoirs en coton moelleux et des tongs confortables avant de nous diriger vers le spa. Ce moment de détente arrive à point nommé, loin des tracas.

En sortant de l'hôtel, je suis accueillie par une surprise de taille : Nick m'attend devant sa voiture, son véhicule étincelant sous le soleil.

Lexy feint une obligation et me lance un regard complice, comme si elle était au courant de quelque chose que moi, je ne savais pas.

Nick, avec son charme habituel, m'invite à monter dans la voiture sans me révéler notre destination.

La magie opère, et nous arrivons rapidement au port, le bruit des vagues et l'odeur de l'océan emportant mes soucis avec eux.

— Après toi, princesse, me dit-il en ouvrant la portière, un sourire radieux sur son visage.

Il me guide entre les bateaux, et je reste bouche bée devant la splendeur d'un magnifique yacht amarré, une vision digne d'un rêve. Un luxe auquel je n'ai jamais pensé pouvoir prétendre.

Nick grimpe à bord et me tend la main pour me faire monter. Je réalise alors que nous allons passer l'après-midi ensemble au milieu de l'océan. Mon cœur palpite d'excitation. Nick a tout préparé.

Nous découvrons un déjeuner à bord, une œuvre culinaire, digne d'un restaurant étoilé. Les plats sont beaux et savoureux, une présentation parfaite qui manque à mes souvenirs de repas en famille où la tension régnait. Ici, sur ce yacht, je me sens en sécurité.

Nous profitons de chaque seconde que nous passons ensemble. Je suis blottie dans ses bras, et pour la première fois depuis longtemps, je peux oublier le monde autour de moi. Nick est devenu si précieux à mes yeux. Moi qui ne croyais plus en l'amour.

Nick a également pensé à un maillot de bain et une serviette, un geste si tendre. Je m'empresse de revêtir le maillot, le cœur battant. Lui aussi, enfile le sien et, main dans la main, nous courons vers l'eau, sautant dans une délicieuse fraîcheur.

L'eau est parfaite, et bientôt, nous nous chamaillons, riant aux éclats tels des enfants. C'est une euphorie pure qui efface toutes mes pensées sombres.

Alors que notre aventure romantique touche à sa fin, je ressens une légère mélancolie. Je sais que nous devons rentrer et nous préparer pour le bal, mais avant que nous ne quittions le port, Nick me demande de fermer les yeux, et je sens l'excitation me submerger.

— Ferme les yeux, princesse, j'ai une surprise pour toi, murmure-t-il en me guidant.

— Où est-ce que tu m'emmènes ? lui demande-je, intriguée, le cœur battant.

Il s'approche, son souffle caressant ma peau, me provoquant un frisson d'anticipation. Puis, avec un geste délicat, il m'attache un collier autour du cou avant de déposer un doux baiser dans le creux de mon cou.

Quand j'ouvre enfin les yeux, je découvre un magnifique collier en argent, orné d'un pendentif représentant deux cœurs entrelacés.

— Nick… je ne sais pas quoi dire, il est tout simplement magnifique !

— Nous n'avons jamais vraiment officialisé notre couple, et il est plus que temps. Tu es si spéciale pour moi, Ella. Tu me rends fou, je ne pense qu'à toi jour et nuit.

Ses mots résonnent profondément en moi. Nick, habituellement si discret et réservé, se laisse aller à une vulnérabilité rare, partageant enfin ses véritables sentiments. Ses paroles réchauffent mon cœur, et une vague de tendresse m'envahit. Les yeux brillants d'émotion, je lui adresse un sourire sincère, avant de nous diriger vers la voiture pour ne pas arriver en retard pour la soirée.

Chapitre 31

Nous sommes prêtes à passer une soirée inoubliable. Lexy et moi, allons-nous préparer dans la chambre que nous avons réservées chez Nick. Nous voulons être les plus belles de la soirée, et Lexy est convaincue que nous y parviendrons.

Le stress monte en moi, je n'ai jamais assisté à un événement d'une telle envergure, avec toute l'université présente. Lexy, quant à elle, semble totalement détendue, ce qui me laisse perplexe.

Nous nous mettons en beauté avant d'enfiler nos robes. Lexy hésite entre plusieurs tenues, tandis que je suis sûre de mon choix pour une fois. J'enfile la magnifique robe qu'Héléna m'a offert.

Une fois prêtes, nous faisons notre entrée à la soirée, attirant les regards de nos prétendants.

Lexy se dirige directement vers Nate, qui l'attend dans la salle de réception.

À mon tour, je fais une entrée remarquée, ma robe offerte par Héléna faisant sensation et mettant en valeur mes courbes.

Le collier offert par Nick cet après-midi attire également les regards grâce à mon décolleté.

Nick vient à ma rencontre, élégant comme jamais ce soir.

— Tu es sublime, Ella, me dit-il, subjugué.

— Vous l'êtes tout autant, Mr. Miller, lui réponds-je en déposant un baiser sur sa joue.

Lexy et Nate nous rejoignent, et nous saluons les parents de Nick.

Leur soirée est une réussite, et je les félicite chaleureusement.

— Héléna, Tim, la soirée est une réussite, tout est parfait. Les félicite-je.

— Je te remercie Ella, je vois que tu portes finalement la robe que je t'ai offerte, je savais qu'elle serait parfaite sur toi, tu es éblouissante ce soir.

Nous rejoignons ensuite le groupe d'amis de Nick, l'ambiance est festive et décontractée. Certains le charrient sur la soirée qui est loin d'être comme celles qu'il organise habituellement.

— Tu es superbe Ella ! s'exclame Nathan.

— Je vois que tu as également fait un effort Nathan ! lui rétorque-je avec humour.

L'orchestre entame sa musique, et Nick m'invite à danser, me surprenant une fois de plus. Nous sommes prêts à profiter de chaque instant de cette soirée magique.

Je me sens légère et épanouie alors que je danse avec Nick. Ses mains fermes sur ma taille me rassurent et me guident, alors que nos corps semblent fusionner sur la piste de danse. La musique lente et envoûtante nous enveloppe dans une bulle d'intimité, nous laissant seuls au monde.

Je plonge mon regard dans le sien, captivée par la profondeur de ses yeux. Je sens mon cœur battre plus fort à chaque instant passé en sa compagnie, et je me laisse emporter par la magie de l'instant.

Nos pas se coordonnent parfaitement, créant une harmonie parfaite entre nos mouvements.

Chaque contact de sa peau contre la mienne enflamme mes sens et je me laisse porter par la chaleur qui émane de lui.

Je sens son souffle chaud caresser ma peau, et cette proximité me trouble au plus haut point. Je me sens connectée à lui d'une façon que je n'avais jamais ressentie auparavant, et cela m'effraie autant que cela m'excite.

Alors que la musique touche à sa fin, je réalise à quel point je suis tombée sous le charme de Nick. Je me sens nue et vulnérable face à lui.

Le dernier accord résonne dans la salle, et nous nous figeons un instant, savourant la chaleur de l'instant présent. Je sens son souffle se mêler au mien.

Nick rompt enfin le silence, son regard brûlant de désir. Il me murmure à l'oreille, sa voix rauque et envoûtante.

— Je n'ai qu'une envie, c'est de t'embrasser maintenant.

Plus tard dans la soirée, je vois Nick rejoindre Noah à l'extérieur et revenir quelques instants après. Il prend un verre, puis deux. Je remarque qu'il n'est pas dans son état habituel. Je me demande ce qui a bien pu se passer entre eux, qu'est-ce que Noah a bien pu lui dire pour le mettre dans cet état. Je me méfie d'elle comme la peste.

Je décide donc d'aller voir Nick et lui demande s'il va bien.

— Attends Nick ! tout va bien ? lui demande-je inquiète.

— Lâche moi Ella ! me crie-t-il, attirant l'attention de quelques invités.

Je le regarde partir surprise par sa réaction et en me retournant, je vois Noah sourire de satisfaction. Je décide d'aller la confronter mais Tim m'interpelle, les enchères vont commencer et m'invite à les rejoindre à table.

Nick nous rejoint mais je vois bien qu'il est ailleurs. Pour détendre l'atmosphère je pose ma main sur la sienne mais il la retire tout de suite.

Voyant sûrement que son geste m'a blessé, il replace sa main sur la mienne. Je me force de lui adresser un sourire, pour ne pas gâcher la soirée, mais son geste me laisse perplexe.

Les enchères battent leurs pleins, tout le monde veut participer pour l'association contre la lutte du cancer que les Miller parrainent.

C'est bientôt le tour de ma toile, ma modeste contribution. Je sens le stress monter en moi, car je n'ai jamais exposé mes dessins en public et cela me terrifie.

Tim, prend le micro pour présenter mon œuvre à la salle. Je jette un coup d'œil à Nick, espérant qu'il soit fier de moi, mais son expression reste impassible, malgré le sourire discret qui se dessine sur ses lèvres.

Je suis déçue de sa réaction. C'est lui qui m'a encouragée à montrer mes dessins et j'espérais qu'il serait plus enthousiaste. Je me demande si mes efforts valent vraiment la peine, si mon tableau touchera les gens comme je l'espère. Mon cœur bat la chamade alors que le prix de ma création atteint des sommets.

Les enchères se terminent enfin et c'est avec soulagement que je prends une grande inspiration.

Tim reprend le micro.

— Ella peux-tu me rejoindre ? J'aimerais présenter l'artiste et petite amie de mon fils.

Je vais pour me lever pour le rejoindre timidement. Tim m'a prise au dépourvue, mais Nick me devance et se lève brutalement de sa chaise, il tient à peine debout, il est totalement bourré je ne l'ai jamais vu dans cet état.

— Qu'elle petite amie ? crie-t-il dans toute la salle puis part en titubant me laissant moi et les invités stupéfaits.

Je reste figée, les mains tremblantes.

Tim voyant ma détresse décide d'inviter les invités à profiter de la piste de danse.

L'orchestre se met immédiatement à jouer créant une atmosphère festive qui contraste avec le malaise palpable.

Je me retrouve face à cette situation inattendue, le cœur brisé par l'attitude de Nick.

Je décide de m'éloigner discrètement de la salle pour prendre un peu d'air et réfléchir à tout ça. Je ressens une profonde tristesse et un sentiment de trahison.

En marchant dans le jardin, je croise Lexy qui semble également bouleversée par la situation. Elle s'approche de moi et me prend dans ses bras, me murmurant des mots réconfortants. Je me sens submergée par mes émotions, mais je suis reconnaissante d'avoir une amie comme elle à mes côtés.

Nous passons un long moment à discuter. Lexy me rappelle à quel point je mérite d'être traitée avec respect et dignité. Ses paroles me réchauffent l'âme et me redonnent un peu de force pour affronter la situation.

Finalement, je décide de retourner dans la salle, déterminée à ne pas laisser cette soirée gâcher mon moral. Je suis prête à affronter Nick et à avoir une discussion sérieuse avec lui. Je sais que je mérite des explications et des excuses sincères.

Tim s'avance vers moi visiblement contrarié par le comportement de son fils.

— Ella te voilà ! me dit-t-il bouleversé.

— Je suis désolé, je n'ai pas élevé mon fils comme ça. Je ne comprends pas sa réaction, ajoute-t-il.

Déterminé à retrouver son fils pour mettre les choses au clair, Tim m'emmène à sa recherche.

Nous traversons la maison en examinant chaque pièce, jusqu'à ce que nous nous arrêtions devant une porte. Une sensation de déjà-vu me submerge alors que Tim l'ouvre, laissant apparaître une scène qui me brise le cœur.

— Nick... balbutie-je, dévastée. Ma voix est à peine audible.

Je le retrouve une fois de plus en train de baiser Noah. Je me sens trahie, c'est la fois de trop. Pourquoi me fait-il ça ? Je croyais en sa sincérité, en son amour pour moi. Pourquoi me laisse t'il tomber après m'avoir fait croire en lui !? Il connaît pourtant mon passé, mes blessures.

Le regard de Nick rencontre le mien, et dans un geste de colère et de désespoir, je me retourne, arrache son collier de mon cou et le jette violemment avant de m'enfuir en courant.

Je suis stoppé net en plein milieu de ma course dans la salle de réception, voyant sur le projecteur des photos de moi maculée de bleus et de plaies défilées.

Les invités sont choqués, tous les regards se braquent sur moi, je lis dans leurs yeux de la peine. Mais comment et qui a eu accès à ces photos ? Comment peut-t-on me faire ça ?

La honte et la colère s'emparent de moi. J'ai l'impression d'être nue devant tout le monde, mes cicatrices et mes souffrances étalées au grand jour. Je voudrais disparaître, me fondre dans le décor pour échapper à tous ces regards.

Je sens le sol se dérober sous mes pieds, je suis sous le choc. Des murmures se propagent dans la salle, des rumeurs circulent sur ce qui aurait pu se passer.

Les invités se regardent les uns les autres, cherchant des réponses à cette horrible découverte.

Je me sens vulnérable, exposé au regard de tous. Qui a pu diffuser mes photos, elles ont été prises lors de mon dépôt de plainte contre Aaron.

Je me retourne, Tim et Nick se tiennent derrière moi, sous le choc Nick ne dit rien et me fixe puis se retourne vers Noah.

Je suis vide, les larmes coulent le long de mes joues. Tim se met à crier furieux.

— Eteignez-moi tout ça ! et quand j'aurais trouvé qui a fait cela il aura de sérieux problèmes !

Je me mets à courir le plus vite possible en bousculant les personnes sur mon chemin.

J'arrive enfin dans le jardin et laisse éclater ma douleur et ma colère, je crie de toutes mes forces et m'écroule.

Tim s'agenouille à côté de moi, et sans un mot, il me prend dans ses bras. Il n'a peut-être pas de mot pour soulager ma douleur, mais sa présence paternelle réconfortante me fait du bien.

J'aperçois Nick à l'encadrement de la porte, il s'approche…

— Ce n'est pas le moment Fils, lui dit son père d'un ton ferme, et le raccompagne à l'intérieur.

J'en profite pour me mettre au volant de ma voiture, les clefs sont déjà sur le contact et je démarre en trombe.

— Ella ! crie Nick.

Les larmes coulent un peu plus sur mon visage, je suis anéantie. Je ne peux plus supporter cette souffrance, je suis à bout de force.

Je roule à toute vitesse, mettant ma vie en danger. Mes pensées tourbillonnent dans ma tête, je ne vois plus rien autour de moi. Je veux en finir, je veux échapper à cette douleur insupportable.

La route défile sous mes roues, chaque kilomètre me rapproche un peu plus de la fin. Je ne sais pas où je vais, je ne sais pas ce que je cherche. Je veux juste que tout s'arrête, que la souffrance disparaisse.

Je presse le pied sur l'accélérateur, ignorant les risques. Je suis prête à tout pour échapper à cette douleur qui me consume.

Je ferme les yeux un instant, lâchant un dernier soupir. Je suis seule, perdue, mais déterminée à en finir.

Je continuerais à rouler, jusqu'à ce que le néant m'engloutisse et me libère de cette souffrance qui me consume.

Mais Nick arrive à ma hauteur les mettant également en danger.

Tim est sur le siège passager, ils me supplient de m'arrêter. Au bout d'un moment ils me ramènent à la réalité. La vie a encore une emprise sur moi, même si je ne le veux pas.

Je freine brusquement, les pneus crissent sur le bitume.

Je descends de la voiture, les jambes tremblantes, je tombe à genoux sur le sol froid, je n'ai plus de larmes, je ne ressens plus rien à ce moment, je suis vidée.

Je me relève et rejoint Tim sans aucune émotion

Je passe devant Nick et je m'écroule dans ses bras lui donnant des coups sur le torse.

— Pourquoi Nick ? pourquoi ? Je t'ai tout donner de moi. Comment peux-tu … me briser encore une fois.

Il ne réagit pas, aucun mot ne sort de sa bouche, puis il m'enlace plus fort contre lui.

Sous cette pression je me calme instantanément.

Tim m'attrape par le bras.

— Je te raccompagne Ella. Tu ne reprends pas le volant.

Nick prend alors le volant de ma voiture et la ramène.

Tim me ramène chez eux. Je n'ai plus de chez moi et je n'ai nulle part où aller. Je n'ai plus de repère.

Nous franchissons la porte et Héléna est là.

Elle se jette sur moi et me prend dans ses bras.

— Ella ! ne me fait plus jamais ça ! me dit-elle en pleure.

Je reste stoïque, je n'ai plus la force de pleurer ou de parler.

Elle m'accompagne alors dans une chambre d'ami. Nous montons les escaliers, j'hésite un instant à me retourner pour regarder une dernière fois Nick.

Je marque un arrêt et continue finalement mon chemin sans me retourner.

Arrivée dans ma chambre je veille à bien fermer la porte à clef pour ne pas être dérangé. J'ai besoin d'être seule. Mais je n'arrive pas à dormir, je ne sais pas ce qui me fait le plus mal, la trahison de Nick ou mes photos affichées devant tous les invités. Une chose est sûre, ce soir je ne suis plus que l'ombre de moi-même, mon cœur saigne encore une fois de plus.

Je suis sur le point de m'endormir mais la poignée s'abaisse délicatement.

Est-ce Nick ? peu importe je n'ouvrirais pas.

Chapitre 32

———————————— ✦ ————————————

Ce matin je me lève tôt pour ne croiser personne et surtout pas Nick, c'est le cœur lourd que je prends la décision de partir. De quitter cette maison dans laquelle il y a eu tellement de rire et de bonheur.

Je m'habille et prépare mon sac avec le peu de vêtements que j'ai et descends les escaliers.

J'arrive dans le salon vide, il n'y a aucun bruit, tout est resté à sa place depuis la veille. Des coupes de champagnes et des bouteilles vides sont éparpillés sur les tables.

Je tombe sur le pull de Nick qui est posé sur le dossier du sofa.

Je le prends et prends une grande inspiration. Je respire une dernière fois son odeur, il sent si bon… Je l'aime tellement. Je ne comprends toujours pas ce qui s'est passé. Je le pensais sincère, mais il n'a fait que jouer avec moi depuis le début.

Je me suis entièrement abandonnée à lui, j'ai perdu ma virginité dans ses bras, j'ai si mal…

Je ne veux pas partir mais je ne peux rester ici après tout ce qui s'est passé. Je ne supporterais pas de croiser Nick tous les jours, après tout je suis chez lui c'est donc à moi de partir.

Je ne peux pas partir sans remercier les Miller, ils m'ont tant apporté et conseillé sans jamais me juger. Ils ont été des seconds parents pour moi.

Je prends soin de leurs écrire un petit mot et le dépose soigneusement dans une enveloppe que je pose sur le plan de travail.

Tim, Héléna,

Je tenais à vous remercier pour tout ce que vous avez fait pour moi, vous m'avez accueilli comme votre propre fille et je ne vous remercierais jamais assez, mais je ne peux rester ici plus longtemps, pour mon bien.
Ne vous inquiétez pas pour moi, tout ira bien.

Je vous embrasse tendrement, Ella.

Je prends mes affaires et mon courage à deux mains, le cœur lourd d'un sentiment d'abandon, et quitte cette maison dans laquelle j'ai tant de souvenirs, avec une pincée de regret.

Chaque pas que je fais semble résonner dans le vide de mon esprit, et je me rends compte à quel point je suis désormais seule. Je n'ai nulle part où aller. Retourner chez moi serait impensable, et Lexy héberge déjà Nate, son petit ami, rendant ma présence inopportune.

Je me retrouve perdue, errant dans les rues de la ville pendant plusieurs heures, mes pensées tourbillonnant comme les feuilles emportées par le vent d'automne. Mes pieds me guident sans que je ne m'en rende compte, mes pas se perdant dans un monde qui semble étrangement hostile. Les visages que je croise sont flous, comme autant de témoins indifférents à ma misère intérieure.

Au bout d'un moment, je m'arrête devant un petit hôtel que je n'avais jamais remarqué auparavant, blotti entre un café et une librairie. Sa façade discrète est ornée de fleurs fanées, mais une enseigne "Hotel" clignote timidement au-dessus de la porte.

Je scrute les tarifs affichés derrière la vitre.

À ma surprise, les prix sont abordables ; j'ai suffisamment d'économies pour louer une chambre pendant plusieurs semaines. Cela me laisserait le temps de trouver un travail après les cours et de chercher un appartement à moi, un espace où je ne me sentirais pas comme un invité.

L'idée de dormir seule à l'hôtel me rend nerveuse, mais je n'ai pas vraiment le choix.

En entrant, je fais face à une réceptionniste nonchalante qui m'adresse un sourire fatigué. Le hall est modeste mais chaleureux, avec des murs peints d'une teinte crémeuse qui adoucit l'atmosphère.

Je demande une chambre avec salle de bain privée, un petit luxe dont je peux me permettre.

Le cliquetis de la clé dans ma main résonne comme une promesse incertaine.

Je rentre dans ma chambre, un petit espace qui respire l'odeur du mobilier en bois patiné. Une lumière douce filtre à travers un rideau en dentelle, et je dépose mes affaires sur le lit, ce nouvel espace à apprivoiser.

J'enfile mes écouteurs et laisse les mélodies enveloppantes me guider. Je me mets à dessiner, une habitude salvatrice qui me permet d'échapper à la réalité. Chaque coup de crayon sur le papier devient une catharsis, un moyen de donner forme à mes émotions, de transformer le chaos en quelque chose de beau.

Finalement, la nuit se transforme en jour. Lundi se pointe à l'horizon et je me rends compte que je n'ai pas fermé l'œil de la nuit. Mais je ne peux pas me permettre de manquer un jour de plus à l'université.

En prenant un café au petit déjeuner, je songe à Lexy, qui, j'en suis sûre, a la gueule de bois ce matin. Elle arrivera plus tard, probablement avec des excuses et un sourire fatigué.

Dans les couloirs, ce matin, tout le monde ne parle que de la fête se taisant à mon approche.

Noah et ses copines ricanent, regardant une vidéo de moi devant mes photos, au milieu de la grande salle, en pleurs.

Je m'approche d'elles.

— Tu crois vraiment que tu as gagné, Noah ? Ce que tu as fait hier… tu vas le regretter, crois-moi. Je sais que tu es derrière tout ça.

Elle s'approche, son regard plein de défi.

— Aaron est de retour, chaton. Tu pensais qu'il était loin ? T'as oublié que tu lui appartiens.

Comment connaît-elle mon bourreau ? Il habite à plusieurs centaines de kilomètres et personne ne le connaît ici. Personne ne connaît mon histoire.

Mon sang se glace sur place, ma peur peut se lire sur mon visage. Comment sait-t-elle comment Aaron m'appelais ?

Je marche dans les couloirs de l'université, mon corps déambule mais mon âme n'est pas là. Je sens chaque regard comme une lame qui déchire mon cœur déjà meurtri. Je suis terrifiée après les révélations de Noah. Je ne peux pas retomber entre ses mains, je ne le supporterais pas, je préfère mourir.

Je me dirige alors d'un pas déterminé vers la sortie de l'université. Mon regard est vide, ma respiration saccadée. Je ne vois plus rien autour de moi, juste un tunnel sombre et sans fin.

Je monte les escaliers jusqu'au toit de l'établissement.

Le vide m'appelle, irrésistible, comme une promesse de paix éternelle. Mes mains agrippent le rebord du toit, glacé sous mes doigts tremblants.

En bas, la vie continue, indifférente. Les klaxons résonnent faiblement, étouffés par la hauteur, et les silhouettes minuscules s'agitent comme si rien d'important ne se passait ici, à quelques centimètres du bord. Une douleur sourde monte dans ma poitrine : pourquoi le monde continue-t-il alors que je suis sur le point de le quitter ?

Je fais un pas en avant, mes chaussures glissant légèrement sur la surface humide. Le vent s'engouffre dans mes cheveux, fouettant mon visage avec une brutalité presque bienveillante. Une larme roule sur ma joue, emportée par la bourrasque.

Mon souffle est court, rapide, comme si mon corps savait que c'était la dernière fois. Pourtant, au fond de moi, un calme étrange s'installe. Enfin, tout va s'arrêter. Tout ce poids, ce tumulte dans ma tête… tout va disparaître.

Mes paupières se ferment, laissant le noir m'envahir. L'espace d'une seconde, je m'imagine flotter, légère, libérée. Une image fugace me traverse : la silhouette de ma mère, un sourire triste sur les lèvres.

Mais je chasse ce souvenir, comme si je ne méritais pas même ce dernier réconfort. "C'est mieux comme ça", je murmure, à peine audible sous les sifflements du vent.

Alors que je me penche, prête à me laisser tomber, une voix perce soudain le silence.

— Ella, non !

Je sursaute, rouvre les yeux. Sophia est là, essoufflée, le visage rougi par la panique. Ses mains tremblent légèrement tandis qu'elle avance lentement vers moi. Je vois sa peur, mais aussi une détermination farouche dans ses yeux. "Recule", ai-je envie de lui hurler. Qu'elle reste en sécurité, loin de ce bord dangereux.

— Tu n'es pas seule, souffle-t-elle, sa voix brisée. Ne fait pas ça, je t'en supplie !

Ses mots, si simples, me frappent en plein cœur. Une boule se forme dans ma gorge, mais je secoue la tête. "Non, c'est faux ! Je suis un poids, je n'en peux plus…" La tempête dans ma tête s'intensifie, mais Sophia ne recule pas. Elle tend une main vers moi, hésitante, comme si elle craignait de me briser davantage.

— Prends ma main, Ella. Juste… prends ma main.

Un instant suspendu. Tout est flou. Le vent hurle dans mes oreilles, mais sa voix perce, claire et vibrante d'espoir. Je vacille, hésite, et finalement, tend la main vers la sienne. Sa poigne est ferme, réconfortante.

Sophia m'attire doucement vers elle, ses bras m'enveloppent dans une étreinte tremblante.

Je me livre alors à elle, je lui raconte mon enfance, ma relation avec mon père et Aaron.

— Mon dieu Ella ! comment as-tu pu garder tout ça en toi tout ce temps ? me dit-elle en me prenant dans ses bras.

— Je pensais que tout était derrière moi, et que Nick était mon sauveur, lui dis-je en éclatant en sanglots.

— Oubli ce connard et tous les autres, tu mérites d'être heureuse, me dit-elle en me pressant un peu plus fort dans ses bras.

— Tu devrais rentrer, je te ramène, ajoute-t-elle.

— Merci Sophia, ça va déjà mieux, je vais rester et affronter les regards, je ne peux pas les fuir éternellement.

Je retourne alors en cours, Sophia me demande si ça va aller, elle est visiblement inquiète pour moi.

— Tiens mon numéro, appelle-moi dès que tu as besoin, et à n'importe quelle heure, insiste-t-elle en écrivant son numéro sur un bout de papier.

Je passe dans les toilettes me rafraîchir avant mon prochain cours pour me vider la tête mais je fini par m'effondrer, je me recroqueville au sol contre le mur de ces satanés toilettes.

Soudain Nick entre, je me lève alors et me dirige vers la porte le bousculant sur mon chemin.

— Ella attend ! dit-t-il alors que j'essaye de fuir.

— Laisse-moi Nick ! je ne veux pas te parler, lui dis-je en agrippant la poignée.

Alors que j'allais partir, il m'attrape par le bras et me ramène à l'intérieur des toilettes.

— Laisse-moi au moins t'expliquer !

— Expliquer quoi, hein ? Tout est tellement clair maintenant. Je n'ai été qu'un putain de jeu pour toi, et t'as bien joué.

— Tu crois que ça ne me fait rien ? Ça me bouffe de l'intérieur ! Tu m'as brisée. Pourquoi, hein ? Pourquoi m'avoir trahi ? je t'avais tout donné, et toi… tu as tout détruit !

— J'avais pas le choix Ella… je...

— Pas le choix de quoi ? le coupe-je. De m'anéantir ? Je t'aimais Nick…

La sonnerie retentit, je sors donc des toilettes pour rejoindre mon cours passant devant Nick. Cette fois-ci il ne me retient pas me laissant partir en pleur.

Je suis assise en classe, le regard vide, le cœur lourd comme si une pierre pesait sur ma poitrine. Les paroles cruelles et les regards méprisants résonnent dans ma tête tout au long de la journée, comme un écho douloureux dont je ne peux me défaire. Chaque murmure et chaque ricanement semblent se liguer contre moi, creusant un peu plus la dépression qui m'étreint.

Et puis il y a Nick, celui en qui j'avais confiance, celui que j'aimais plus que tout. Mais il m'a trahi, il m'a trompée et humiliée. Comment ai-je pu être si naïve, si aveugle ? L'image de son sourire, autrefois plein de promesses, me hante.

Je scrute son visage, un mélange de dégoût et de regret m'envahit. Il est juste devant moi, indifférent à la souffrance qu'il m'a infligée, se retournant de temps en temps, comme s'il cherchait encore un lien avec moi. Ses yeux, rouges et cernés comme s'il avait pleuré, ne revêtent plus de valeur à mes yeux. Peu importe, je ne tomberai plus dans son piège ; ses larmes de crocodile, il peut se les garder pour une autre. J'ai assez souffert.

Noah arrive alors en retard comme à son habitude, faisant une entrée remarquée qui attire l'attention de toute la classe.

Elle s'assoit à côté de Nick et lui lance un sourire enjôleur. Elle l'embrasse, mais il la repousse violemment, les traits marqués par la colère.

— Noah !? À quoi tu joues ? Ton petit manège est terminé, tu as été trop loin cette fois-ci, lui dit-il d'une voix sourde, remplie d'une rage contenue.

Noah se redresse, feignant une surprise exagérée, mais son regard trahit sa froideur.

— Nick ! Qu'est-ce qui te prend ? s'exclame-t-elle, feignant l'incompréhension.

— C'est fini, Noah, tu entends ? C'est terminé. Plus de mensonges, plus de manipulations.

— Ça ne fait que commencer Nick, répond-elle d'un ton suffisant, comme si elle savait déjà qu'elle pourrait le récupérer.

C'est alors que Mr. Thomson, le professeur, intervient, coupant court à la tension palpable dans la salle.

— Je ne veux pas de désordre dans mon cours ! Quel est le problème ? ajoute-t-il, le regard sévère.

La classe reste silencieuse, suspendue à ce qui va suivre.

— Il n'y a donc aucun problème ? Très bien, reprenons, dit-il finalement, comme si la situation n'avait pas d'impact majeur.

Il demande alors à Nick de se calmer ou de sortir, et à Noah de se trouver une autre place.

La colère monte en moi comme une marée implacable ; c'est donc bien elle, Noah, l'archétype de la traîtresse, qui agit dans l'ombre. Et quel est son lien avec Aaron ? La douleur inonde mes pensées, une vague déchaînée que je ne peux contenir. Je n'en peux plus de me battre depuis toutes ces années. Je me lève brutalement, indignée, et je quitte la salle, effrayée par la profondeur de ma peine.

Mes pas me guident automatiquement vers les toilettes.

Je verrouille la porte derrière moi, cherchant refuge dans cette petite pièce où personne ne pourra me déranger. Les larmes commencent à couler sur mes joues, chaudes et salées, fusionnant avec le désespoir qui m'habite. Je sors mes ciseaux de mon sac, l'objet froid entre mes doigts, et je m'agenouille au sol. Je sens une profonde détresse m'envahir, l'envie d'éteindre la douleur qui m'écrase. Je suis prête à tout abandonner. Je compose le numéro de Sophia, mais c'est sa messagerie qui me répond. Le vide se creuse un peu plus en moi, et le téléphone glisse de mes mains, s'écrasant au sol dans un bruit sourd.

La lame tranche ma peau, et le sang gicle, une couleur rouge vif qui m'hypnotise. La douleur est vive, mais je ne ressens rien d'autre que du soulagement. Enfin, je vais pouvoir échapper à cette réalité insupportable, à ce cauchemar parfait.

Mais soudain, des coups retentissent contre la porte, quelqu'un est là, frappant avec colère et détermination. Je n'ai pas le temps de paniquer ; la porte s'ouvre brutalement, révélant Nick et Sophia, figés dans un mélange de choc et d'horreur. Ils comprennent rapidement l'ampleur de ce que j'ai fait, et le désespoir envahit leurs visages.

Nick se précipite vers moi, me saisit avant que je ne puisse tomber au sol, son regard me transperçant d'une incompréhension pure.

Il appuie sur mon poignet, tentant de stopper le saignement, alors que ses mots deviennent un cri désespéré.

— Non, Ella, non, pas ça ! crie-t-il, la voix brisée. Ses larmes jaillissent, incontrôlables, et je ne sais plus quoi en penser. Est-ce de la culpabilité ? De la sincérité ?

Il m'engloutit dans ses bras, me serrant contre lui avec une force qui semble vouloir fusionner nos âmes. Sophia, incapable de détourner le regard, me regarde avec des yeux emplis de compassion et de tristesse.

Les sirènes des secours se font entendre au loin, une mélodie qui représente à la fois l'espoir et la peur. À cet instant, je me sens sombrer, perdue entre douleur et soulagement, puis je perds connaissance exténuée par ce combat que je ne voulais plus mener.

Je me réveille quelques heures plus tard, lentement, comme si je remontais à la surface après avoir été immergée trop longtemps dans des eaux profondes et noires. Mes paupières sont lourdes, chaque battement un effort, et tout autour de moi semble étrangement flou, distordu. Un goût métallique envahit ma bouche, sec et désagréable, tandis que l'odeur omniprésente des antiseptiques se mêle à celle de l'air conditionné. Je prends une inspiration, faible, douloureuse, et ma gorge me brûle comme si je n'avais pas respiré depuis des siècles.

Quand j'ouvre enfin les yeux, c'est pour être aveuglée par des murs blancs et l'éclat froid des néons au plafond. La lumière est agressive, crue, impitoyable. Les ombres n'existent pas ici. Tout est stérile, figé, presque irréel. Mais au milieu de cet environnement impersonnel, quelque chose me ramène à la réalité : une chaleur. Je sens des mains serrées autour des miennes, ancrées, vivantes.

Je tourne légèrement la tête et découvre deux visages. Tim et Héléna. Ils sont là, penchés vers moi, leurs traits tirés, leurs yeux cerclés de fatigue. Mais ce qui me frappe, c'est l'émotion qui danse dans leurs regards : un mélange d'amour, d'inquiétude et d'un soulagement fragile, comme si ma simple présence éveillée était un miracle auquel ils n'avaient plus osé croire.

— Ella… murmure Héléna, sa voix douce mais tremblante, presque brisée. Comment tu te sens, ma belle ?

Sa main quitte la mienne un instant pour effleurer ma joue. Son geste est si délicat qu'il me donne envie de pleurer. Je sens dans ce simple toucher toute la tendresse et toute la peur qu'elle a dû porter. Ses doigts, pourtant légers, me ramènent violemment à une vérité que je ne veux pas affronter : j'ai fait ça. C'est moi qui les ai plongés dans cette douleur.

— Je… je suis désolée, balbutie-je, ma voix rauque, étrangère à mes propres oreilles.

Ces mots sont tout ce que je parviens à dire, mais à peine les ai-je prononcés que ma gorge se serre. Je sens les larmes monter, prêtes à jaillir, mais je m'y refuse. Je ne veux pas pleurer devant eux. Je ne veux pas ajouter à leur peine.

— Ella… Tu n'as pas à t'excuser, insiste Héléna, sa main revenant se poser sur la mienne. Son regard plonge dans le mien, profond, lumineux, mais tellement fragile. Tu as le droit de craquer, tu sais ? Tu as le droit de pleurer. Laisse-toi aller.

Je secoue légèrement la tête, le geste faible mais déterminé. L'idée de m'effondrer devant eux est insupportable. Si je commence à pleurer, si je laisse cette douleur sortir, elle risque de me dévorer toute entière.

Héléna n'insiste pas. Mais je vois qu'elle comprend.

Un mouvement à l'arrière de la pièce attire mon attention. Mon regard se porte au-delà d'Héléna et de Tim, et je les vois. Sophia, Lexy et Nick. Ils sont là, alignés comme des ombres silencieuses, leurs visages marqués par la fatigue et le choc. Sophia tient un mouchoir froissé dans sa main, ses yeux gonflés et rougis trahissant des heures de larmes. Lexy, d'ordinaire si sûre d'elle, si solide, semble plus petite que d'habitude, comme si le poids de l'inquiétude avait fini par l'écraser.

Et Nick…

Mon cœur se serre en le voyant. Il reste légèrement en retrait, mais son regard, intense et brûlant, est fixé sur moi.

Ses yeux sombres, cerclés de cernes, sont chargés de mille émotions : colère, tristesse, amour, frustration. Il est un orage prêt à éclater, une tempête contenue derrière une façade à peine maîtrisée.

Je détourne les yeux, incapable de soutenir ce regard. C'est trop. Sa douleur, aussi palpable qu'un coup, me transperce. Mais je ne peux pas l'affronter. Pas maintenant. Pas après ce qu'il m'a fait.

Tim, à mes côtés, semble percevoir ma détresse. Il se lève légèrement, se plaçant instinctivement entre Nick et moi, comme pour me protéger.

— Pas maintenant, murmure-t-il à Nick, sa voix basse mais ferme. Donne-lui un peu de temps.

— Du temps ? répète Nick, et sa voix, rauque, laisse échapper une colère sourde.

Il fait un pas en avant, ses poings serrés, mais il s'arrête. Je le sens vaciller, pris dans ce tiraillement entre vouloir hurler et vouloir fuir.

Il tourne les talons brusquement, et la porte claque derrière lui. Quelques secondes de silence tendu suivent, puis un fracas retentit dans le couloir. Un chariot métallique heurte violemment un mur, et une voix s'élève, brisée, déchirante.

— Fais chier ! hurle Nick.

Le son résonne dans ma tête, comme un écho de tout ce que je ressens.

Je ferme les yeux et laisse ma tête retomber doucement contre l'oreiller.

J'aimerais me lever. J'aimerais courir après lui, lui demandé pourquoi. Mais je n'en ai pas la force. Pas maintenant. Aujourd'hui, je dois penser à moi, à ce qu'il reste de moi, à reconstruire les morceaux.

Chapitre 33

---◆---

Aujourd'hui c'est ma sixième séance chez le Dr. Wells ma psychologue. Je m'installe sur le fauteuil en face de son bureau. La pièce est toujours aussi accueillante, avec ses murs doux et ses coussins colorés, mais aujourd'hui, une lourdeur dans l'air semble vouloir m'envahir. J'ai l'impression que la moindre pensée me pèse, que mes émotions sont des pierres qui s'accumulent dans ma poitrine.

— Alors, Ella, comment ça va cette semaine ? demande Dr. Wells, la voix calme et apaisante, mais attentive.

Je laisse échapper un soupir, hésitant. Les mots me semblent trop lourds, trop complexes pour les formuler. Mais il le faut. Je suis là pour ça.

— Je… je crois que j'ai fait un pas en avant, dis-je finalement, la voix un peu rauque. Je commence à accepter que je ne puisse pas changer ce qui s'est passé. Mais c'est difficile, je me sens encore prise dans une spirale, et j'ai peur de retomber.

Elle hoche la tête, son regard compréhensif et bienveillant.

— C'est normal d'avoir peur, Ella. La guérison n'est pas linéaire. Parfois, on avance, parfois on recule. Ce qui compte, c'est que tu sois prête à affronter cette peur, à accepter qu'elle fasse partie du processus. Que tu apprennes à vivre avec elle, sans qu'elle te contrôle.

Je ferme les yeux un instant, essayant d'intégrer ses paroles. Mais quelque chose bloque en moi, un mur invisible que je n'arrive pas à franchir. Je sens une nouvelle vague de tristesse monter en moi.

— Et Nick... murmure-je, presque inaudible. Je n'arrive pas à le sortir de ma tête. Je sais que je lui ai fait du mal. Et je sais que je ne mérite même pas d'être pardonnée.

La psychologue se penche légèrement en avant, ses yeux doux mais fermes sur moi.

— Tu te penses responsable de la douleur des autres, Ella, et c'est une lourde charge à porter. Mais tu n'es pas seule dans cette histoire. Les décisions, les actions, ce sont des choix partagés. Et parfois, même quand on aime quelqu'un, on commet des erreurs. Ce n'est pas une raison pour se condamner. C'est plutôt l'occasion de se pardonner, de grandir, d'accepter qu'on soit humains, qu'on a des failles, mais aussi qu'on peut en sortir plus forts.

Je ferme les yeux un instant, luttant contre les larmes qui montent. Je ne sais pas si je suis prête à me pardonner, à accepter tout ce qui m'a menée ici. Mais, peut-être que je le serai un jour. Je sais qu'il ne s'agit pas de tout réparer d'un coup. Peut-être que la guérison, c'est juste un long chemin de petites étapes, un peu comme aujourd'hui.

— Je suis… je suis fatiguée de tout ça, dis-je enfin, la voix brisée. Je veux juste être libre, libre de cette culpabilité, libre de cette douleur. Mais je ne sais pas comment.

Elle sourit doucement, avec une compassion profonde, et me tend un mouchoir sans un mot. Lorsqu'elle parle à nouveau, sa voix est calme, presque maternelle.

— Ce que tu ressens, c'est compréhensible. Mais laisse-moi te dire ceci, Ella : tu ne seras jamais "libre" si tu continues à t'accrocher à cette culpabilité. Tu as déjà fait un pas immense en venant ici. Tu as déjà pris la décision de guérir. Et parfois, ça commence par se donner la permission de simplement être, de ne pas se juger à chaque instant. Et c'est ok. Chaque jour est une petite victoire.

Je me sens un peu plus légère, comme si une petite partie de la lourdeur s'était dissipée. Mais je sais que la route sera longue. Pas facile, mais possible. Je la regarde dans les yeux, un peu plus déterminée.

— Merci, murmure-je. J'ai l'impression d'avoir un peu plus d'espoir aujourd'hui.

Elle sourit et acquiesce.

— L'espoir, Ella, il est toujours là. Il est juste parfois un peu caché, mais il ne disparaît jamais complètement. Vous n'êtes pas
seule.

Elle m'a fait comprendre qu'ignorer sa souffrance ne fait qu'aggraver les choses. Quand on va mal, il faut parler, se confier avant que la
douleur ne nous consume et nous laisse plus aucune chance de nous
relever.

Ce matin il fait frais, mais pas froid. L'air vif du campus me pénètre
doucement, comme un rappel que chaque journée était une nouvelle
occasion de prendre une grande respiration. Je marche d'un pas déterminé, le sac à dos sur l'épaule, mon regard fixé droit devant.

C'est la première fois que je reviens à l'université depuis ma sortie
de l'hôpital et bien que j'aie le sentiment d'avancer, il y a quelque
chose de lourd dans l'air. Comme une tension invisible qui m'accompagne.

Lexy et Sophia, marchent à mes côtés, papotant comme d'habitude,
mais moi, je ne suis pas entièrement là. Leur conversation m'effleure
à peine, mes pensées étant ailleurs.

Je m'efforce de rester dans l'instant présent, de ne pas penser à ce
qui m'attendait. L'université. Les gens. Nick.

Je ne suis pas prête à le revoir. Pas encore.

Nous traversons le campus comme à notre habitude, parmi les groupes d'étudiants qui discutent et rient, indifférents à nos préoccupations. La chaleur du soleil me caresse la peau, mais elle ne suffit pas à dissiper la froideur qui m'habite. Chaque pas semble peser davantage sur mes épaules. J'ai l'impression que ma propre présence ici est un fardeau, mais je ne vais pas céder. Pas cette fois.

En levant les yeux, je croise du regard un groupe de filles, mais mon attention fut immédiatement captée par une silhouette au loin. Une silhouette que je n'ai pas envie de voir. C'est Noah. Cette fille. Celle avec qui Nick m'avait trahie. La culpabilité m'envahit comme un frisson glacial. Elle marche avec une assurance déconcertante, sa chevelure noire tombant en cascade sur ses épaules, et un sourire aux lèvres, comme si rien n'était jamais arrivé. Comme si elle n'avait aucune idée de l'impact qu'elle avait eu sur ma vie.

Je ressens un pincement au cœur, mais je me force à rester calme. Je ne dois pas me laisser emporter. Pas aujourd'hui.

Je ferme les yeux un instant, prenant une grande inspiration, me concentrant sur la présence de mes amies à mes côtés. Lexy, avec sa vivacité habituelle, continue de parler de son dernier projet, mais sa voix s'estompe peu à peu alors que Noah s'approche, se dirigeant directement vers moi. Elle ne m'a pas vue, ou du moins, elle agit comme si je n'étais qu'un obstacle sur son chemin.

Mais alors, d'un coup, comme si elle l'avait fait exprès, Noah me bouscule violemment de l'épaule. C'est un geste délibéré, un acte cruel et froid, qui m'envoie un choc dans tout le corps.

Je perds l'équilibre pendant un instant, mais je me rattrape presque immédiatement, mes mains crispées autour de la sangle de mon sac. Je sens mon cœur s'emballer, mais je n'ai pas l'intention de céder à la colère.

Je me force à ne pas réagir, à ne pas la regarder dans les yeux. J'ai l'impression que si je le fais, quelque chose de trop grand va déborder en moi. Une vague de rage, de tristesse, de douleur. Je ne suis pas prête à laisser sortir tout cela. Pas devant elle.

Lexy, qui s'est immédiatement tendue, elle veut dire quelque chose, mais je lève la main pour la calmer. Je ne veux pas de confrontation. Pas ici, pas maintenant. Je veux juste passer à autre chose. Je suis fatiguée de me battre.

Noah ne se retourne même pas. Elle se contente de continuer sa route, son regard déjà ailleurs, comme si j'étais invisible.

Je prends une profonde inspiration, sentant une brume de colère envahir ma gorge, mais je l'expulse aussi vite. Je me redresse, jetant un regard rapide à Lexy et Sophia, qui ont toutes deux les yeux pleins de questions, mais elles savent. Elles connaissent déjà la situation. Je n'ai pas besoin d'en dire plus.

— J'ai juste… j'ai juste envie de passer à autre chose, murmure-je d'une voix brisée, comme si ces mots étaient la clé pour fermer un chapitre douloureux.

Lexy se fige un instant, puis hoche la tête lentement, un sourire sincère apparaissant sur son visage.

Sophia, quant à elle, pose une main sur mon épaule, une touche réconfortante qui me fais me sentir un peu moins seule dans ma lutte intérieure.

— Si jamais tu as besoin de parler, ou même de ne pas parler, on est là. Tu le sais, non ?

J'acquiesce, un léger sourire effleurant mes lèvres. Elles sont là, à mes côtés, et c'est tout ce qui compte.

En entrant dans le hall du bâtiment, la familiarité du lieu me frappe. Le bruit des conversations, les sacs à dos qui traînent sur les bancs, l'odeur du café qui s'échappe de la cafétéria. Tout cela me semble à la fois rassurant et étrangement accablant. C'est ici que j'ai vécu tant de moments de joie, mais aussi de doutes et de peurs.

Nous nous rendons en cours, et j'essaie de me concentrer sur ce que Lexy raconte à propos d'un devoir qu'elle a remis la veille, mais mon esprit dérive à chaque instant. Et puis, au détour du couloir, je le vois. Nick.

Je l'ai repéré avant qu'il ne me voie. Il est là, avec ses amis, il rit comme si le monde allait bien, comme si rien n'avait changé entre nous. Mais moi, je sais que tout a changé. Tout est différent.

Cette distance qui nous sépare est plus vaste que l'océan, et je ne sais même pas si j'ai la force de la franchir.

Mon cœur se serre dans ma poitrine, une douleur sourde qui ne me quitte jamais vraiment. Le regard que je pose sur lui est rapide, furtif. Je sais qu'il a vu mon visage, mais je refuse de lui accorder plus que ça.

Si je le regarde trop longtemps, si je laisse mes pensées m'engloutir, je risque de tout perdre à nouveau.

Sans réfléchir davantage, je détourne les yeux et continue de marcher, feignant l'indifférence. Le bruit des pas dans le couloir semble amplifier mon malaise, mais je refuse de ralentir. Je suis à quelques pas de ma salle de classe. Je ne vais pas m'arrêter maintenant. Pas à cause de lui.

En entrant dans la salle de cours, je me force à respirer profondément. Mon corps est tendu, chaque muscle contracté sous le poids de l'anxiété. Mais je ne peux pas me permettre de flancher ici. Non. Pas dans cet endroit où tant de souvenirs me hantent.

Je m'assieds à ma place habituelle, au fond de la salle, près de la fenêtre, et je jette un coup d'œil autour de moi. Mes camarades entrent un à un, certains bien trop occupés à discuter de la dernière fête, d'autres trop absorbés par leurs téléphones pour remarquer ma présence. Mais moi, je me sens étrangère ici, une intruse dans un monde qui ne veut plus de moi.

Le professeur arrive, une silhouette imposante au milieu de la salle, et comme par automatisme, je sors mes affaires. Mais malgré les notes, malgré l'absence d'effort nécessaire pour suivre le cours, mes pensées restent ailleurs. Nick. Noah. La trahison. La douleur. La peur. Chaque pensée me frappe comme une vague, me submerge, mais je m'efforce de rester ancrée à ma chaise, de ne pas me laisser engloutir.

La journée est enfin finie et quand j'arrive à l'hôtel, la clé tremble dans ma main. Ce n'est qu'un petit geste, insérer la clef dans la serrure, mais il me semble insurmontable.

Finalement, un clic discret m'annonce que la porte est déverrouillée. J'entre dans la chambre et referme derrière moi d'un coup sec, presque brutal.

La pièce est calme, trop calme. Le silence y est épais, presque oppressant, seulement troublé par le faible bourdonnement du climatiseur. Je pose mon sac près du bureau, mes épaules s'affaissent, et je m'appuie quelques instants contre la porte, les yeux fermés. Je suis épuisée. Physiquement, mentalement, émotionnellement.

Ce campus, ce défilé de visages, les confrontations que je tente d'éviter mais qui me trouvent toujours… Tout cela m'écrase. Et aujourd'hui, la vue de Nick a ravivé des blessures que je croyais, à tort, avoir enterrées.

Je me laisse tomber sur le bord du lit, mes mains croisées entre mes genoux, la tête baissée. Mon souffle est court, irrégulier, et je sens cette douleur familière remonter en moi, ce mélange de colère, de regrets et d'une tristesse qui semble infinie.

Je ne veux pas y penser. Mais il est là, dans ma tête, comme toujours. Nick.

Son visage revient malgré moi, et je déteste l'effet qu'il a encore sur moi. Je déteste que le simple fait de croiser son regard me ramène en arrière, à une époque où je croyais que nous avions quelque chose de vrai, d'indestructible.

Je me redresse brusquement et vais vers la fenêtre, espérant que regarder la ville m'aidera à me vider l'esprit. Les lumières scintillent au loin, indifférentes à ma douleur. Les voitures circulent, les passants marchent, la vie continue. Mais moi, je suis figée, enfermée dans cet hôtel comme dans une cage.

Je me retourne et aperçois mon téléphone posé sur le bureau. L'idée de l'appeler me traverse l'esprit, une fraction de seconde. Lui dire ce que je ressens. Lui hurler ma douleur. Lui demander pourquoi il m'a fait ça. Mais je sais que ça ne servirait à rien. Il ne pourrait rien dire qui réparerait ce qu'il a brisé.

Je me laisse tomber dans le fauteuil près du bureau, mon regard dérivant vers mes mains. Je repense à cette période où tout était si simple entre nous. Les appels, les messages inutiles mais si pleins de lui, les moments où il me faisait rire à en avoir mal au ventre.

Je me lève à nouveau, incapable de rester en place, et commence à faire les cents pas. Mon reflet dans le miroir attire mon attention. Je m'arrête, fixe cette jeune femme qui me regarde, les traits tirés, les yeux brillants d'émotions contenues

Je me répète les mots du Dr. Wells : "La douleur ne te contrôle pas. Elle est là, mais elle n'a pas à te définir."

Est-ce que c'est vrai ? Est-ce que je peux réellement reprendre le contrôle ?

Le poids de ces pensées me pousse à me rallonger sur le lit, mes yeux fixant le plafond. Mes jambes pendent sur le bord, et je laisse ma respiration ralentir.

Nick est toujours là, dans ma tête, comme une ombre qui refuse de partir.

Je tourne la tête vers la fenêtre, et là, scintillant dans l'obscurité, je la vois. Sirius. Sa lumière est vive, presque éclatante, comme si elle me cherchait. Comme si elle m'appelait.

Je reste immobile quelques secondes, hypnotisée par son éclat. Une chaleur familière me traverse, un mélange de nostalgie et de douleur. C'était notre étoile, à Nick et moi.

Je me lève lentement, comme si un fil invisible me tirait vers elle. Ma respiration est calme, presque silencieuse.

Sans réfléchir, j'attrape ma veste sur le dossier de la chaise et mes clés sur le bureau.

Quelques minutes plus tard, je suis dehors, l'air glacial de la nuit mordant ma peau. Mais je n'y prête pas attention. Mes pas me guident presque automatiquement vers l'observatoire.

C'est un petit endroit en dehors de la ville, loin des lumières et du bruit. Là où nous allions souvent, Nick et moi, pour regarder les étoiles.

Chaque pas que je fais me ramène à lui. Je me souviens de la première fois où il m'a parlé de Sirius, comment il m'avait expliqué que c'était l'étoile la plus brillante du ciel. Il m'avait promis que, quoi qu'il arrive, nous la regarderions toujours ensemble. "C'est notre guide," avait-il dit. Mais il n'est plus là.

Je m'arrête un instant au pied de la colline menant à l'observatoire, le souffle court, et je me demande si c'est une bonne idée. Est-ce que je vais vraiment trouver des réponses là-bas ? Ou juste rouvrir des plaies encore fraîches ?

Mais mes pieds continuent d'avancer, presque malgré moi, jusqu'à ce que j'arrive devant le bâtiment silencieux. L'endroit est désert, comme je l'espérais.

Je monte les marches menant à la plateforme d'observation et m'allonge sur le sol froid, les yeux rivés vers le ciel.

Sirius est là, toujours aussi éclatante. Sa lumière semble vibrer, m'envelopper, comme si elle m'attendait.

— Sirius… murmure-je, ma voix brisée par l'émotion.

Un silence pesant m'entoure, mais je continue, les mots s'échappant de moi comme un flot incontrôlable.

— Tu te rappelles de nous ? De ces nuits où on venait ici, Nick et moi ? Où il me parlait de toi comme si tu étais un trésor à nous deux ?

Je ferme les yeux un instant, mais les souvenirs affluent, trop puissants. Je me vois allongée ici, Nick à mes côtés, sa main effleurant la mienne. Je revois son sourire, ce sourire si sincère qui me faisait croire que tout irait toujours bien.

— Pourquoi ? continue-je, la gorge nouée. Pourquoi il m'a trahie ? Pourquoi il a brisé ce que nous avions ?

Je ne m'attends pas à une réponse, bien sûr. C'est ridicule, mais parler à Sirius me donne l'impression de ne pas être complètement seule.

— J'ai essayé d'oublier. De ne plus penser à lui, à ce qu'on avait. Mais il est là, toujours là, dans ma tête, dans mes rêves. Je veux avancer, Sirius. Je veux être libre. Mais je ne sais pas comment.

Les larmes me viennent, glissant silencieusement sur mes joues. Le froid de la nuit me mord, mais je n'y prête pas attention. Je fixe Sirius, comme si elle pouvait absorber ma douleur, m'apporter des réponses.

— Tu brilles tellement… dis-je dans un souffle. Comme si rien ne pouvait t'atteindre. Comment fais-tu pour être aussi forte ?

Un vent léger passe, faisant danser quelques feuilles autour de moi. Le ciel semble si vaste, si indifférent à ma petite existence. Et pourtant, Sirius est là, fidèle, immuable. Peut-être que c'est ça, la leçon. Continuer à briller malgré tout.

Nick s'allonge à mes côtés, et je tourne la tête, surprise de le voir là, ici, avec moi, après tout ce qui s'est passé. Il ne dit rien, ni mot, ni soupir, juste le bruit des étoiles silencieuses, comme si le monde autour de nous avait cessé de respirer. Le ciel s'étend au-dessus de nous, d'un bleu profond, parsemé d'étoiles scintillantes, et je m'y perds un instant, essayant d'oublier l'instant présent, mais une partie de moi ne peut s'empêcher de l'analyser. Comment a-t-il bien pu arriver à ce moment-là ? À ce point de non-retour ?

Je sens sa présence tout près de moi, son corps contre le mien, et ses doigts effleurent les miens avec une douceur presque incertaine.

Une bouffée de chaleur envahit mon ventre, et je frémis à ce simple contact. Il me touche comme s'il avait peur de briser quelque chose. Mais il est là. Toujours là.

Une larme échappe de mes yeux, glissant lentement le long de ma tempe, et je sens son regard s'adoucir. Ses doigts se posent délicatement sur ma joue pour essuyer ma tristesse, comme si, à travers ce geste, il pouvait réparer un peu de ce qu'il a brisé. Mais tout en lui me rappelle à quel point tout est fragile entre nous, à quel point la douleur est encore vive.

Le temps semble suspendu lorsque, soudain, il se redresse et se penche au-dessus de moi, ses yeux plongés dans les miens. Je reste figée sous son regard, un mélange de confusion et de désir émergeant en moi. Comment se fait-il qu'après tout ce qu'il a fait, je ressente encore cet amour ? Comment peut-il encore me toucher de cette manière, me rendre folle de désir, même si mon cœur hurle de douleur ?

Je sais que je vais céder. J'en ai la certitude. Une partie de moi se bat encore, mais une autre veut désespérément se laisser aller, oublier, respirer sous son toucher.

Il parle enfin, sa voix grave et tremblante de sincérité.

— Je n'ai jamais voulu te blesser, Ella. Mais je n'avais pas le choix, crois-moi.

Ses mots résonnent dans ma tête, et je tente de m'échapper de son emprise, mais ses mains sur mes poignets me retiennent fermement. Il m'invite à l'écouter, me suppliant de comprendre.

— Laisse-moi finir, Ella, s'il te plaît. Après, si tu veux partir, je te laisserai partir. Mais laisse-moi t'expliquer.

Je déglutis difficilement, sentant un nœud se former dans ma gorge. J'ai besoin d'entendre ce qu'il a à dire, même si je sais que ça ne changera rien.

— Ce soir-là, Noah est venue me voir, me dit-il d'une voix qui tremble d'émotion. Elle m'a menacé, Ella. Elle m'a dit que si je ne couchais pas avec elle, elle rendrait publiques ces photos… Ces photos de toi. De ce que Aaron t'a fait.

Mon cœur s'arrête de battre un instant. Je sais que la souffrance est là, mais entendre ses mots de cette manière, c'est comme si on m'enfonçait un couteau dans le ventre.

— Elle m'a montré la clé USB, continue-t-il, le regard fuyant, presque honteux. Elle disait qu'elle les publierait, qu'elle t'humilierait encore plus… J'ai cru qu'elle bluffait, au début. Je pensais que je pourrais la convaincre, lui faire entendre raison… Mais quand elle m'a montré les photos, j'ai compris. Elle ne bluffait pas.

Ses mains serrent mes poignets plus fort, comme si elles étaient les seules choses qui pouvaient l'empêcher de se briser.

— Je… Je n'ai jamais voulu faire ça, Ella. Je pensais que je pourrais te protéger. Mais elle m'a forcé, elle m'a dit que si je n'obéissais pas, elle te détruira.

Le silence, pesant et oppressant, explose lorsque je le repousse de toutes mes forces. Mon corps tremble de rage, mes mains brûlent d'une énergie que je n'arrive pas à canaliser. Il reste figé un instant, comme s'il ne s'attendait pas à ce que je réagisse ainsi, mais moi, je n'ai plus rien à perdre. Je le fixe, les poings serrés, mes yeux lançant des éclairs. Les mots qu'il vient de prononcer tournent en boucle dans ma tête, comme des coups de poing, martelant ma poitrine jusqu'à me couper le souffle.

— Tu crois que ça excuse tout ?! hurle-je, ma voix éclatant comme un cri de guerre. Tu crois que je vais simplement te regarder et dire : "Oh, merci Nick, merci d'avoir détruit ce qu'il restait de moi, mais je comprends, tout va bien !"

Il me regarde, stupéfait, mais je ne lui laisse pas le temps de répondre. Mon cœur bat si fort que j'ai l'impression qu'il va exploser. Mes poings tremblent de rage, de douleur, de tout ce que je ressens et que je ne peux plus contenir.

— Tu as couché avec elle, Nick ! Avec elle ! Et maintenant, tu oses te tenir là, devant moi, à me dire que c'était pour me protéger ?!

Il serre les poings, sa mâchoire se crispe.

— Ella, écoute-moi.

— NON ! crie-je, ma voix tremblant de colère et de douleur. Je ne vais pas t'écouter ! Pas cette fois, Nick ! Pas après ce que tu as fait ! Tu as pris une décision qui m'a détruite, sans même me laisser le choix, sans même m'imaginer capable de gérer ça. Tu m'as trahie, Nick. Tu m'as brisée.

Je vois son visage se décomposer, mais je n'en ai rien à faire. Une partie de moi veut qu'il souffre, qu'il ressente ne serait-ce qu'une fraction de ce que je ressens.

— Et tu sais quoi ? continue-je, avançant vers lui, le regard brûlant. Ce que tu as fait est pire que tout ce qu'elle aurait pu me faire. Pire que tout ce que je pouvais imaginer.

Il se rapproche à son tour, son propre regard sombre, son souffle court.

— Tu crois que c'était facile pour moi ?! Tu crois que j'ai fait ça de gaieté de cœur ?!

Je ris, un rire amer, glacial.

— Facile ? Tu veux vraiment jouer cette carte, Nick ? Parce que coucher avec elle te semblait plus facile que... quoi ? Que venir me parler ? Que me faire confiance ? Que me laisser me battre pour moi-même ? Et c'est pas comme si c'était la première fois que tu couchais avec elle !

— Elle te menaçait, Ella ! Elle allait détruire ta vie ! Sa voix monte, vibrante de colère et de frustration. Tu crois que je voulais ça ? Je pensais que c'était la seule chose à faire pour te protéger

Je recule, frappée par ses mots, mais une colère encore plus grande bouillonne en moi.

— Me protéger ? Me protéger, Nick ?! Ce que tu m'as fait, ce que j'ai vu, c'est pire que tout ce qu'elle aurait pu faire. Elle n'aurait jamais pu me briser autant que toi.

Ses poings tremblent à ses côtés, et je le vois lutter pour garder son calme. Mais je ne veux pas qu'il reste calme. Je veux qu'il explose, qu'il ressente la même rage, la même douleur qui me dévorent.

— Tu ne m'as pas protégée, Nick. Tu m'as trahie. Et pire encore, tu l'as fait en pensant que c'était pour mon bien. Mais tu sais quoi ? Ce n'était pas pour moi. C'était pour toi. Pour soulager ta foutue conscience, pour que tu te sentes comme le héros de cette histoire. Mais tu n'es pas un héros, Nick. Tu es un putain de lâche.

Ses yeux s'écarquillent, mais il ne recule pas. Il avance même, son regard plongé dans le mien, ses poings toujours serrés.

— Un lâche ? Tu crois que je suis un lâche ? Très bien, Ella, peut-être que je le suis. Peut-être que je n'ai pas été assez fort. Mais toi, tu ne comprends rien. Tu ne comprends pas ce que c'était que de voir ces photos, de savoir ce qu'elle pouvait te faire.

Je serre les poings, mes larmes brouillant ma vision.

— Alors tu aurais dû me laisser choisir, Nick ! Parce que maintenant, je n'ai plus que cette image de toi baissant Noah. Tu as tout détruit.

Il passe une main tremblante dans ses cheveux, sa frustration éclatant.

— Alors quoi, Ella ? Qu'est-ce que tu veux que je fasse ? Tu veux que je m'en aille ? Que je te laisse ? Que je disparaisse de ta vie ?

— Oui ! hurle-je, mes poings frappant son torse avec une force que je ne contrôle pas. Oui, Nick, pars ! Parce que je ne peux plus te regarder ! Je ne peux plus supporter ta présence, cette image, cette douleur. Tu as tout brisé, et tu veux quoi ? Que je te pardonne ? Que je te regarde comme avant ?

Il attrape mes poignets, me forçant à le regarder, mais je lutte contre son emprise.

— Ella, écoute-moi !

— Non ! crie-je, les larmes coulant librement. Tu ne comprends pas ce que tu m'as fait ! Tu ne comprends pas à quel point tu m'as détruite ! Je te hais, Nick ! Je te hais de tout mon cœur !

Il attrape mes poignets, me forçant à le regarder, ses doigts tremblant légèrement, mais son regard est brûlant. Il serre les dents, sa respiration est hachée, et soudain, sa voix éclate, brutale et désespérée.

—Je t'aime, Ella !

Ses mots sont comme une gifle. Mon souffle se bloque, mon corps se fige. Je le fixe, incapable de croire ce que je viens d'entendre. Mais il continue, sa voix plus douce, mais tout aussi tremblante.

— Je t'aime, bordel, plus que ma propre vie ! Tu ne comprends pas ? Tout ce que j'ai fait, je l'ai fait parce que je t'aime. Parce que je ne pouvais pas te perdre. Parce que te voir brisée aurait été pire que tout.

Nick bouge soudainement. Il fait un pas en avant, comblant d'un seul mouvement la distance entre nous. Je n'ai pas le temps de réagir avant qu'il ne saisisse mes bras. Ses mains sont fermes, fortes, mais pas brutales. Leur chaleur me brûle, et je sens mon souffle se couper. Mon instinct me hurle de me dégager, mais sa prise est désespérée, déterminée, comme s'il avait peur que je disparaisse si je m'éloigne d'un centimètre de plus.

Son regard, sombre et intense, se plante dans le mien. Je ne peux pas détourner les yeux, même si je le veux. Il y a quelque chose de si brut, de si désarmant dans ses yeux que cela m'immobilise davantage que ses mains. Avant même que je ne comprenne ce qu'il va faire, il m'attire violemment contre lui. Mon corps heurte le sien, et je ressens la force de son étreinte, de cette urgence qu'il ne peut plus contenir.

Et puis, il m'embrasse.

Le baiser est un choc. Brutal. Sauvage. Dévorant. Il n'a rien de doux, rien de tendre. C'est une tempête qui s'abat sur moi, un mélange de rage et de désespoir qu'il ne peut plus retenir. Mon corps se raidit instantanément, et je sens une vague de colère m'envahir. Je lève mes poings et frappe son torse, encore et encore, mais cela ne fait aucune différence. Il ne bouge pas. Il me tient fermement, comme s'il refusait de me laisser partir, et ses lèvres continuent de presser les miennes avec une intensité presque douloureuse.

Je veux crier, hurler, mais le baiser me vole tout. Mon souffle, mes pensées, ma volonté. Mes coups perdent en force, et je sens mes poings se relâcher, glissant contre son torse. Une chaleur envahit mon ventre, se propageant dans tout mon corps, et je déteste la manière dont mon propre corps me trahit. Je ne peux pas contrôler la façon dont je me noie dans cette proximité, dans cette douleur partagée qui semble alimenter chaque mouvement de ses lèvres.

Mon cœur bat à tout rompre, chaque pulsation résonnant dans mes tempes. Je peux sentir son souffle, irrégulier, presque tremblant, contre ma peau. Ses mains, l'une glissant sur ma nuque et l'autre fermement posée sur ma taille, tremblent légèrement, mais elles ne me lâchent pas. Il me maintient là, contre lui, dans cette étreinte désespérée et suffocante.

Une vague de larmes monte en moi, et mes joues se couvrent d'un flot incontrôlable. Les larmes coulent sans relâche, se mêlant au baiser, salées et amères. Mes sanglots sont étouffés contre ses lèvres, mais je ne peux pas m'arrêter. Je pleure pour tout. Pour ce qu'il a fait. Pour ce que nous avons perdu. Pour ce que je ne peux pas effacer, peu importe combien je le désire.

Et pourtant, malgré tout, je ne peux pas m'éloigner. Une partie de moi, une partie que je méprise de toutes mes forces, reste accrochée à lui. Mes mains, qui ont tenté de le repousser quelques instants plus tôt, s'accrochent à sa chemise, mes doigts tremblants serrant le tissu comme si je risquais de tomber. Je me hais pour cela. Pour la façon dont je lui réponds encore, même maintenant. Pour la façon dont mon corps refuse de reculer, même lorsque ma tête crie que je dois fuir.

Le baiser devient plus profond, plus désespéré. Ses lèvres s'adoucissent légèrement, mais elles restent marquées par une urgence dévorante, comme s'il avait peur que cet instant soit tout ce qu'il lui reste. Je sens ses tremblements, dans ses mains, dans son souffle, et je sais qu'il lutte lui aussi. Mais cela ne change rien. Cela ne change pas ce qu'il a fait, ni ce qu'il a brisé.

Quand il s'écarte enfin, sans un mot, il tend sa main vers moi. Dans sa paume, un petit écrin en velours blanc.

Je regarde l'écrin, hésitante, mon cœur battant plus vite. Je n'ai pas besoin d'ouvrir le coffret pour savoir ce qu'il contient. Pourtant, mes doigts tremblent alors que je l'ouvre lentement.

Et là, je vois le collier. Celui que j'avais arraché de mon cou, dans un accès de colère et de douleur, lorsque j'ai découvert la trahison de Nick et Noah.

Il brille faiblement dans la lumière des étoiles, et quelque chose dans le fait qu'il soit là, réparé, me serre la gorge. J'ai l'impression qu'une partie de moi, celle que j'avais arrachée en même temps que ce bijou, est en train de se réparer aussi.

Je le touche doucement, sentant les maillons encore plus solides qu'avant, chaque détail rappelant cette douleur lointaine, cette souffrance que je ne savais pas comment oublier. Puis mes yeux se posent sur un petit objet caché au fond de l'écrin : une clé. Elle brille sous la lueur du ciel, simple mais lourde de sens

Je lève les yeux vers lui, un tremblement dans la voix.

— Qu'est-ce que c'est... ?

Nick prend une profonde inspiration, son regard se plongeant dans le mien avec une vulnérabilité que je ne lui connaissais pas. Il hésite un instant, avant de parler, sa voix plus douce, comme une caresse.

— C'est une clé. Elle ouvre une porte, Ella. Une porte que j'ai fermée à double tour. Tu as toute la liberté de choisir si tu veux y entrer ou non. Je t'ai blessée, je le sais. Mais je suis là, et je t'attendrai, peu importe le temps que tu prendras pour réfléchir.

Mon cœur semble s'arrêter de battre. Une porte ? Qu'est-ce que cela signifie ? C'est comme si chaque mot de Nick me transperçait, me révélant une vérité que je n'étais pas prête à affronter. Est-ce que c'est une porte vers la rédemption ? Vers une nouvelle chance ? Ou vers un piège encore plus grand ? Je suis perdue, prête à tout accepter et pourtant, si craintive.

Nick m'observe, son regard plein d'espoir, mais aussi de regrets. Il sait que tout ne sera jamais comme avant, mais il tient encore à cette possibilité de nous reconstruire, à l'idée qu'il peut encore réparer ce qu'il a brisé.

— Prends ton temps pour réfléchir, me dit-il, sa voix presque suppliante. Je veux juste que tu saches que je t'attendrai, même si ça doit prendre des années.

Je fixe la clé dans l'écrin, cette petite pièce métallique, simple mais lourde de promesses. Je n'arrive pas à détacher mes yeux d'elle. Peut-être qu'elle est la clé de quelque chose. Peut-être que c'est à moi de décider si je veux encore essayer. Mais une partie de moi a peur. Peur de me laisser prendre au piège une nouvelle fois. Peur de souffrir encore plus.

— Je ne sais pas, Nick, je lui murmure, la voix brisée. Je ne sais pas si je peux...

Il hoche la tête, un léger sourire triste étirant ses lèvres.

— Je sais. Et je comprends. Mais je t'attendrai. Je suis prêt à tout pour toi Ella. Et si tu ne souhaites pas nous donner une dernière chance alors dépose là dans mon casier dans les vestiaires.

Nick me raccompagne à mon hôtel, refusant de me laisser seule dans la nuit.

Sur le chemin, il ne parle pas beaucoup, mais sa présence est réconfortante, presque apaisante.

Une fois devant l'hôtel, il s'arrête, me regarde intensément, et dit doucement :

— Je t'attendrai. Et quoi qu'il arrive quand tes nuits seront longues et que ta vie te semblera tomber en morceaux, je serai toujours là Ella.

Chapitre 34

---◆---

Les jours qui suivent sont une tempête d'émotions. Je suis enfermée dans ma chambre d'hôtel, le collier que Nick m'a rendu posé sur la table. Il brille faiblement sous la lumière tamisée de la lampe de chevet, et pourtant, il semble irradier toute la pièce. Chaque fois que mon regard croise ce bijou, un mélange de douleur et d'espoir me submerge. Je tourne en rond, incapable de me concentrer sur quoi que ce soit. Ni mes croquis, ni mes livres, ni même la vue imprenable sur la ville n'arrivent à calmer mes pensées. Je suis prisonnière de cette indécision, tiraillée entre mon amour pour Nick et la peur de revivre ce cauchemar.

Mon cœur et ma tête se livrent une guerre sans merci. À chaque instant, des souvenirs de lui surgissent. Le son de son rire résonne encore dans mes oreilles, ses baisers brûlent toujours sur mes lèvres. Mais ces images s'entremêlent avec celles de cette nuit-là : Noah, son sourire suffisant, et ce sentiment écrasant d'avoir été mise à nue. Je serre les poings, tentant de repousser ces pensées, mais elles reviennent toujours.

Ce premier jour, je me réveille avec un poids énorme sur la poitrine. Je suis en colère. Pas seulement contre Nick, mais contre moi-même. Contre cette part de moi qui veut lui pardonner alors qu'il m'a brisée.

Je décide de sortir. L'air de ma chambre est devenu irrespirable, comme si chaque mur m'oppressait. Je descends dans les rues animées, espérant que le tumulte des passants m'aidera à oublier, ne serait-ce que quelques instants. Mais rien ne fonctionne. Chaque visage dans la foule semble me rappeler le sien. Je finis par errer sans but pendant des heures, mes pensées s'embrasant à chaque pas.

En fin de journée, je me retrouve assise sur un banc face à une petite fontaine. L'eau qui s'écoule semble murmurer, me narguer même. Et c'est là que le souvenir de sa voix refait surface. Je revois Nick, ce soir-là, les yeux suppliants, me disant qu'il n'avait pas eu le choix. Et si… Et si tout cela était vrai ? Et s'il avait vraiment tout fait pour me protéger ?

Je secoue la tête. Non. Je ne peux pas penser comme ça. Pas encore. Je serre les bras autour de mon corps, me sentant plus perdue que jamais.

Le lendemain, je me lève tard. Le sommeil a été agité, peuplé de cauchemars où Noah détruisait encore et encore tout ce que j'avais

432

construit avec Nick. Mes yeux se posent immédiatement sur le collier. Cette fois, je m'approche de la table et le prends dans mes mains. Le métal est froid au toucher, mais il semble vibrer sous mes doigts. Je l'observe longuement, cherchant des réponses là où il n'y en a pas.

Je m'installe près de la fenêtre, le collier toujours dans mes mains, et je regarde la ville s'agiter en contrebas. Mon esprit est une tornade. Je me pose mille questions, et aucune n'apporte la clarté que je cherche. Et si je le remets ? Qu'est-ce que cela signifiera vraiment ? Que je lui pardonne entièrement ? Ou que je suis prête à essayer ?

Je ferme les yeux et laisse mes pensées me submerger. Je me revois à l'observatoire, ses mains effleurant les miennes, son regard désespéré me suppliant de croire en lui. Ce que je ressens pour lui n'a jamais disparu. Malgré la colère, malgré la douleur, je l'aime toujours. Et c'est là que le doute s'installe : et si je le quittais vraiment ? Est-ce que je pourrais vivre sans lui ?

La réponse est immédiate, brutale. Non. Mais cela ne rend pas ma décision plus facile.

Je décide alors de retourner à l'observatoire. C'est ici que tout a commencé, et c'est ici que je trouverai ma réponse. Je m'enveloppe dans une veste et marche d'un pas lent mais déterminé. La nuit est froide, et l'air mord ma peau, mais je continue. Chaque pas semble me rapprocher d'un choix qui changera ma vie à jamais.

En arrivant sur la colline, je découvre un ciel d'une clarté incroyable. Les étoiles scintillent, comme si elles m'attendaient.

Je m'allonge dans l'herbe, les yeux fixés sur cette immensité, et je laisse mon esprit vagabonder. Les souvenirs reviennent, cette fois plus clairs, plus nets.

Je revois notre première rencontre, cet instant où nos regards se sont croisés et où j'ai su, quelque part, qu'il allait bouleverser ma vie. Je me rappelle ses mots d'encouragement quand je doutais de mes talents, la douceur de ses gestes, la chaleur de son étreinte. Mais je revis aussi ma douleur, le poids de cette trahison. C'est comme si mon cœur se brisait à nouveau, et pourtant… il continue de battre pour lui.

Un vent léger caresse mon visage, comme une réponse silencieuse de l'univers. Je sais ce que je dois faire.

Je n'avais pas prévu d'aller la voir. Mais aujourd'hui, quelque chose me pousse à rendre visite à la mère de Nick. C'est comme si une force invisible m'y dirige, une petite voix dans ma tête me dit que c'est le moment. Le moment de tout comprendre, de percer le mystère, de lever le voile sur ce qu'il me cachait. Je sais qu'il y a plus, bien plus qu'il ne me laisse entrevoir. Et si elle était la clé, la personne qui pourrait me permettre de comprendre ce qu'il n'arrivait pas à dire ?

Je frappe doucement à la porte de sa maison. La porte s'ouvre. Elle me sourit, mais je vois dans ses yeux une légère inquiétude.

— Ella, je suis heureuse de te voir ! entre, je t'en prie, tu nous avais manquer.

Je hoche la tête et franchis le seuil de la porte, toujours un peu nerveuse. Nous nous installons dans le salon, elle me propose un thé, et nous parlons pendant quelques minutes de tout et de rien et elle s'assure que j'aille mieux. Puis je prends mon courage à deux mains.

— Je… je dois te poser une question, lui dis-je, hésitant. C'est au sujet de Nick. Je crois qu'il me cache quelque chose, quelque chose qui le concerne, quelque chose de… plus lourd que ce qu'il veut bien me dire.

Sa main se fige un instant sur la tasse qu'elle vient de poser sur la table. Son regard se fait plus intense, comme si elle pesait ses mots.

— Ella, tu sais… Il n'est pas facile pour lui d'ouvrir son cœur. Il a vécu des choses que tu ne peux pas imaginer, des choses qu'il garde enfouies depuis des années.

Je fronce les sourcils, intriguée.

— Quelles sortes de choses ?

Elle prend une profonde inspiration avant de me regarder, son regard rempli de tristesse et de compréhension.

— Nick a toujours eu du mal à s'attacher aux autres, tu sais. Depuis qu'il est jeune, il s'est créé une sorte de mur autour de lui. Il a perdu beaucoup de gens qu'il aimait… beaucoup trop tôt. Et cette douleur, elle l'a façonnée. Il a peur d'aimer, Ella. Il a peur de se laisser aller, de se montrer vulnérable. C'est pour ça qu'il a toujours joué ce rôle de "Bad boy", parce que c'était plus facile de repousser les autres avant qu'ils ne l'abandonnent. Il a peur d'être abandonné encore une fois, et il se dit que si personne ne s'approche trop, personne ne pourra le blesser.

Je sens mon cœur se serrer. Je savais que Nick portait quelque chose en lui, quelque chose de lourd, mais entendre sa mère en parler si ouvertement, avec cette tristesse palpable, me bouleverse. Je comprends pourquoi il avait toujours mis de la distance entre nous, pourquoi il avait été si réticent à s'engager, à me laisser entrer dans sa vie.

Mais il y a encore plus.

— Il y a eu un événement, Ella. Un événement qui a bouleversé sa vision des choses. Tu sais qu'il participait à des courses illégales, pas seulement pour l'argent ou l'adrénaline, mais pour oublier. Mais il y a eu un accident, il y a deux ans. Un accident qui a failli lui coûter la vie, et qui a aussi coûté la vie à son meilleur ami. Depuis ce jour, il ne s'en est jamais vraiment remis. Cet ami, il l'aimait énormément. Il avait été son frère, et il est parti. Nick s'est dit que, s'il aimait quelqu'un d'autre, il finirait par tout perdre à nouveau. Alors il a préféré se détacher. Se protéger. Et surtout, ne plus permettre à quelqu'un d'entrer dans son cœur.

— Il a eu tellement peur de te perdre la dernière fois, tu sais. Je ne sais pas ce qu'il serait devenu si tu n'étais plus là.

Une boule de douleur se forme dans ma gorge. Je vois Nick sous un autre angle maintenant, je comprends mieux ses réactions, son besoin de fuir, de tout garder pour lui. La perte. La peur de l'abandon. C'est ce qui l'a façonné, ce qui l'a poussé à se fermer. Je comprends enfin pourquoi il m'a rejetée, pourquoi il m'a dit qu'il ne voulait pas s'engager. C'était sa manière de se protéger. Sa manière de ne pas répéter ce qu'il avait vécu. Mais je me demande si, en me poussant loin de lui, il se protège vraiment, ou s'il m'a juste laissée partir pour éviter de souffrir à nouveau.

Je ne sais pas ce que l'avenir nous réserve, ni comment je vais gérer tout ce que j'ai découvert, mais je sais une chose : Nick a besoin de moi, et je ne vais pas l'abandonner. Pas moi.

De retour à l'hôtel, je prends une profonde inspiration et me dirige vers la table. Le collier semble presque m'appeler, brillant faiblement sous la lumière. Je le prends entre mes doigts et, cette fois, je le passe autour de mon cou. Le métal froid se pose contre ma peau, mais une chaleur inattendue envahit mon cœur. C'est ma réponse. Ma décision.

Le lendemain matin, je me rends aux vestiaires de l'université où Nick m'a demandé de déposer la clef si je refusais. Je pousse la porte avec hésitation, mon cœur battant si fort que j'ai l'impression qu'il va éclater. Je scrute la pièce, et enfin, je le vois au milieu de ses coéquipiers.

Nick est assis sur un banc, les coudes appuyés sur ses genoux, la tête baissée.

Il ne m'a pas encore remarquée. Je prends une inspiration tremblante et avance lentement vers lui. Mon collier scintille sous la lumière, et quand il lève enfin les yeux, je vois son visage se figer. Ses yeux s'agrandissent, incrédules, avant qu'une vague d'émotion ne s'y reflète.

— Ella… murmure-t-il, se levant comme s'il avait peur de me voir disparaître.

Je me tiens devant lui, mon cœur tambourinant dans ma poitrine. Je n'ai pas besoin de mots. Mon regard suffit à lui dire ce que je ressens. Mais je décide de parler quand même.

— Je t'aime, Nick. Et je veux essayer. Je veux croire en nous.

Il passe une main sur son visage, comme pour retenir ses larmes, avant de se rapprocher de moi. Sa main tremblante frôle ma joue, et je sens toute sa vulnérabilité dans ce simple geste.

— Ella, j'ai eu tellement peur de te perdre. Tu es tout pour moi.

Il m'attire doucement dans ses bras, et je me laisse aller. Son étreinte est forte, rassurante. Je sens mon cœur, fragile mais battant, se reconstruire dans ses bras.

Les jours suivants, nous reconstruisons notre lien, lentement mais sûrement. Nick fait tout pour regagner ma confiance : des petites attentions, des mots doux, mais surtout, une sincérité désarmante.

De mon côté, je fais un effort pour ouvrir à nouveau mon cœur, malgré mes craintes. Et chaque jour, je sens notre amour devenir plus solide, plus authentique.

Nous sommes samedi soir, et je comprends enfin ce que la clé signifie. Elle n'est pas juste un objet. Elle est une promesse, une invitation, une seconde chance. Nick m'a demandé de le rejoindre ici. Et maintenant, je me tiens devant cette maison pleine de charme, le cœur lourd, la clé serrée dans ma main.

Nick est là, immobile, les épaules tendues, comme si le moindre souffle pouvait briser cet instant. Je m'avance lentement, chaque pas résonnant avec le poids de ce qu'elle représente. Lorsque j'insère la clé dans la serrure et que la porte s'ouvre, une chaleur inattendue m'envahit.

— Je veux qu'on y construise quelque chose, ensemble, dit-il, son regard plein d'espoir.

Je regarde l'espace vide, puis je le regarde lui. Et cette fois, je n'hésite pas.

— Alors construisons, dis-je avec un sourire. Ensemble.

Nous sommes quelques jours plus tard...

Les cartons sont presque tous déballés, et peu à peu, nous nous installons dans notre nouvel appartement. Nick se montre plus attentionné que jamais, m'aidant à accrocher des cadres sur les murs, choisissant ensemble les couleurs des rideaux. Chaque détail me rappelle que nous sommes en train de créer quelque chose de précieux.

Il me fait rire, même dans les moments de stress, et à chaque rire, je sens mon cœur se détendre un peu plus.

Un peu plus tard dans la soirée, alors que nous avons enfin aménagé le salon, Nick allume des bougies. Il sourit, m'invite à m'asseoir près de lui, et pendant quelques instants, tout semble parfait. Nous sommes ensemble, ici, maintenant

Et tout à coup, je me rends compte que cette idée de "recommencer ensemble" n'était pas simplement une promesse de Nick, mais une promesse que je me fais à moi-même. Je suis prête. Je suis prête à lui faire confiance, à ouvrir mon cœur à nouveau, à prendre ce risque. Car cet amour, je sais maintenant, est celui que j'ai cherché toute ma vie.

Les jours qui suivent, à mesure que nous déballons nos vies dans cette maison à moitié vide, je sens petit à petit une chaleur se développer entre Nick et moi. Nous n'avons pas encore tout réglé, il y a encore des zones d'ombre, des blessures non cicatrisées, mais chaque geste, chaque sourire échangé, chaque regard que nous partageons semble marquer une étape importante.

Le matin, lorsqu'il me prépare le petit-déjeuner, la douceur avec laquelle il m'apporte ma tasse de café me touche plus que je ne veuille l'admettre. Parfois, il me surprend avec une petite note enroulée autour d'un bouquet de fleurs sauvages qu'il trouve dans le parc près de la maison. "Tu es si importante pour moi, je t'aime." voici son dernier petit mot. C'est ce genre de petites attentions, ces gestes simples mais pleins de sens, qui réchauffent peu à peu mon cœur.

Le soir, lorsque nous rentrons d'une journée bien remplie, je me sens tellement en sécurité avec lui. Il me tend la main pour m'aider à passer la porte. Un simple geste, mais il signifie tout : il est là, à mes côtés, à chaque instant. Je le regarde, un sourire sincère se formant sur mes lèvres, et je vois dans ses yeux la même chose : une promesse silencieuse, un désir de construire quelque chose de solide.

Nous passons des soirées tranquilles, assis sur le canapé, à regarder des films ou à discuter de tout et de rien. À chaque conversation, je me rends compte qu'il a changé. Ses paroles sont plus réfléchies, ses gestes plus doux. Il n'y a plus cette colère en lui, cette agitation nerveuse qui m'avait si souvent fait douter. Il m'écoute vraiment, et je me sens entendue pour la première fois depuis longtemps. Et chaque fois que nos mains se frôlent ou que nos regards se croisent, il y a cette étincelle entre nous, un amour silencieux qui semble naître lentement mais sûrement.

Ce soir, alors qu'il s'est endormi sur le canapé après une longue journée de cours, je m'assois près de lui, observant son visage calme, paisible. Je caresse doucement ses cheveux, et il bouge légèrement, son visage s'éclairant d'un sourire, même dans son sommeil. Il prend

ma main et la serre dans la sienne, comme un geste instinctif, une façon de me dire qu'il est là.

Je me penche pour l'embrasser, il se réveille et ouvre les yeux, m'offrant un sourire éclatant.

— Tu es magnifique, me dit-il doucement, sa voix encore chargée de
sommeil, mais pleine d'une tendresse sincère. Je suis tellement heureux d'être avec toi.

Je me sens rougir, touchée par ses mots. Il n'a pas besoin de faire de
grands gestes pour me montrer son amour. Ses actions, sa présence,
tout ce qu'il fait pour moi, me dit ce qu'il ressent. Je me sens vue, ap-
préciée, et je sais que, même si notre histoire a été tumultueuse, il est
prêt à tout pour la réparer.

Sans s'en apercevoir Nick m'a redonné gout à la vie, il m'a rappelé
que la vie vaut la peine d'être vécue, et pour la première fois depuis
longtemps, je veux vivre, pleinement, intensément, à ses côtés.

Chapitre 35

———————————— ✦ ————————————

Il est 22 heures et je cours à perdre haleine dans les rues désertes de la ville. La fraîcheur de la nuit m'enveloppe. Plus je cours, plus j'ai l'impression d'être suivie.

Les ombres s'allongent autour de moi, et je sens le poids des souvenirs qui me hantent prendre de l'ampleur. Aaron... Le simple fait de penser à lui me glace le sang. Ce garçon qui m'a tant fait souffrir par le passé, qui m'a battue et humiliée sans relâche. J'ai cru l'avoir laissé derrière moi, enterré au plus profond de ma mémoire. Mais aujourd'hui, il semble prêt à refaire surface.

Les battements de mon cœur résonnent dans mes tempes, rythmant mes pas pressés. Je jette des coups d'œil furtifs autour de moi, cherchant des signes de sa présence. Est-ce lui qui me suit dans l'obscurité, se nourrissant de ma peur et de mes doutes ? Est-ce que tout cela n'est que le fruit de mon imagination, forgée par des mois de traumatisme et de douleur ?

Je m'arrête brusquement, réalisant que je me suis éloignée de tout repère, que je suis à présent seule, sans défense. La panique m'envahit, me paralysant sur place. Je ferme les yeux, je suis en pleine crise de panique.

Je trouve la force d'envoyer ma localisation à Lexy, elle comprendra que quelque chose ne va pas.

Quelques minutes plus tard une main délicate se pose sur mon épaule, je me retourne c'est Lexy, me regardant pleine de compassion et me prends dans ses bras.

Elle me ramène à mon appartement, je ne veux pas rester seule elle reste donc avec moi pour la nuit, comme une grande sœur elle veillera sur moi toute la nuit. C'est une amie précieuse. Nick lui est chez ses parents pour regrouper ses dernières affaires. Lexy était la plus proche et je ne voulais pas que Nick me voie dans cet état.

Au petit matin, je me réveille en sursaut, les images de la nuit précédente me revenant en mémoire. Lexy dort paisiblement à mes côtés, un sourire bienveillant aux lèvres. Je me sens reconnaissante envers elle pour sa présence réconfortante, pour avoir été là lorsque j'en avais le plus besoin.

Mais malgré sa présence rassurante, je sens toujours cette angoisse qui m'habite, cette peur irrationnelle qui me suit comme une ombre. Je me lève doucement, cherchant à me ressaisir et à affronter mes démons. Je décide de prendre une douche chaude pour me revigorer, pour me libérer de ses souvenirs douloureux qui m'empoisonnent l'âme.

Alors que l'eau chaude déferle sur moi, j'entends soudain un bruit sourd, comme un chuchotement à peine audible. Mon cœur rate un battement, l'écho de la voix d'Aaron résonnant dans ma tête. Je sors précipitamment de la douche, me sentant à nouveau prise au piège par ces pensées obsédantes.

Je m'habille rapidement, et ouvre la porte de la salle de bain.

Aaron se tient là devant le lit, Lexy quant à elle est assise apeurée dans le coin de la pièce, il pointe une arme sur elle.

— Cours Ella ! me crie-t-elle. Mais hors de question de la laisser avec Aaron.

Dans la pénombre de la pièce, l'atmosphère est si lourde qu'on pourrait presque la couper avec un couteau. Mon cœur bat à tout rompre, et mes pensées s'embrouillent. Je suis face à mon passé, à Aaron, celui dont j'ai toujours voulu échapper. Je prends une profonde inspiration et me remémore tout ce que j'ai traversé.

— Écoute, Aaron, lui dis-je d'une voix ferme, je ne suis plus cette petite fille que tu peux manipuler à ta guise. J'ai changé, et je ne te laisserais pas l'opportunité de me détruire une fois de plus.

— Il ricane, un ricanement qui résonne comme un écho de mes anciennes peurs.

— Oh, chaton, je vois que tu as pris un peu de courage. Mais laisse-moi te rappeler quelque chose : peu importe combien tu crois être forte, tu m'appartiens pour toujours.

Ce qu'il dit me transperce comme un coup de poignard. J'ai tellement voulu croire que j'étais libre de son emprise ; voir son regard noir me promettant la possession me fait défaillir. Mais je ne peux pas céder à la défaite.

— Tu ne me fais plus peur, Aaron, lui rétorque-je, mon ton se faisant plus énergique et plus déterminé.

Je jette un coup d'œil vers Lexy, repliée dans le coin, ses yeux pleins d'effroi mais aussi de détermination. C'est la première fois que je la vois si vulnérable, et cela renforce encore plus ma volonté de la protéger.

— Nick vient à l'appartement ! c'est Aaron ! crie soudain Lexy, au bord des larmes, son téléphone à la main.

Aaron, furieux, interrompt notre combat verbal et vise Lexy avec son arme. Je sens la panique monter en moi. Ce n'est pas comme ça que ça devrait se passer. Pas aujourd'hui. Je dois le distraire, lui faire croire que je suis la faiblesse qu'il pense que je suis.

— Assieds-toi à côté de ta copine ! m'ordonne-t-il, brisé par la tension ambiante.

Il prend un instant pour balayer la pièce du regard, attendant l'arrivée de Nick avec une impatience palpable.

Le temps s'étire, chaque seconde, un rappel de ma peur croissante. Je lutte contre la sensation, le besoin de fuir, d'échapper à tout cela. Soudain, un coup résonne à la porte, et je prie chaque divinité en qui je crois pour que ce ne soit pas Nick.

— Entre, Noah !

La surprise sur le visage de Lexy se mêle à la terreur, alors que Noah pénètre dans la pièce. Elle fait un pas en avant, une lueur d'assurance dans ses yeux.

— Chaton ! me dit-elle lentement, tendant son couteau sous mon menton pour lever mon visage. Je t'avais dit que ma vengeance serait froide. Nick est à moi, et personne ne peut te sauver cette fois.

C'est comme si chaque mot nouvellement prononcé était une lame supplémentaires brisée dans ma conscience.

— Il m'a choisi, Noah. Tu devras t'y faire. Tu pourras lui demander quand il nous rejoindra, lui rétorque-je, mon arrogance essayant de masquer ma peur.

Elle me gifle violemment, mais je ne fléchis pas. Je refuse de lui laisser ce pouvoir. Elle se tourne vers Aaron, visiblement perturbée par ma déclaration.

— Qu'entends-tu par-là ? me demande-t-elle, sa voix teintée d'inquiétude.

Aaron, confiant, détaille la situation.

— Lexy a réussi à l'appeler, il ne devrait pas tarder.

Noah s'énerve, son visage tordu de frustration.

— Sombre idiot ! Il ne doit pas me voir ici ! Comment tu as pu lui laisser son portable ?

À ce moment, l'ombre de Nick émerge dans l'encadrement de la porte, coupant Lexy.

— Nick, enfin te voilà ! s'exclame Aaron, son sourire se transformant en un rictus malveillant, son pistolet braqué sur lui.

L'adrénaline pulse dans les veines de Nick, son regard me cherche frénétiquement.

— Qu'est-ce que tu fais Aaron ? Où est Ella ? Je te jure que si tu l'as touchée… je te tue !

— Elle est là, répond Aaron d'un rire sinistre, alors qu'une autre silhouette émerge de l'ombre : Noah.

— Noah ? Qu'est-ce que tu fais ici ? s'écrie Nick, la surprise s'installant.

— Tu m'appartiens Nick, je ne laisserais personne se mettre en travers de nous.

L'angoisse se lit sur son visage lorsque Noah l'amène à réaliser, elle est déterminée.

Aaron, saisi d'un élan de haine, révèle ma position, me traînant comme un trophée.

— Tu veux la sauver, Nick ? lui demande-t-il. Les mots résonnent dans l'air, leurs échos glissant sous la peau comme des serpents venimeux.

Je vois la panique se dessiner sur le visage de Nick alors qu'il réalise l'ampleur de la menace.

— Laisse-les partir, Aaron, réglons ça entre nous, supplie-t-il, son ton désespéré trahissant sa terreur.

— Non ! Prends-moi à la place ! Ne leur fait pas de mal ! crie-je de toutes mes forces, ma voix brisée par la peur mais déterminée à être entendue.

Aaron, surpris par mon offre, laisse un sourire sinistre s'étendre sur ses lèvres. Il s'avance vers moi, sa main puissante me saisissant sans ménagement.

Nick réagit immédiatement, tentant de se frayer un chemin entre nous.

— Lâche-la ! hurle Nick, se jetant sur Aaron. Les coups pleuvent, chaque contact résonnant comme un cri de douleur et de colère.

Noah, au lieu de participer, observe avec un regard de marbre, figée dans son désir de vengeance puis réagit.

— Ça suffit, Nick ! Ou je te jure que je la tue ici et maintenant, interrompt Noah tout en pointant une arme sur moi.

La menace dans les mots de Noah est palpable, et je vois Nick se figer, impuissant face à la cruauté de son ancienne amie.

— Que c'est mignon tu ne trouves pas Noah ? Elle se sacrifie pour sauver son petit ami. Ajoute Aaron le regard remplit de noirceur, et brusquement, il me traîne vers la sortie.

Chaque battement de mon cœur résonne comme un tambour sinistre, pressant ma peur au creux de ma gorge. Aaron, avec Noah, me jette à l'arrière d'une camionnette sombre, le moteur rugissant alors qu'ils prennent la fuite dans la nuit. Tout cela, un plan machiavélique se déployant sous mes yeux alors que je sens mes mains ligotées, ma voix bâillonnée, et mon destin se jouer dans une danse macabre.

À l'intérieur de la camionnette, l'obscurité semble m'envelopper, amplifiant le tumulte de mes pensées. Mes pensées s'entremêlent, oscillant entre désespoir et détermination. Je me bats contre les liens qui entravent mes poignets, me concentrant sur le bourdonnement du moteur et les voix étouffées qui résonnent devant moi.

— Pourquoi tu as fait ça, Noah ?

— Ne sois pas si dramatique, Ella. C'est juste une question de pouvoir. Et toi, tu perds le contrôle.

J'essaie de discrètement observer par la vitre pour trouver un moyen de m'échapper ou, du moins, de glaner des informations précieuses. Il fait nuit noire, mais les rues défilent à toute allure, témoins silencieux de ma détresse et de mon enlèvement. Je commence à ressentir les effets de l'adrénaline disparaître, remplacés par une angoisse sourde. Que vont-ils faire de moi ? Où m'emmènent-ils ? Des milliers de scénarios s'entremêlent dans mon esprit.

Soudain, la camionnette ralentit puis s'arrête. J'entends la porte s'ouvrir avec un grincement désagréable, et une lumière vive inonde l'intérieur de la camionnette. C'est Aaron qui me tire sans douceur hors du véhicule. Mes pieds touchent finalement le sol, mais je ne peux pas bouger, mes muscles tétanisés par la peur et le choc des événements.

— Bienvenue, chaton, dit-il d'un ton glacial, te voilà de retour dans le jeu.

Avant que je puisse répondre ou protester, il m'entraîne à travers une porte en métal, dans un endroit qui sent la moisissure et l'humidité. La lumière vacillante des lampes révèle des murs décrépits, des graffitis et des signes d'un passé oublié. Un frisson me parcourt en passant la ligne entre la peur et le dégoût.

— Tu sais, dit Noah, en marchant à mes côtés, tu devrais être reconnaissante. J'avais proposé à Aaron de te tuer directement à l'hôtel mais il en a décidé autrement. Tu vas pouvoir vivre quelques heures de plus, mais sous la torture, ajoute-t-elle.

Je tourne la tête vers elle, incrédule. Qu'est-ce qui peut bien justifier cette haine envers moi, mise à part Nick ? Mais je n'ai pas le temps de lui poser la question. Aaron me pousse brutalement dans une pièce, une chambre sordide, et ferme la porte derrière nous. Des chaînes pendent du plafond, des témoins silencieux des horreurs qui auraient pu se dérouler ici. Je respire profondément, sentant la panique monter dans ma poitrine. Je ne peux pas montrer ma peur. Pas maintenant.

Aaron s'approche, le regard sombre, mais je refuse de céder.

— Tu auras une seconde chance, si tu es sage je te laisserais la vie sauve dit-il, me caressant la joue, mais rappelle-toi : tu ne sortiras pas d'ici sans être entièrement dévouer à moi.

Je sens la colère bouillir en moi, prête à éclater comme un orage. J'ai survécu à tant de tempêtes, je ne vais pas me laisser briser maintenant. Alors je me redresse, mes yeux le défiant.

— Je ne suis pas ta marionnette, Aaron. Je ne te laisserai pas gagner.

Il sourit, un sourire sinistre qui frôle la paranoïa.

— On verra, chaton. La nuit n'est pas terminée.

À cet instant, j'entends une porte grincer à nouveau.

Nick ! Mon cœur s'emballe à l'idée qu'il puisse être en route pour me sauver, mais j'ignore sous quel prétexte il pourrait se retrouver ici. Je dois tenir bon, me battre, et garder espoir. Je me suis battue jusqu'à présent, et je ne compte pas laisser mon passé dicter mon avenir. La lutte pour ma survie commence maintenant, et je suis prête à tous les sacrifices.

Les jours qui suivent sont un véritable enfer pour moi. Ligotée sur une chaise dans une pièce sombre, je subis les pires traitements qu'on puisse imaginer.

Chaque jour se fond en un long cauchemar. Mes tortionnaires s'appliquent à me briser physiquement et mentalement. Avec une précision effrayante, ils alternent entre diverses méthodes de torture.

Mais aujourd'hui est la pire journée. Mes poignets me brûlent.

Suspendue par des cordes au plafond, mon corps oscille légèrement, chaque mouvement amplifiant la douleur et chaque fois que je tente de me délier, les cordes s'enfoncent davantage dans ma chair.

Aaron entre dans la pièce, un sourire cruel sur le visage.

— Alors, Ella, toujours aussi résistante ?

Ses mots sont comme des coups de poignard, chaque syllabe résonnant d'une cruauté que je n'aurais jamais imaginée.

Il s'approche, sortant une lame de sa poche.

— Nous allons voir combien de temps tu tiendras cette fois.

La lame scintille sous l'éclairage vacillant de la pièce. Chaque coupure qu'il effectue sur ma peau envoie des ondes de douleur à travers tout mon corps. La douleur est écrasante, un mélange suffocant de brûlure et de froid mordant.

Je me mords la lèvre pour ne pas crier, refusant de lui donner la satisfaction de mes cris. Mais chaque coupure, chaque tranche laisse une marque indélébile. L'odeur métallique du sang emplis mes narines, mélangeant terreur et désespoir. Mes os craquent sous le poids de mon propre corps, chaque minute passée dans cette position intensifiant une agonie inimaginable.

Quand il a enfin fini, il recule, contemplant son œuvre. Mes mains sont un désordre sanglant, mes ongles arrachés, laissant des plaies béantes. Nos regards se croisent, et pendant un bref instant, je vois une once d'humanité dans ses yeux, avant qu'il ne tourne les talons.

— Bonne nuit, Ella, dit-il en sortant.

Je reste là, seule, tremblante de douleur et de peur, suspendue, consciente que chaque seconde qui passait marquait le début d'une nouvelle horreur. Je résiste pour Nick, pour être à nouveau dans ses bras, mais c'est tellement dur.

Les jours s'écoulent comme des siècles. Les heures se transforment en jours, et le désespoir de Nick grandit chaque minute qui passe.

Le commissaire, impuissant face à la lenteur de l'enquête, fait tout ce qu'il peut, mais les indices demeurent rares et trop vagues.

Les recherches pour me retrouver sont longues, frustrantes et marquées par des faux espoirs. Les policiers ont scruté chaque recoin de la ville, fouillé les entrepôts abandonnés, interrogé les témoins et les anciens amis d'Aaron, mais chaque piste semble s'éteindre avant de mener à quelque chose de concret.

Puis, un informateur anonyme, habitué de ces milieux sombres, fait enfin surface. Un homme qui connaît bien les bas-fonds de la ville et les allées et venues des criminels révèle avoir vu des allers-retours suspects dans un vieil hôtel à la périphérie de la ville. Une information fragile, mais qui suffit à rallumer l'espoir dans le cœur du commissaire et de ses hommes. Ils commencent immédiatement à rassembler les détails : les horaires, les mouvements inhabituels, et les connexions possibles à Aaron.

Les policiers se précipitent pour organiser une surveillance de l'hôtel. Mais pour Nick, ces efforts semblent trop lents. Les heures s'égrènent, et chaque minute qui passe le rapproche du moment où il pourrait me perdre à tout jamais. Il n'arrive plus à attendre. Les policiers ont leurs procédures, leurs démarches méthodiques, mais Nick sait qu'il ne peut pas se permettre d'attendre plus longtemps.

— C'est complètement absurde ! s'écrie-t-il soudain, en se levant d'un bond. On a une piste solide, un informateur qui a vu des allers-retours suspects dans cet hôtel abandonner, et vous me dites que ce n'est toujours pas assez pour intervenir ?! Vous attendez quoi, une preuve irréfutable ?!

— Nick, calme-toi, supplie Lexy en posant une main sur son bras. Ils font leur travail. Ils ont besoin de temps.

— Du temps ?! Tu crois qu'on a du temps, Lexy ? Chaque minute qu'on perd, c'est une minute de trop ! Ella est là-bas, seule, et eux, ils hésitent encore. Si pour eux, ce n'est pas suffisant, pour moi, ça l'est largement !

Le commissaire, qui suit l'échange en silence, lève enfin la voix, son ton ferme mais mesuré.

— Nick, je comprends ce que tu ressens. Mais partir seul c'est du suicide. Donne-nous encore une heure.

Nick le fixe un instant, luttant entre colère et désespoir.

— Une heure ? répète-t-il d'une voix tremblante. J'ai déjà trop attendu. Vous ne comprenez pas… si je perds encore une seconde, je… je pourrais la perdre à jamais.

Puis, avant que quiconque ne puisse l'arrêter, il se dirige vers la sortie.

— Nick ! C'est trop dangereux ! crie Lexy, mais il ne l'écoute pas.

Sans un regard en arrière, Nick se précipite dehors et monte dans sa voiture. Le commissaire soupire, agacé et inquiet, puis se tourne vers ses hommes.

— Préparez les équipes, ordonne-t-il rapidement. On le suit. Il ne doit pas être seul là-bas.

Les policiers obéissent immédiatement, se déployant en urgence pour rattraper Nick. Pendant ce temps, Nick, déterminé et rempli de rage, démarre en trombe, incapable d'attendre une minute de plus.

Nick roule à toute vitesse dans la nuit, ses phares perçant l'obscurité alors qu'il se dirige vers l'hôtel où il a l'intuition que je suis retenue. Il ne peut plus se permettre de perdre une seconde.

Chaque minute qui passe augmente son angoisse, et plus il s'éloigne du commissariat, plus il sent la pression de l'urgence l'envahir. Ses mains tremblent sur le volant, mais il les serre de plus en plus fort, refusant de se laisser submerger par la panique.

Les pensées se bousculent dans sa tête, les images où je suis, fragile et brisée, chaque torture que je dois endurer à cause de lui, car il n'avait pas su me protéger... Il se haït. Mais ce n'est pas le moment de s'apitoyer. Il doit me sauver. Pas demain, pas dans une heure. Maintenant.

Les rues se succèdent dans un flou, les néons des quartiers délabrés se dessinant devant lui comme des spectres menaçants. Son cœur bat si fort qu'il en a mal à la poitrine. Il ne se permet pas de s'arrêter avant de savoir que je vais bien. Il est prêt à tout risquer, même à affronter la folie de ceux qui me retiennent.

Quand il arrive enfin près de l'hôtel, un frisson parcourt son échine. L'immeuble est vétuste, presque abandonné, et l'ombre de l'obscurité semble le recouvrir tout entier. L'hôtel n'est qu'un morceau de l'enfer que Nick redoute depuis des jours. Mais cette fois, il ne recule pas.

Il gare la voiture dans une ruelle voisine, éteint les phares, et se faufile dans l'ombre. Il n'a pas de plan. Il n'en a jamais eu. Tout ce qu'il sait, c'est qu'il doit entrer et me retrouver avant qu'il ne soit trop tard.

À l'intérieur de l'hôtel, les couloirs sont froids, humides, et presque totalement plongés dans la pénombre. Les murs, couverts de moisissures et de graffitis, semblent murmurer des secrets de violence et de souffrance. Nick se déplace silencieusement, ses pas à peine audibles sur le sol usé. Son cœur bat plus fort, chaque pulsation lui rappelant qu'il est trop tard pour faire marche arrière.

Il s'arrête un instant pour écouter. Aucun bruit. Tout est trop calme, trop mort. Il sait qu'il approche, mais chaque porte qu'il croise est comme une nouvelle épreuve. Chaque chambre pourrait être celle où je suis enfermée, mais il n'a pas le luxe de chercher en silence.

Au bout d'un moment, il aperçoit une porte qui se distingue des autres, légèrement entrouverte, laissant échapper une lueur faible d'une ampoule vacillante. C'est là. Il en est sûr.

Il s'approche furtivement, son souffle court, la colère bouillonnant dans ses veines. Il tourne la poignée, le cœur en suspens, prêt à tout.

La scène qui s'offre à lui au moment où il entre dans la pièce est plus horrible qu'il ne l'avait imaginé. Je suis là, suspendue par les poignets, mon corps marqué de brûlures et de blessures, est presque méconnaissable. Mes yeux sont fermés, mon souffle faible.

Nick sent sa gorge se serrer, une rage incontrôlable montant en lui. Il n'a plus de temps à perdre. Il se précipite vers moi pour défaire les liens, mais alors qu'il se penche pour me libérer, une silhouette se dresse dans l'ombre.

Aaron.

Son sourire sadique est plus terrifiant que tout ce que Nick a pu imaginer. Il brandit une arme, son regard rempli de mépris.

— Tu es arrivé juste à temps pour le grand final, Nick. Il ricane, sa voix glaciale résonnant dans la pièce.

L'instant où leurs regards se croisent, Nick se sent envahi par un tourbillon de rage et de peur. Il n'est plus question de reculer. L'heure de la vengeance et de la rédemption vient de sonner.

Le chaos se déroule autour de moi. Les coups de feu résonnent dans la pièce, et je vois Nick se battre contre Aaron, une rage désespérée dans ses yeux. Aaron tient toujours son pistolet, et Nick est à sa merci. Je le vois, ses poings serrés, la haine dans son regard, mais je sais qu'il est sur le point de perdre. Il va se faire tuer. Et dans ce moment où tout semble s'effondrer, je réalise ce que je dois faire.

Ma poitrine se serre alors que je vois Aaron lever son arme, fixer Nick, et je sais ce qui va suivre. Il va tirer. Je ne peux pas le laisser faire. Je ne peux pas laisser Nick mourir à cause de moi.

Le cœur battant à tout rompre, je fais un pas en avant avec le peu de force qui me reste, sans réfléchir, sans rien d'autre en tête que de protéger celui que j'aime. Je vois son regard se poser sur moi, les yeux écarquillés, comme s'il ne comprenait pas ce que je fais. Mais je sais ce que je dois faire.

La balle part.

C'est comme si tout se passait au ralenti. Je vois le canon de l'arme se braquer sur Nick, la lumière de l'explosion, puis la douleur. La douleur qu'il ne ressentira pas, mais que moi je vais porter à sa place.

Le monde s'effondre en un instant.

Je sens la chaleur de la balle qui pénètre ma peau. L'impact est violent, comme si tout mon corps se paralysait, une douleur lancinante, brutale, qui se répand dans tout mon être. Je m'effondre instantanément, mes jambes lâchent, mais tout ce que je ressens, c'est cette douleur intense, cette sensation de vide. La vie commence à s'échapper de moi, lentement, tandis que je suis toujours consciente.

Il hurle.

Je vois son visage se décomposer, la terreur dans ses yeux. Il se précipite vers moi, m'attrapant dans ses bras, mais la douleur me submerge. Chaque respiration devient plus difficile, chaque battement de cœur plus faible. Je sais que je ne vais pas tenir longtemps.

— Ella, non ! Non, non, non ! Sa voix se brise, remplie de désespoir.

Il me serre contre lui, mais je suis déjà en train de partir. Je ne peux pas lui éviter cette souffrance. Je sais que je vais mourir, mais il faut qu'il comprenne.

Je respire difficilement, la chaleur du sang s'écoulant lentement sur ma peau, mais je me force à lui sourire, pour lui donner un peu de réconfort.

— Je t'aime, Nick, chuchote-je, mes lèvres tremblant de la force de mes derniers mots. Je ne regrette rien.

Il me regarde, le visage marqué par l'horreur et la culpabilité. Il a l'air perdu, comme s'il ne comprenait pas ce qui venait de se passer. Il ne peut pas comprendre pourquoi je l'ai fait, pourquoi j'ai choisi de le protéger, même au prix de ma propre vie. Mais c'était ma décision. Je l'aime.

Je sens mes forces me quitter.

Mon corps est trop faible pour lutter contre l'inévitable. Les sirènes de l'ambulance résonnent au loin, mais je sais que c'est trop tard. Je suis déjà partie.

— Ella… je t'aime. Je t'en supplie reste avec moi, ne m'abandonne pas.

Sa voix se brise, il me serre contre lui avec un désespoir extrême. Il me parle, mais je ne peux plus répondre. Ses mots se mélangent dans ma tête, mais tout ce que je ressens, c'est une sensation de paix. J'ai choisi ce sacrifice, et maintenant, tout ce que je veux, c'est qu'il sache qu'il est en sécurité. Il va survivre, que tout est fini et c'est tout ce qui compte.

— Je t'interdis de mourir, tu m'entends !

Le monde autour de moi s'efface peu à peu. Chaque respiration est un effort, chaque battement de mon cœur semble plus faible que le précédent. Je sens Nick m'entourer de ses bras, sa chaleur contre ma peau glacée. Il murmure quelque chose, mais c'est difficile à comprendre. Sa voix est floue, comme si elle venait de loin.

Je veux lui dire que je suis là, mais je n'en ai plus la force. Pourtant, je lève doucement les yeux vers lui. Son visage est si proche, et ses larmes coulent librement. Il ne cherche pas à les cacher, et cela me serre le cœur plus que je ne pourrais le dire. Je veux le rassurer, lui dire que ce n'est pas sa faute, que tout va bien, mais mes lèvres sont trop faibles pour former les mots.

Alors je le regarde, et c'est tout ce que je peux offrir. Je veux qu'il sache que je l'aime, que je l'ai toujours aimé.

— Ella... reste avec moi, murmure-t-il, sa voix tremblante.

Je voudrais. Je voudrais tellement. Mais je sens que le temps s'échappe, que je suis à bout. Je ferme les yeux un instant, rassemblant mes dernières forces. Lorsque je les ouvre à nouveau, il me regarde, ses yeux emplis de douleur, mais aussi d'une tendresse infinie.

— Tu te rappelles la chanson ? demande-t-il soudain.

Sa question me prend par surprise. La chanson. Oui, je m'en souviens. Comment pourrais-je l'oublier ? Cette mélodie qui semblait toujours comprendre ce que je ne pouvais pas dire. Je fais un léger signe de tête, à peine perceptible.

— Chante avec moi, Ella. S'il te plaît, murmure-t-il.

Sa voix est presque brisée, mais il me supplie. Je sais que c'est important pour lui. Alors je prends une inspiration, aussi profonde que mon corps me le permet, et je commence doucement.

"Lover, hunter, friend and enemy …"

Ma voix est faible, un simple souffle, mais je la sens résonner dans l'air. Nick me regarde, et il commence à chanter avec moi. Sa voix est rauque, hésitante, mais elle me soutient, comme il l'a toujours fait.

"You will always be every one of these…"

Nos voix se mêlent, fragiles mais sincères. Je ferme les yeux, me laissant porter par les mots, par la chaleur de sa présence. Chaque mot est lourd de sens, chaque note semble être un adieu. Pourtant, ce n'est pas triste. Pas entièrement. C'est… paisible.

"Nothing's fair in love and war …"

Sa main tient la mienne, et je sens sa force. Je m'accroche à lui, même si mon corps me lâche doucement. Sa voix est toujours là, forte, constante, et cela me donne assez de force pour continuer.

"You and I, always in disguises…"

Je sens ma voix faiblir, mais Nick me soutient. Il ralentit le mouvement, ses bras me tenant fermement contre lui. Son front vient se poser contre le mien, et je ressens tout dans ce contact. Sa douleur, son amour, sa peur. Tout. C'est presque trop, mais c'est aussi tout ce dont j'ai besoin.

Je rouvre les yeux. Nos regards se croisent, et je lui souris faiblement. Je veux qu'il sache que ça va. Que c'est le moment, et que je ne suis pas seule. Je veux qu'il se souvienne de ça, pas de la douleur, mais de ce dernier instant partagé.

"In love and war…"

C'est le dernier mot que je parviens à murmurer avant que ma respiration ne s'efface. Ma poitrine cesse de se soulever, et tout devient plus léger, plus flou. Je le sens toujours, ses bras autour de moi, son souffle contre mon visage. Mais je suis ailleurs, flottante, et pourtant proche de lui.

Nick continue de chanter, sa voix brisée mais toujours présente. C'est la dernière chose que j'entends avant que tout ne s'efface. Sa voix, ses larmes, son amour. Et dans cet instant, je sais qu'il se souviendra. Pas de la douleur, mais de la chanson, de nous.

Et je pars, portée par notre mélodie.

Je ferme les yeux pour la dernière fois. Je m'effondre dans ses bras, l'esprit apaisé, sachant que mon amour pour lui a été plus fort que tout. Je suis libre maintenant. Je ne suis plus une victime, et je n'ai plus peur.

Je l'ai protégé jusqu'au bout, et c'est ce qui me permettra de trouver la paix. Il va vivre. Il va retrouver sa lumière, même si je ne serai plus là pour la voir.

Et comme promis je ne l'abandonnerais jamais, ce soir je serais son étoile pour l'éternité…

A ceux qui m'ont soutenue dans les moments de doute,

Aux âmes qui m'ont inspirée, même sans le savoir.

Et à ceux qui m'ont appris que les blessures ne définissent pas qui

nous sommes, mais révèlent qui nous pouvons devenir.

Et surtout merci à toi lecteur, qui a plongé dans ces pages, porté par

les émotions, merci d'avoir partagé ce voyage avec moi.

Ce livre n'aurait jamais vu le jour sans vous.

Avec une gratitude infinie…